passion

of the books, by the books, for the books

passion

حُماة و سط لهيب الحرب: يو ميات سعد اسكندر

烽火守書人

Guardian in Flames of War : The Diary of Saad Eskander

伊拉克國家圖書館館長日記

Saad Eskander 薩德・伊斯康德 著
李靜瑤、張桂越 譯

推薦序

戰火下爲圖書館奮戰的館長

王岫

伊拉克戰爭爆發於二〇〇三年三月二十日，雖然不到一個月，英美聯軍就攻陷巴格達，海珊政權也因之下台。但伊戰歹戲拖棚，戰後美國雖然不斷草擬計畫重建伊拉克，同時委任當地人擔任臨時政府官員。但由於伊拉克不少派別的宗教及政治組織並不支持美國，故至今針對美英的軍事占領而進行各種游擊戰及暗殺或汽車炸彈攻擊等仍然風起雲湧，使得首都巴格達及一些大城，還是處於烽火漫天的危險、緊張情況下。

戰爭對歷史建築、珍貴文物等的毀滅、破壞、流失，是最大的兇手，特別是現代科技發展下的強大武器，使得伊戰開打不到三、四週，無論博物館、圖書館及其他文化設施等都損傷慘重，重要文化遺產毀的毀，丟的丟，眞是伊拉克文化的一大浩劫。

但就像美國作家柯林斯（Larry Collins）一九六五年所寫的《巴黎戰火》（*Is Paris Burning?*——後曾拍成電影）這本書所描述的一樣，——戰火下總有許多人，在危險的處境下，搶救瀕臨毀壞佚失的珍貴文物。就伊拉克的圖書館界而言，南方大城巴斯拉（Basra）的中央圖書館館長艾莉亞・穆罕默德・貝克（Alia Muhammad Baker）在戰爭之前和期間，不斷運送重要館藏到安全地方的救書行動，已被美國童書作家及插畫家溫特女士（Jeanette Winter）寫成童書繪本《巴斯拉的圖書館長》（*The Librarian of Basra: A True Story from Iraq*）；連政治漫畫家史塔馬蒂（Mark Alan Stamaty），也插足這個故事，出版漫畫書《艾莉亞的任務》（*Alia's Mission: Saving the Book of Iraq*）。雖然有點諷刺，伊戰是美國發起的，但這兩本書在美國都是被教師和專家推薦給兒童和青少年閱讀的，好讓他們認識保存文化遺產的重要。《巴斯拉的圖書館長》一書，國內出版社也出版中譯本了，想必我們的讀者也有很多人知道這個眞實的故事。

另外一個爲伊拉克文化遺產的保存而奮鬥的圖書館界人士，就是本書的主角——伊拉克國家圖書暨檔案館（Iraq National Library and Archive——簡稱INLA）的館長薩德・伊斯康德（Saad Eskander）先生。

伊斯康德生於巴格達，但於一九八一年到伊拉克北部參加庫爾德族的反抗運動組織；一九八六至一九九〇年間，他住在伊朗，後來又去敘利亞住了六個月，並於一九九〇年移民到英國，在北倫敦大學（University of North London）得到現代史學位，再於倫敦大學經濟學院完成國際關係和歷史學的碩、博士學位。二〇〇三年底，海珊政權垮台後，伊拉克臨時政府聘他回巴格達擔任

ＩＮＬＡ館長，希望他重建遭砲火毀損的圖書館，並力求短期內能重新對外開放。

伊斯康德放棄了他在倫敦舒適的生活，帶著妻子和幼兒，回到烽火漫天的家鄉；後來他接受美國圖書館協會所屬的《美國的圖書館》（*American Libraries*）雜誌編輯電話訪問時，提到爲何選擇回鄉，他說：「就是想爲保存伊拉克的文化遺產，捍衛人民求知的權利而盡一份力量。」

這是一份艱苦的工作。ＩＮＬＡ除了部分館舍受到嚴重毀損外，圖書館文獻也遭到搶劫或燒燬，估計檔案文件遺失了六〇％，珍善本書遺失九五％，手稿損失二五％，重建之路，眞是漫長而艱鉅。

伊斯康德雖然率領近四百位館員努力不懈的工作，也尋求國外圖書館界的協助。但主要的困難就是他原本以爲，戰後即可成爲民主政權的伊拉克新政府，卻因宗教派系的內鬥及武裝反抗軍持續的進行游擊戰，使得巴格達的槍戰和炸彈聲，在這四、五年來一直未曾稍歇；動輒停電、交通封鎖和管制，甚至於國民衛隊和美軍也經常強行進入館舍搜索武裝反抗分子等，都影響圖書館的重建工作、館員的安全和讀者進館的意願等。

最讓他氣急敗壞的是，新政府雖然請他回國擔任ＩＮＬＡ的重建工作，但他們與海珊舊政府一樣，許多首長都是宗教團體成員，對他們所謂是「世俗文化」的圖書館壓根兒沒興趣，對圖書館的復建工程不僅不積極，更別提致力於圖書館現代化了。他的頂頭上司——文化部部長和部裡的官員，也是充滿官僚和貪腐習性，他的許多計畫申請和人事、經費等案件，老是被凍結或擱置。

在此情況下，伊斯康德做得很辛苦，但他仍然奮戰不懈，不輕言放棄。他首先說服政府，讓ＩＮＬＡ重新開放，然後他也開始寫日記，並用電子郵件寄給國內外學術界的友人，期望國際間了解ＩＮＬＡ在戰火下的困境。他的友人將他的日記逐日登在部落格上，後來大英圖書館的「The World's Knowledge」網站也轉載了這份從二〇〇六年十一月到二〇〇七年七月的日記，引起了世界各國圖書館的關注，也紛紛伸出援手，協助ＩＮＬＡ的重建工作。大英圖書館表示，他們將伊斯康德的日記登在網站上的原因，除了是表示對姊妹館（兩者同是國家圖書館）的支援和團結心的宣示外，也希望提供一個平台，讓ＩＮＬＡ得到更多的公眾聲援和專業的協助。伊斯康德的日記登到七月後就結束了，因為他老覺得是利用圖書館的悲情和同仁們的犧牲生命來博取輿論的注意，開始讓他覺得有罪惡感和不安。但不可否認的，他這幾個月公開的日記，也讓ＩＮＬＡ獲得許多支援。大英圖書館除了贈送外交部有關伊拉克一九一四至一九二四年間的檔案縮影複本，供ＩＮＬＡ充實復建的館藏外，也發動各大學圖書館運送了價值三萬美元的三百冊教科書給ＩＮＬＡ；要知道ＩＮＬＡ二〇〇七年買外文書的經費只有七千美元呢！其他，如美國、義大利、荷蘭、捷克等國家，也紛紛支援出版、修復設備及微縮膠卷、電腦及印表機等器具；國際圖書館協會聯盟（IFLA）也呼籲各國共同重視INLA的重建，並曾譴責美軍和新政府國民衛隊不當侵入INLA的搜索行動。

筆者雖然從《美國的圖書館》雜誌上，看到編輯寫著以電話訪問（因為INLA網路經常不通）伊斯康德時，因為通訊不良，伊斯康德必須打開窗戶，靠近窗口外依賴其他大樓上的接收設備，才能勉強接聽電話；但是一打開窗戶，大聲講英語，又恐怕自己成為武裝反抗軍狙擊的對象。這已是伊斯康德困境的縮寫了。但讀了九個月日記的全文後，更加令我怵目驚心：——他的館員和他們的親友們，經常被謀殺或死於戰火、傷於汽車炸彈事件，要不然就是被威脅或被綁架失蹤，日日生活惴惴不安，如何能專心於館務工作？圖書館經常因缺電、限電和街道爆炸事件而閉館，如何營運？網路通訊不良，館長還得經常上網咖才能傳遞電郵，如何推展圖書館的現代化？缺乏空調，影響文件資料的保存和維護，怎麼因應？上級的貪婪及官僚的無效率，影響到圖書館的重建，又該如何？員工專業人才和訓練不足，怎樣才能扶植他們學習新技能？……

在這樣情況下，許多人早就打道回府不幹了，但伊斯康德卻冒著生命危險和一般人無法容忍的環境，盡力維持著圖書館的開放。書中提到，INLA二〇〇七年三月份讀者人數三〇六人，四月份升為三八一人；我們看來好笑，平均一天十人左右而已，但這畢竟是伊斯康德在戰火下重建人民心靈避風港的成果之一。在這五年來，他運回並保護屬於總統府的祕密檔案，免得資料再流失；他找回部分被劫走的圖書館史料；他參加書展、接受《路透社》和其他媒體的訪問，讓ＩＮＬＡ的困窘情況，能爲外界所知；他強硬對抗了上級的官僚，終於推動了檔案史料室和國家先烈圖書室的整建工程；他也參與美國國會圖書館所發起的「世界數位化圖書館」計畫，打算進行館內珍貴文獻的數位化工作；他也規劃了伊拉克口述歷史的計畫，並積極爭取圖書館能從文化部獨立出來；他也不斷舉辦員工的進修和訓練，並且是伊拉克唯一有女性員工組織團體的機關……。這就是伊斯康德館長，在「沒有聽到爆炸聲，就算是美好一天」的巴格達，爲一所原已半成廢墟的圖書館所做的努力。

身爲圖書館員，我感嘆、敬佩我們的同道在如此惡劣環境下，所呈現的勇氣和毅力。但這本書其實也不光是圖書館員該讀的，一般讀者更能從伊斯康德館長日記所描述的巴格達戰火，了解到伊拉克戰爭和伊拉克的歷史和現況；這在我們當今重羶腥和八卦的媒體，報導是很不足的。我們更希望文化和教育官員也能讀一讀，讓他們知道圖書館的重要性，也能知道「官僚」，——對文化是一種無形的謀殺。

二〇〇八年五月三十日　序於重南書房

推薦序

永不消失的圖書館

詹麗萍

在公元前三千年的古埃及，即已有保存人類各種檔案記錄的處所，這些記錄經過整理、保存和利用，逐漸形成了原始的圖書館。公元前二千年左右，巴比倫帝國在美索不達米亞平原建立，以索馬利亞文化爲基礎，創造繁榮進步的光輝時期。其後的亞述時代，圖書館不僅規模宏大，編目完善，所藏泥板更開放供民眾利用。索馬利亞人、巴比倫人及亞述人對西方文明貢獻甚鉅，尤其是對文化傳播的努力更值得稱道，他們發明了管理與應用圖書館及檔案資料的系統，保存了記載該地區文明發展的文獻，雖屢經無情的戰火，文化仍能延續不斷，足證圖書館及檔案對人類文化傳承的功能與價值。

曾經是蘇美、巴比倫及亞述文明發源地的伊拉克，被稱爲是西方文明的搖籃，以其眾多的稀世珍藏和考古遺址，成爲一座名副其實的世界文明博物館。然而，伊拉克薩達姆政權在二〇〇三年美英聯軍打擊下垮台，許多地方出現暴動和無政府狀態，巴格達國家博物館、摩蘇爾博物館、伊拉克國家圖書暨檔案館均遭到搶劫、破壞和焚燒，許多文物珍藏被洗劫一空，引起各國學者專家和學術團體的關注。世界文物專家咸感憂慮，認爲這是自一二五八年成吉思汗蒙古大軍攻侵伊拉克以來最嚴重的一次文化破壞和掠奪，遭受毀滅性破壞和盜竊的歷史文物將永遠不可能恢復，是人類的一次文明浩劫。

伊拉克國家圖書館成立於一九六一年，國家檔案館則成立於一九六三年，兩館於一九八七年合併成「伊拉克國家圖書暨檔案館」。自從八〇年代爆發兩伊戰爭後，由於伊拉克統治者把大量國家資源投注在軍事用途上，對圖書館毫不關心，尤其在海珊政權的統治下，國家圖書館猶如被遺棄的書塚。二〇〇三年四月美軍大舉入侵伊拉克，受創最嚴重的文化機構就是圖書館，大量書籍文件及藏品遭盜匪洗劫，建築設備也受到嚴重破壞，圖書館的書架上盡是灰燼。國家圖書館館長薩德・伊斯康德帶領全體員工積極從事圖書館的重建工程，在最艱困的情況下奮力不懈，搶救飽受火災、煙燻及水損殘害的資料，館員每天冒著槍林彈雨上班，在缺水缺電的情況下工作。經過將近一年多的整修，「伊拉克國家圖書暨檔案館」終於又重新開張，服務民眾，不過它並沒有能夠吸引太多讀者前來利用，因爲圖書館所處的區域是巴格達最危險的地段之一，美軍經常在該地與反美武裝部隊發生槍戰。戰爭下的巴格達成爲黑暗之地，也許要等到槍聲不再響起的那一天，圖書館才能眞正恢復成爲學習的殿堂。

從東方到西方，在歷史的潮流中，圖書和圖書館經常毀於無情的戰火，但即使歷經多次的毀滅，圖書和圖書館最終還是存活了下來，並且不斷發展和創新。在圖書館興衰起伏的發展過程中，埋藏著許多可歌可泣的動人故事。本書作者以寫日記的方式，把「伊拉克國家圖書暨檔案館」所發生的點點滴滴記錄下來，讓這個世界得以透過他的書寫看到眞實的伊拉克，以及伊拉克圖書館員的生活實況。身爲圖書館一分子的我，讀到他描述同仁痛失愛子，眾人聽到消息後一片沉默，但都同意「面對死亡和恐懼，最好的因應之道就是繼續工作，提升我們的服務」，不禁感到敬佩與驕傲，這就是圖書館員的精神。

巴格達建城一千兩百多年，十二座橋樑橫跨底格里斯河，是巴格達的驕傲。薩德．伊斯康德說，這些橋樑顯示著溝通與團結，什葉派阿拉伯人、遜尼派阿拉伯人、庫爾德人，甚至基督徒在此和諧共生，呈現宗派融合。早在中世紀，巴格達統治者曾燒毀橋樑，阻止蒙古軍隊入侵，而美軍在伊拉克戰爭中亦曾毀壞橋樑，阻止伊軍部隊行動。儘管伊斯康德對前景有些悲觀，多數巴格達人對這些橋樑還是很有感情，在他們的心目中，巴格達的橋永不消失。我相信伊斯康德和他的圖書館同仁也一定堅信，在他們的努力之下，巴格達的圖書館永不消失。

民國九十七年六月

於中興大學圖書館

導讀

伊拉克的困境

楊照

獨裁者海珊垮台之後，伊拉克最大的問題是，雖然美國人一心一意想要建立一個具備基本民主機制的新伊拉克，然而卻找不到賴以支撐這樣一個新國家的伊拉克人。

這話一點都不誇張，伊拉克國家還在，但伊拉克人不見了。意思是，伊拉克境內的人，沒有幾個是以做伊拉克人當成自己首要的身分認同的。

伊拉克北部是庫爾德人的傳統居住地，原本的庫爾德斯坦在一九二〇年代被併入伊拉克。八十年中，歷經英國殖民統治到現代伊拉克的獨裁政權，庫爾德人從來沒過過好日子。在庫爾德人的記憶中，唯有比較能忍受的時代，是一九九一年第一次波灣戰爭之後。儘管美軍在老布希總統令下突然撤軍，海珊的軍隊一度北上肆虐報復，然而隨後美國及北約部隊畫出了禁航線，實際上將海珊的勢力阻擋在禁航線以南，給了庫爾德人難得的自治經驗。

一九九二年，庫爾德自治區進行了伊拉克境內有史以來的第一次民主選舉，成立了庫爾德斯坦國家議會。之後的十多年間，庫爾德斯坦地區政府有效維持了伊北的秩序，增設了三千所中小學（原來只有一千所）、兩所大學，並且開放了相當程度的言論自由。在這段時間中，庫爾德語的出版、廣播和電視台，也有長足發展。

到二〇〇三年美國再度出兵伊拉克，伊北的庫爾德人地區已經誕生了完全不講、不會講阿拉伯語，只講庫爾德語的新生代，而老一輩的庫爾德人對伊拉克統治留下的又盡是惡劣、恐怖的記憶，試問：在這種狀況下，能找到幾個庫爾德人想當伊拉克人的？

對庫爾德族來說，最好的前景，是獨立擁有自己的國家，然而偏偏這個夢想，美國不可能支持。因爲庫爾德族人散居在伊北、土耳其到中亞，爲數甚多，當年英國硬是把這個地區切分成多個邊界極不自然的國家，就是爲了收將庫爾德人分而治之的方便。一旦伊北庫爾德人有了自己的國家，這地區的庫爾德人都會爲之騷動，誰有把握能收拾這麼多國家內部的種族緊張呢？

伊拉克南部，情況也不好。人口占大多數的是什葉派伊斯蘭信徒，他們的宗教虔信程度，遠高於少數的遜尼派。然而他們所屬的教派，與隔鄰伊朗是一樣的。讓我們別忘了，八〇年代，何梅尼的宗教革命在伊朗奪權後，伊拉克曾經和伊朗進行了長達八年的戰爭，引發那場戰爭的動因，有海珊進一步擴張其勢力的野心，也有海珊對伊朗革命鼓舞境內什葉派的擔心。

伊朗人是波斯人，不是阿拉伯人，在人種上和伊拉克不一樣，可是宗教上卻有什葉派可以互通聲息。兩伊戰爭中，海珊拚命宣傳民族主義，盡量降低伊斯蘭教的影響，勉強能夠動員什葉派同心對抗伊朗。不過長期戰爭，什葉派居住的區域因為鄰近伊朗，嚴重受害，殘破不堪，當然也就鬱積了強烈不滿。

第一次波灣戰爭後，什葉派藉海珊政權搖搖欲墜時，奮勇起義，而且深信他們的行動會得到美國軍隊支援，結果呢？美國眼睜睜看著海珊將精銳的共和衛隊南調，無情瓦解什葉派反抗勢力，甚至更進一步在兩河流域下游沼澤區大舉開發運河，硬是將原本長滿蘆葦的地景改變了，只為了追捕可能在這個區域躲藏的什葉派反對人士！人類文明起源的重要根據地，就此不復保存歷史原貌。

這些在海珊政權下飽受荼毒的什葉派人士，不容易再上民族主義的當了。他們也不會將伊拉克人身分擺在前面，他們的自我認知是信仰什葉派教義的阿拉伯人。他們當中有許多菁英領導人士，與伊朗過從甚密，心儀二十一世紀新興的伊斯蘭教基本教義運動，嚮往能夠建立一個「大伊斯蘭帝國」。另外還有一些人，則延續海珊時代的夢想，支持「大阿拉伯主義」，不管哪種理由，伊拉克對他們來說都太小了。

什葉派記得自己被美國出賣過，所以不信任美國，不過他們倒是很歡迎美國人趕走海珊，建立「民主伊拉克」，因爲如果眞要民主投票，什葉派相信以他們的人口優勢，一定會投出一個以什葉伊斯蘭教爲「國教」的新伊拉克。

效法伊朗建立伊斯蘭宗教國，北邊的庫爾德族一定不同意，南部的遜尼派也不會同意。海珊就屬遜尼派，他的統治造就了遜尼派的少數特權地位，也讓伊拉克的遜尼派快速世俗化。教派組織和國家組織相當程度重疊，其信仰的強度也就必然被沖淡了。

美國的軍事勢力，要打敗伊拉克軍隊，趕跑海珊，易如反掌。可是美國的軍事勢力，卻完全沒有準備該要如何進入伊拉克維持海珊垮台後的秩序。二〇〇三年四月，美軍一進入巴格達，可怕的情況就發生了，街上到處有人燒殺搶劫，美軍卻袖手旁觀不知所措。於是暴力失序狀態快速升高，接著各種基礎建設也遭受了慘重破壞，於是斷電斷水，沒油沒氣，就成了美軍進城後，巴格達人民最深刻的痛苦感受。

在美國占領下，遜尼派很難翻身，也因而他們的危機感最重，對自己的前途最是惶惑不安。偏偏在占領初期，美國就犯了不可思議的大錯，突然將原本海珊政權底下的軍隊予以解散。此舉一來讓遜尼派人士更受衝擊，二來製造了大量曾經受過訓練的失業軍人，讓他們自由流竄，造成更難控制的社會不安。這些人大部分回到遜尼派的區域，投靠當地角頭，當起現成的傭兵。

二〇〇四年起，從遜尼派控制區開始出現大規模的反美游擊活動，讓美軍疲於奔命，而且死傷快速累進。接著什葉派也與遜尼派有了勾搭，躲在遜尼派後面扯美國人後腿，希望美國撤軍讓什葉派實現建立伊斯蘭教國家的夢想。

受到國內壓力，美國政府也不想在伊拉克久留，很想趕快把權力交還給伊拉克人民，訂定新憲，組成政府，美國就可以一走了之了。但是，伊拉克人民在哪裡？新憲要如何誕生？當時誇下海口要藉侵略伊拉克促成「區域民主化」，美國不能自打嘴巴容許形式不民主的憲法，可是單純數人頭的話，什葉派一定會取得大權，一定會將伊拉克帶上宗教狂熱的道路，一定會造成與北方庫爾德族的強烈衝突，這也不是美國所能容忍的。同時，美國占領後的伊拉克，一方面不能讓遜尼派復辟，另一方面又不能讓庫爾德族獨立建國，那麼多現實條件彼此卡死了，就使得伊拉克局面只能一拖再拖，也使得這五年來，各種大小規模的武裝衝突從來沒斷過，伊拉克也就遲遲無法「正常化」，國家體制定不下來，政府機構沒辦法穩定運作，在這樣永遠朝不保夕，永遠兵荒馬亂的環境，創造了「伊拉克國家圖書暨檔案館」的浩劫，以及浩劫之後戲劇性的重建努力過程。

作者序

活著的脆弱與堅強

薩德・伊斯康德

早在海珊政權垮台之初，二〇〇三年十二月我剛受命擔任「伊拉克國家圖書暨檔案館」館長時，我就開始寫日記了。但是寫了一個月後，我決定暫時停筆，好把全副心力擺在「伊拉克國家圖書暨檔案館」的重建工程上；因爲「伊拉克國家圖書暨檔案館」是美軍二〇〇三年入侵後，伊拉克境內受創最嚴重的文化機構。當時「伊拉克國家圖書暨檔案館」有六〇%左右的文件、二五%的書籍及九〇%的地圖與攝影藏品遭盜匪洗劫。此外，圖書館的建築結構，也受到嚴重破壞。隨著巴格達被美軍打下來之後，館裡的設備、機器及家具不是被搶，就是給火燒得面目全非。當時館內員工的士氣跌到谷底。

二〇〇四年年初，安全狀況開始急速惡化，伊拉克經歷前所未有的宗教派系兩極對立。到二〇〇六年年中，巴格達爆發全面內戰，好幾萬名遜尼派及什葉派教徒被迫放棄自己的房子，甚至有人被迫永遠離開自己的國家。數以千計的無辜民眾不幸喪生。

「伊拉克國家圖書暨檔案館」想盡快站起來，雖因暴力瘋狂、貪污橫行、官僚無情、預算限制、基礎設施嚴重不足等因素（尤其是缺電），一再打擊著我們的努力，但是，本館員工重建「伊拉克國家圖書暨檔案館」，讓它走向現代化的意志從未止歇。

二〇〇六年，我一個朋友派翠夏・史里曼（Patricia Sleeman，檔案管理員）建議我再提筆重寫日記。她說，這樣其他國家的民眾，尤其是其他圖書館的檔案管理員、圖書館館員及館長才會知道他們的伊拉克同僚的工作及生活實況。一開始，我很猶豫，我最擔心的是大家看了我的日記後，無法相信我們眞的每天在槍林彈雨之下，在混亂與破壞中如此辛苦的求生。不過，最後我還是答應提筆重寫。這些日記最早是在二〇〇六年十一月以部落格的方式，刊登在英國檔案管理員協會（The Society of Archivists）的網站上。沒多久，我任職於大英圖書館的朋友安迪・史帝文森（Andy Stephenson）告訴我，大英圖書館想把我的日記貼在它們的網站上。基於安全考量，我在巴格達從未告訴任何人關於日記之事，連我的同事也都渾然不知。

寫了九個月後我決定停筆，因爲我的內心滿是罪惡感。我覺得自己好像在利用員工的犧牲來成就日記的內容，也在情感上勒索看過我日記的讀者。每天，我都好像在等著壞事降臨，以便有好題材可寫。這種可怕的感覺，開始纏繞壓迫著我。每天要把自己所見、所知及每天共事的人的生活苦難一五一十寫出來，實在是太痛苦了，最後我也寫到心力交瘁。

對我而言，這些日記並非政治宣言，我只是想讓伊拉克以外的民眾在不透過媒體偏頗觀點的情況下，看看眞實的伊拉克。我以非常簡單、直接的方式，在日記中把「伊拉克國家圖書暨檔案館」所發生的點點滴滴一一記錄下來。這份日記也告訴我們，即使身處極端惡劣的環境，但只要我們願意發展出某種機制，人類還是能化腐朽爲神奇，成就非凡成果。

目錄 CONTENTS

館長日記

伊拉克及其鄰近國家地圖

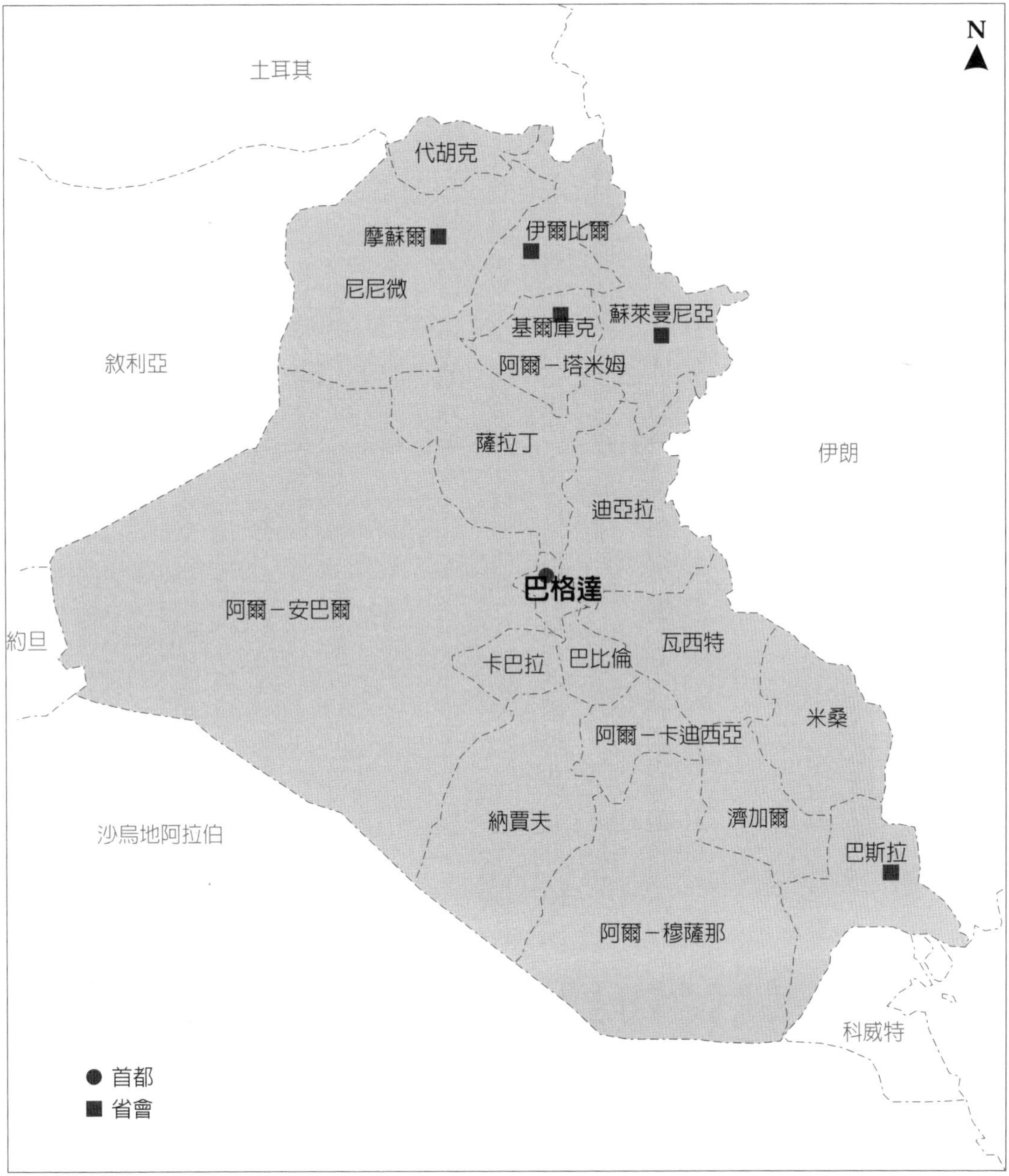

阿里倒下了

前後拖了七個月，我終於決定接受義大利的邀請前往羅馬（十一月九至十一日）。巴格達機場關閉了三天，政府是怕法院宣判海珊死刑後他的支持分子會鬧事。我算是幸運的，機場於十一月八日星期三重新開放。我花了七個小時才離開巴格達，經安曼到羅馬時是十一月九日。

二〇〇六年十一月十日（星期五）

我參加了一場研討會，是由義大利非政府組織 Un Ponte Per（「通往巴格達之橋」）和羅馬公共圖書館聯合主辦的，看得出他們事先準備得非常充分。座談會的目的是討論如何協助伊拉克國家圖書暨檔案館（Iraq National Library and Archive，簡稱ＩＮＬＡ），除了我以外，還有另外七位義大利圖書館館員以及政府官員，包括義大利外交部副部長。

研討會開始時，我先放了一部十分鐘的影片，內容是二〇〇三年四月中旬伊拉克國家圖書暨檔案館被毀壞的過程，以及義大利朋友們協助重建的情形。Un Ponte Per 主席及一些機構代表們，包括佛羅倫斯國家圖書館、羅馬公共圖書館

伊拉克國家圖書館成立於一九六一年，而國家檔案館則成立於一九六三年，兩館於一九八七年合併成「伊拉克國家圖書暨檔案館」。自從八十年代爆發兩伊戰爭後，由於伊拉克統治者把大量國家資源投注在軍事用途上，對「伊圖」的運作和提供人民的服務造成很大的影響，在海珊的統治下，「伊圖」猶如一個被遺棄的「書塚」。目前，圖書館的館藏量約有一百萬冊（只圖書部分）、五百萬份檔案資料。地圖和照片收藏品大部分於二〇〇三年四月美伊戰爭期間被暴徒掠奪。關於「伊圖」遭逢的劫難和重建情況可參閱附文：〈過去、現在與未來〉。

系統，都談到保護伊拉克文化遺產的重要性，也談到義大利能協助伊拉克的方法。外交部副部長也表達外交部對協助伊拉克圖書館重建的誠意。他們給我四十分鐘的時間談談過去三十五年來伊拉克文化及文化機構的情況。研討會結束後，我覺得這三天的訪問是成功的，沒有浪費時間和努力。

十一月十一日（星期六）

我離開羅馬到了安曼，第二天回到巴格達國際機場。大家都知道連接機場到巴格達市的高速公路，是一條全世界最危險的公路。

爲了安全，我請計程車司機把我在第一檢查站放下，這個檢查站離機場三分鐘。誰也不相信誰，特別是機場的計程車司機。我的司機就在檢查站等我，安全警察叫我們趕快離開，因爲他們對檢查站一輛棄置的車輛產生懷疑。高速公路一團亂，大家都急著離開機場，包括警察和軍人，他們用槍對著我們，我們不得不減速好讓他們的車先走。

我要司機馬上送我到辦公室。才下高速公路，兩個恐怖分子在阿爾—雅爾木克區炸死了六十人，傷了九十人。我和司機決定繞道，經過阿爾—卡爾拉達區回去。我們才進入阿爾—喀阿大區，兩部汽車炸

二○○三年「伊圖」被焚毀的入口處
(Courtesy of INLA)

彈爆炸，炸死許多市民。我決定不回辦公室了，因爲其他主要幹道也相當危險。其實就在同一天，阿爾─沙頓區的鬧市也有兩部汽車炸彈爆炸，死傷慘重。這是在歡迎我的回來，歡迎我回到現實。

十一月十三日（星期一）

一進辦公室就聽到壞消息，我不在的時候，「伊圖」被炸了兩次，狙擊手的子彈打破了幾塊窗戶，幸好沒人傷亡。我打電話給他們的時候，他們沒告訴我，說是怕我擔心，會把我的出訪給搞糟了。

剩下的這星期，我告訴同事該怎麼做，因爲他們都接到了「死亡威脅」。住在什葉派地區的遜尼派信徒接到了要搬出該區的最後通牒，而住在遜尼派區的什葉派信徒也必須搬離家園。目前爲止，我的兩位同事已經被殺害，第一位是在電腦部門工作，第二位是警衛。此外，有三位約僱司機也被謀殺，還有另外三個則受了傷。

十一月十九日（星期日）

今天是個非常緊張且吵鬧的一天。

我聽到好幾次爆炸聲，有些離我辦公室不遠。槍聲和救護車的鳴笛隨著爆炸聲交替響起，我的同事們對於這種事件已習以爲常了，有時還開開玩笑。

早上九點半之前我們是沒有電的。我嘗試勸說電力部，希望他們早上八點半到下午三點之間能提供不間斷的電源，但是並沒有結果。

十一月二十日（星期一）

今天還是很緊張。

我聽到很激烈的槍戰聲，就在街對面。聽說什葉基本教義派的衛生部副部長的護衛，在阿爾—法德赫爾區域遭遜尼派極端分子埋伏（離本館大樓二百五十米），美國士兵也介入戰鬥，打了大概一小時。

副部長的兩名保鑣被打死，我們的守衛也在兩棟大樓附近戒備，同事們也受到指示遠離窗口。我一早就警告過守衛，不許他們加入大樓外的戰鬥，我告訴他們最好的方法就是不要被引起注意。

十一月二十一日（星期二）

目前爲止，今天是今年最壞的一天。

車子一到行政大樓，聽到兩聲巨響。遜尼派極端分子用迫擊砲轟炸醫學城醫院和衛生部。兩座被攻擊的大樓離我們只有兩百米。現任衛生部長是一位什葉派極端分子，他的前任也是，他們兩位上任後都把部裡，不論資深或資淺的工作人員全部換成死忠的什葉派，衛生部現在成了什葉派的要塞。高等教育部則是遜尼派的根據地，他們上星期被什葉派突擊，一百多名遜尼派的員工被俘虜了。就是這兩派人馬，日日夜夜威脅著我們的性命。

我的秘書烏姆．海森，她有點害怕，因爲兩枚炸彈就降落在她的車前七十米處。就跟其他人一樣，她談個兩分鐘後又回到日常的工作崗位上。

五十分鐘後又一聲巨響，雙方持續交火一個半小時。

娜迪亞，電腦部門的圖書館員，她今天沒出現。我被告知說她父親昨天受傷了，大腿上挖出了一顆子彈。

我跟書目資料部門主任那德哈爾和她的上司佳瑪爾見面，談談他們的工作。

上午快十一點，大部分同事都收到了本月份薪水。我到幾個部門走走，和不少同事們隨便聊聊，我盡努力的提高他們的士氣。

十一點，接獲了一個要命的消息——我被通知說阿里．撒利就在他妹妹的面前被活活刺死。阿里是個機靈的年輕人，我把他送到義大利的佛羅倫斯受訓學習網頁設計。回來後，他和娜迪亞負責指導並經營圖書館的官方網站。他是我們圖書館現代化革新的象徵。我在二〇〇四年一月僱用他和其他年輕的同事，我希望年輕一代能出頭帶路。

這是令人非常難過的一天。認識阿里的人都哭了，每個人情緒都很低落，士氣也降到了最低點。阿里工作的電腦部門主任 AMA 小姐更是沒辦法控制她的情緒。同事都撤回家後，AMA 小姐還留在辦公室默默流淚。我是最後一個要走的，但是我有強烈的感覺 AMA 小姐應該還獨自留在辦公室，所以先去看看她。我們談了十五分鐘，終於把她勸回家，但我也無法掩飾自己的擔憂，我極度擔心年輕同事們的生命安全。

走之前，我把各部門的負責人請來開個會，為了安全起見，我建議應該把同事分成三組，每一組只工作兩天。不過，為了服務我們的大學生和研究人員，檔案室和圖書部的主閱覽室仍然開放，大家都贊成我的建議。有些同事跑來跟我說要我盡快離開國家，他們非常擔心我，怕我會白白送死。

我非常沮喪的回到家。我抱了抱我六個月大的兒子，想著阿里留下的兩個兒子，一個六個月大，一個三歲。

十一月二十二日（星期三）

大約上午八點半，接到副館長卡米勒電話，說他的大兒子阿莫由於被載有炸彈的汽車撞倒而嚴重受傷，幸而炸彈沒有爆炸。

「伊圖」關閉到十二月九日。

十二月十至十五日

星期日「伊圖」依行事曆重新開放。由於道路被軍隊和美軍封鎖管制，所以有些同事無法回來。

星期二，我和一家建設公司的經理見面，他們負責重修大樓剩下的部分，包括期刊部和開架式書庫。我們雙方都同意爲了安全起見要緊密聯繫與合作。我們也都關心自己同事的安全。他把他們工程車的車號給了我，另外也同意我的建議，工人要有公司證件，進出都要出示讓我的警衛查看。

星期三，我收到更多的壞消息。一個員工的房子被恐怖組織襲擊，結果他和他的兒子（一位大學生）受了傷，另外一個兒子（是個醫生）也同時被殺害。

就在同一天，我和阿里的兄弟們見了面，談到阿里的撫恤金，看看「伊圖」能爲他太太和兩個兒子做點什麼。兄弟們告訴我一點阿里當時被殺的情況，他們說當時阿里在車裡，送完妹妹到大學後，有輛車子擋著他，兇手有四個，他們命令阿里下車。下車後，阿里發現那四個人都有槍並打算要殺他。阿里很勇敢而且身體也夠壯，馬上反擊這四個殺手，把兩個打倒在地上，不幸的是其中一個開槍打中了他的腿。阿里倒下之後他們向他的頭部和胸部、肚子開槍。阿里就躺在路上流血致死。那天早上，犯案現場，也就是在一條熙來攘往很繁忙的街道上，卻沒一個人敢插手。兇手很可能是其中一個民兵，滲透到安全部隊裡。

我們現在比較擔心的是狙擊手。他們通常在兩個區域隨便狙殺無辜的人，一個是臭名遠播的海法大道，那是復興社會黨和蓋達組織的要塞。海法大道位於底格里斯河的另一岸（離圖書館大樓一公里），另一個區域是阿爾—法德赫爾區，也只離我們半公里。許多無辜的人，包括婦女，都被狙擊手打死。位於我們大樓和阿爾—法德赫爾區之間的共和街更是少去爲妙。

星期四，爲了安全起見，我們（我和司機）決定換另外一條路走，一到阿爾—辛納克區我們就聽到恐怖組織綁架了四十個人，那些恐怖分子則安安全全的離開，因爲員警和政府辦公大樓的警衛都拒絕干預。

十二月十六至二十一日

海法大道和本館的所在地區安全情況日趨惡化，不同的武裝分子不時攻擊平民、房舍和政府大樓。這個星期，大部分往圖書館的道路都被封鎖，他們告訴我說狙擊手在共和街上殺了一個女人。

星期四，我的同事們都拿到薪水了，這要感謝勇氣可嘉的兩位財務部女同事。這兩位年輕女同事祕密的把錢從銀行提到我們的大樓（六萬美金），她們共花了五天的時間完成這個行動。銀行位在一個危險區域，恐怖分子隨時都有可能發動攻擊。

十二月二十三至二十八日

這個星期還是不好。

星期日，我聽說正在休假的阿哈曼德．薩利赫在自己家裡被暗殺小隊殺害了。薩利赫的家很窮，父親死後他就扛起撫養弟妹們的擔子，他努力工作讓他們受教育。我還聽說薩利赫死前兩個星期才和一個女孩訂婚。

星期一，我收到了更多壞消息，期刊部麥阿妲的哥哥也被一群恐怖分子殺害了。

我獲悉在共和街上有個狙擊手，對準一部車子開槍，殺死了司機和車上所有的乘客。

現在正是聖誕假期，安全情況仍然非常糟，我們機構裡有四位基督徒，A、B兩位在檔案室工作，第三位C呢，就在圖書館裡，另一位D在我辦公室，我給了他們五天假，讓他們慶祝聖誕。D只休了一天假，雖然主要道路都封鎖了，她還是繼續來上班。我勸她經過危險的區域（即國民衛隊和武裝分子管制區）時要把頭髮蓋著，她說使用頭巾已經好一陣子了，好掩護她的身分（即基督徒）。

星期二，我和文化部部長開了個會，跟往常一樣，我們談到安全狀況，談到同事們的人身安全。正在談的時候，部長辦公室主任馬哈穆德進來，他向部長報告說文化部周圍的安全愈來愈壞，恐怖分子在電影院外面殺了兩個人（離文化部兩百米）。我離開文化部的時候，聽說有可疑車子在附近行動。文化部四個月前搬回舊大樓，就在復興社會黨和蓋達組織的根據地海法大道上。才回到辦公室，就聽到一群武裝分子封鎖了海法大道，攻擊了幾座政府大樓。武裝分子和政府大樓的警衛雙方激戰了三個小時才結束。

圖書館從十二月二十八至一月七日期間閉館，我希望同事們都能度個快樂的宰牲節假期。

暴力衝突對「伊拉克國家圖書暨檔案館」員工所造成的傷亡統計

2006年1～12月

類別	人數
遭非法傷害致死（刺殺）	4
親人遭到殺害身亡（兒女、兄弟、姊妹、表親、叔父、姨媽、姪子等）	66
綁架	2
親人遭綁架	6
死亡威脅	58
員工因收到死亡威脅而被迫撤離家園（暫時或永久性）	51
房屋受損	3
其他物質損失	3

註：「伊拉克國家圖書暨檔案館」總共有四百六十四名員工，其中包括三十九名警衛。

宰牲節又稱犧牲節或忠孝節，是伊斯蘭教開齋節之外另一個重要節日，為紀念先知亞伯拉罕向上帝獻祭自己的兒子。時間為伊斯蘭曆每年的十二月十日，麥加朝聖過後。

寒冬中互相祝禱

很多窮人沒有能力到黑市買燃油取暖，黑市的油價比過去漲了二十倍。諷刺的是，石油部長在能源危機時還跑去朝聖。

二○○七年一月一至六日

宰牲節前夕，我們圖書館的警衛接到了死亡威脅，我要他留在館裡不要回家，找到了地方再走。巴格達在宰牲節假期相對較爲安靜，但還是有一些大爆炸和恐怖襲擊事件。圖書館所在的這個區域，即使是放假，還是很不安全，狙擊手非常活躍。整個區域都蒙著一層灰泥，巴格達的居民忍受著燃油和電力嚴重缺乏的痛苦。宰牲節假日特別冷，很多窮人沒有能力到黑市買燃油取暖，黑市的油價比過去漲了二十倍。諷刺的是，石油部長在能源危機時還跑去朝聖。

宰牲節的第二天，我們，即我太太和兒子，還有我，去看我妹妹和她的家人。同一天，我們也去拜訪了太太的父母。其他的時間我和幾個好朋友相聚。我們談的主要圍繞在治安日益惡化的問題，以及膠著的政治進程，我們都非常悲

在阿拉伯世界裡，有一句古老的諺語「開羅寫作，貝魯特出版，巴格達閱讀」（Cairo writes, Beirut publishes, and Baghdad reads）。阿拉伯帝國阿拔斯王朝第七任卡里發阿爾—馬蒙統治期間（al-Ma'mun，七八六～八三三）曾建造了一所圖書館「智慧之屋」，召集了很多學者把古希臘與印度的數學著作翻譯成阿拉伯文，是繼埃及「亞歷山大圖書館」後最大的學術機構，是為伊斯蘭文化的黃金時代。

觀。我與許多同事和朋友透過電話互相祝賀宰牲節快樂。假期的最後兩天我去了一趟庫爾德斯坦，那是個不太愉快的旅程。單是從巴格達和蘇萊曼尼亞市就有大概一百多個關卡。我到那裡去見幾個朋友。回來的前一天（一月六日星期六），國民衛隊突擊海法大道，殺死了也俘虜了幾個在附近恐嚇鬧事的武裝分子。

一月七至十三日

星期日（七日）我回到巴格達。聽到文化部大多數員工都不敢去上班，因爲武裝分子又潛回海法大道。

星期一（八日），又是沒有什麼新的變化；爆炸、砲轟、開火等。共和街還是個沒有人去的地方。早上八點半，安全部人事室主任X告訴我，兩天前美軍衝進他妹妹的家，結果妹妹當場心臟病發死了。現在，X沒有選擇的必須照顧妹妹的兩個遺孤。兩年前，X的小兒子也是在一次意外中去世了。

一位患有心臟病的老館員Y，她告訴我說昨天（一月七日星期日），一群武裝民兵擋住了她搭乘的車子，他們要所有乘客把身分證拿出來，看到她的全名後——說明了她是什葉派——他們命令Y下車。幸好，其他遜尼派乘客出面調停，成功遊說武裝分子放了她。Y希望我能讓她在家待幾天，對她來說那眞的是個很恐怖的時刻。

我與文化部部長聯絡，聽說他大部分的職員拒絕上班。文化部大樓所在地——海法大道，仍然是沒人敢去。他們要求部長搬回阿爾—札由那區。Z也告訴我說她所坐的車子在修赫達橋上被武裝分子攔截下來，他們令司機調頭回去。修赫達橋是我們到文化部唯一安全的路。

星期二（九日）國民衛隊關閉了巴布．阿爾—穆汗橋（這條橋離本館十五米），一片淨空，顯然國民衛隊和美軍要打海法大道了。他們封鎖了大部分的主幹線和大橋。早上八點十分，微弱的交火開始了，但情勢迅速發展。我嘗試和文化部聯絡，被告知說文化部的員工們決定留在家裡，我和其他的部門主管都沒接到文化部的任何指示。岳母打電話來叫我離開大樓，她家離我辦公室一公里，說她那裡發生劇烈的轟炸和交火，她怕戰事會往外擴大到我這裡。我安撫她說情況沒那麼糟，但才說完不久，圖書館周圍的槍聲就愈來愈強烈了。我請行政部通知所有的司機把車開來好把同事撤走。正在撤的時候，有兩架美軍飛機出現在上空，製造了轟隆隆的巨響。他們就在圖書館上空低空掠過。我們一共花了三十分鐘把所有職員撤離。我請幾位圖書館館員和檔案室的員工上我的車，好讓我送他們到離他們家不遠較為安全的地方。

撤退前，我對所有同仁說，因為海法大道和阿爾—法德赫爾區的戰事吃緊，圖書館會關閉到一月十三日星期六。我會在一月十四日考慮要不要重新開館。

一月十四日（星期日）

國民衛隊完成海法大道的軍事任務後，我們在星期日重新開放圖書館。我離開巴格達去了庫爾德斯坦出差，不在的時候都和館裡的同事保持聯絡，他們告訴我說星期一的情況還好，暴力衝突不多。

一月十六至十九日

星期二是充滿血腥的一天。那些汽車炸彈、詭雷、迫擊砲突襲，造成無數無辜的百姓死傷。恐怖分子的主要攻擊目標是阿爾—穆斯坦斯瑞亞大學，超過七十多名學生死亡，受傷的數字則更多。學校距離圖書館不遠，我們有十個同仁還在那裡攻讀，幸好沒有一個受傷，不過，一位同事的女兒被炸成重傷。大學位於瓦茲瑞亞路，而由於一些道路被封鎖了，所以瓦茲瑞亞路的交通通常十分繁忙，我和許多同事都走這條路上班的。這天我哥哥從倫敦打電話來，因為第二枚炸彈就在我家附近爆炸所以他十分擔心，我安慰他說我太太和兒子都安全沒事。

星期三，我親眼目睹了很多街頭槍戰，武裝組織再次強行奪回海法大道和附近地區的控制權，一家加油站受到迫擊砲轟炸，還有退休撫恤金部門也遭到攻擊，文化部處於全面戒備狀態。我決定星期四閉館，我想暫時關閉圖書館是好的決定，尤其是當天親眼看到十部汽車炸彈在巴格達中心爆炸。一月十九日星期五，我回到巴格達。

一月二十、二十一日

二十日這天是回教新年的開始。有人告訴我會計部的A小姐和她的家人星期日那天被強行遷離在海法大道的房子。同一天，狙擊手殺了他哥哥，另一個哥哥則被刺傷。

一月二十二日（星期一）

一百名無辜老百姓在巴格達被兩部汽車炸彈炸死。另外一位期刊部的圖書館館員接到死亡威脅，他必須盡快離開自己的家另覓居所，否則他會被殺害。會計部有位工讀生沒來上班，那天稍晚我被告知說她和家人被迫搬離她們在阿爾—吉哈德區的房子，得在別處找房子。

一月二十三日（星期二）

同事們收到了薪水——晚了兩天的時間。

入冬以後，同事們一直在抱怨生熱燃料價格的急劇上漲，比秋天的時候漲了四十倍，更糟的是，整個國家正面臨著嚴峻的能源危機。

早上十一點半，阿爾—法德赫爾區發生嚴重槍戰。大部分的馬路都關閉了，我們重新部署警衛。一扇窗子被炸碎了。當天我被告知說，圖書館的兩名技術人員在阿爾—加札利亞區遭到不知名的武裝分子綁架，幸好後來兩位都被安全釋放，不過他們都應該曾受到不少辱罵。修復室的主任接到死亡威脅，他和家人必須離開自己的家，我到修復室去看了一下，五顆子彈射中了兩扇窗戶。其中一位修復員跟我說由於教派衝突，她的哥哥十天前被打死了。另一位修復員則告訴我，他的一位住在伊拉克北部摩蘇爾的表親，也是因爲宗教問題而被殺。這兩件事情我一直都不知道，我發現不少同事因爲擔心被報復，所以都沒有向人事部門報告他們的磨難。

我聽到更多有關一位會計——D小姐不幸的消息。恐怖分子對著她爸爸和哥哥亂搶掃射，兩人都受了傷，而開槍的原因，是由於他們接到死亡威脅後不願意搬家。

請了一位專家維修網路系統，雖然她盡了努力，但整整花了兩天時間還是沒有修好，她答應說星期四會再來修補損壞的地方。

海法大道和阿爾—法德赫爾區戰事再起。從上午十一時四十五分到下午一點，美軍直升機在圖書館上空飛得很低，吵吵鬧鬧，我要同仁們快點撤離。

一月二十四日（星期三）

很多道路和大橋都被封鎖了，國民衛隊繼續堵塞著海法大道。早上九點半左右，戰事又開始，而且愈打愈激烈。美軍直升機在上空低飛，我的一位同事，文化部部長進來找我，他說他進不了辦公室，因爲所有的道路都封鎖了。由於海法大道的槍戰關係，文化部已經被迫關閉了好幾次。

大約在十二點，美軍開始轟炸恐怖分子在海法大道上的基地。圖書館各部門主管來問我是否撤離，我讓他們再等等，到該撤的時候再撤。同時間，我接到好友馬可的電話，馬可在一個義大利非政府組織UPP（Un Ponte Per）裡工作，UPP的總部設於羅馬，在幫助本館的重建工作上一直扮演重要角色。他問我和同事是否都平安，我告訴他說館裡有一位同事被殺，接著我問他有沒有聽到美軍直升機的聲音，他們當時正在轟炸海法大道；他說他聽得很清楚，然後問我同事是否還在上班。我說：「是啊！我們在這種情況下工作了好幾個星期！」話還沒說完，電話就斷了。一點半，我決定全部撤離。我以爲一枚迫擊砲在我們大樓正對面爆炸，這棟樓目前是由國民衛隊步兵旅在駐防。後來才知道那爆炸聲，是一架美軍直升機在海法大道被擊落的聲音。我們撤離後，槍戰愈來愈激烈，國民衛隊宣布巴布·阿爾—穆德罕區實施戒嚴。

一月二十五至二十七日

星期四的清早，我聽到一連串的爆炸聲。有幾聲離我們的大街很近，在往圖書館上班的路上，我看到一群人聚在一具無名屍體旁邊，屍體上蓋著一塊布。

早上九點半的時候，我被告知說，「巴格達記憶」計畫的總監E先生的小兒子被炸死了，他是法律系三年級的學生。

「巴格達記憶」（The Baghdad memory Project）是「伊圖」為了保存現代巴格達歷史和文化所進行的一個計畫，可讓當地學者和大學生更方便取得相關的研究資料。第一階段是把全面性與巴格達相關的資料編製目錄；第二階段是把資料製成微卷及微片；最後一個階段是把資料做百科全書式的彙集，包括歷史、社會學、經濟學、地理學、人口學和音樂等。

星期五、六這兩天（一月二十六、七日），除了寫論文就是和幾個好朋友聚會。馬可從羅馬打電話給我，他說下星期二在佛羅倫斯有個會要開，他希望我去做個演講。我答應他去談論有關暴力事件對同事所造成的衝擊、圖書館的重建進度和未來的案子。

一月二十八日（星期日）

海法大道上沒有槍戰，相對來說我們這一區比較平靜。不過，國民衛隊還是封鎖了附近大部分的道路，文化部的同事大多不能上班。巴格達其他地區每天都見證著暴力──汽車炸彈、詭雷、綁架和隨機殺戮。我有位好朋友就是被一個不知名的組織給綁架了。我在辦公室和薩利赫的叔叔見面，我提起撫恤金的問題，請他準備好所有必須的文件，讓我們可以開始申請薩利赫的撫恤金。他的叔叔提供了事發當晚薩利赫被殺的情況，他說兇手們把屋子洗劫了。

一月二十九日（星期一）

對「伊圖」來說也是相對安靜的一天。不過，大部分同事都不能來上班，因爲巴格達內某些地區設置了軍事檢查站和封鎖道路。今天有一部汽車炸彈在穆斯坦斯瑞亞大學爆炸，炸死了一些無辜的乘客和行人。

一月三十日（星期二）

今天是穆斯林穆哈蘭月（Muharram）的第十天，爲公共假日，每年的今天什葉派都會慶祝。一如我們所預期的，巴格達許多地區遭到迫擊砲和汽車炸彈的攻擊，殺死了無辜的人民。

中午大約十二點馬可打電話給我，問我佛羅倫斯大會上十五分鐘的演講內容（透過電話）準備好了沒。下午一點我開始演講，談到圖書館的現狀和暴力對同事的衝擊。我感激義大利人民的慷慨，謝謝他們在海珊政權垮台後協助保衛我們的文化資產。

一月三十一日（星期三）

一記巨大的爆炸聲震撼了我們的大樓。我衝到二樓，看到離圖書館二百米外有部冒著濃濃黑煙的汽車，因爲擔心還會有爆炸發生，我請警衛不許任何人離開大樓。後來知道大概死傷了十五個人，罹難者當中有購物的人、乘客和駕駛者。

一個都不能少

我以爲營救那位被綁架的圖書館館員並非難事。但我很快便發現，自己完全錯了……

二月一日（星期四）

阿爾—邁旦區有枚炸彈爆炸（離本館大樓兩百米外），殺傷了許多市民。

二月三日（星期六）

這是巴格達其中最血腥的一天——一輛大貨車在阿爾—沙德瑞亞區（共和派的）爆炸，造成至少一百五十人死亡、兩百五十個人受傷。我們有一位同事受了重傷，而另一位同事的表親死了。阿爾—沙德瑞亞位於阿爾—吉姆胡瑞亞區和阿爾—奇法街之間，離圖書館只有一公里的距離，許多同事都住在那一區。

二月四日（星期日）

同樣糟糕的一天。十一點半左右，一個巨大的爆炸聲震動了我們的大樓，恐怖分子攻擊了同一地點，亦即上星期攻擊過的巴布・阿爾—穆柯德繞道。他們再一次的殺傷了無辜的人。爆炸後五分鐘我弟弟從倫敦打電話來，住在瑞典的弟媳也打來，還有很多親朋好友都打電話來問我情況如何，有沒有受傷。國民衛隊和警察封鎖了所有主要道路，我們要等收到他們的通報後才能離開大樓。離開的時候，我看到的是一個大屠殺後的景象，有些車子徹底被炸毀。

二月五日（星期一）

我到能源部希望遊說他們的官員把圖書館從限電名單裡刪除（即每天供應兩至三小時電量）。我和配電部門的副局長簡短的見了面，我問她可不可以每天供給圖書館六小時的電力，她直接告訴我說不可能。只有部長會議才能決定哪個機構可以獲得延長用電，譬如醫院。我了解她的意思是，圖書館到二月中前都可以有一天六小時供電，之後就要列入限電名單了。我只好給文化部部長壓力，要他快點把我們的發電機修好。大約十二點的時候，有人告訴我說編目組K小姐的弟弟被殺了。我到家不久，阿爾—穆斯坦斯瑞亞路便發生炸彈爆炸——這是一條我和同事每天必經之路。下午兩點，一群重型武裝人員攻擊我住的社區，隨意射殺了很多無辜的人。這群恐怖分子開了十二部汽車進行攻擊行動，警察和國民衛隊沒有任何反應。我認得其中一位死者，他是剛從學校畢業的一位年輕人。下午，我和幾個要好的朋友開車到市中心，我們去弔唁一個被殺害七名年輕成員的家庭，他們是在阿爾—沙德瑞亞區攻擊事件中喪生。之後，我去探望一個親戚，他兩星期前被四顆子彈打到。對我來說，今天是很沮喪的一天。

二月六日（星期二）

沒有爆炸、沒有迫擊砲或槍戰。我看了一下缺席名單時，發現有個名字上面畫了記號——S小姐——人事室說在她的名字上特別做了記號，是因為她的哥哥在前一天，也是因爲宗教派系衝突而被殺。我問同事有沒有圖書館館員M先生的進一步消息，他是在阿爾—沙德瑞亞區汽車爆炸事件後失蹤的，答案是沒有。M先生在阿爾—沙德瑞亞區開了一間小店，我請跟他住在同一區的辦公室同事伊斯邁，去尋找他的行蹤。

我在辦公室接待了一位很有名的演員。他來的目的是希望借我們的劇場拍攝幾部戲，我答應讓他免費使用，並且提供他必要的設備。我們兩個都認爲在這種困難的時刻，設法使文化活動繼續下去是十分重要的，他答應月底的時候會再來，進一步談論我們未來的合作。

二月七日（星期三）

我到文化部開部長會議。所有的路和橋都不通，我們（我、司機和護衛）只好在過阿爾—辛納克橋之前，繞那條非常危險的阿爾—吉姆胡瑞亞街。在進入文化部大樓前，我們必須從南邊上海法大道。除了我們的車，另外只有兩部車在海法大道上行駛，很少人敢走這條路。進文化部大門，警衛要先搜身，國民衛隊在文化部大樓頂端部署狙擊手，防止控制海法大道北部武裝分子的突擊。下午兩點，會議結束，大家趕快離開。

還是沒有M先生的消息，大家都擔心他可能死了被埋在瓦堆裡。我請的那位同事伊斯邁去打聽的結果，他說他問了很人，都說爆炸事件後再沒見過M。

二月八日（黑色星期四）

伊斯邁告訴我M還是沒消息後，我馬上找我一位表親，讓他去查一下阿爾—沙德瑞亞炸彈的死亡名單，看看有沒有M的名字。十分鐘後他回電了，說他在兩份死亡名單裡，沒看見M的名字。同時，有兩位館員來找我（一位是遜尼派，一位是什葉派），希望我能准許他們到阿爾—沙德瑞亞區去找M的下落。我堅決的不許他們去，現在去那個區域太危險了，因為有人看到武裝分子在那兒出沒。我也告訴他們，我會盡力查M的下落。不幸的是，這兩位館員不聽我的

什葉派和遜尼派是同屬伊斯蘭教的兩個敵對派系，大多數的回教徒屬於遜尼派，什葉派則是第二大教派。兩派其中一個分野在於，遜尼派相信先知穆罕默德的後繼者——四任的卡里發為伊斯蘭合法的政教合一的領袖。而什葉派則只承認第四任卡里發——阿里的繼承人才是穆罕默德的合法繼承者。其他分野還有他們對救世主的觀念上。

勸告。在沒有告訴任何人去哪裡的情況下，他們就離開了圖書館。

大概一小時後，B小姐哭著到我辦公室，我問她幹嘛哭？她說穆賈希丁組織成員打電話給她，說他們在阿爾—沙德瑞亞區綁架了那位遜尼派館員。他們問B小姐那位館員是遜尼派還是什葉派的，她說不知道他的宗教背景，請求他們放了那位館員。一開始我以爲綁架的是什葉派系統，所以我給幾個信得過的朋友打電話，包括我的表親，請他們找活躍於阿爾—沙德瑞亞區的什葉派武裝組織。我也派了本館一位什葉派同事去了解，看能不能救出那位被綁架的同事。阿爾—沙德瑞亞區我很熟，我生在那裡，也在那區念小學，所以認識很多當地人。我以爲營救那位被綁架的圖書館館員並非難事。但我很快便發現，自己完全錯了。

當地什葉派武裝組織領袖打電話給我說，他的人並沒有綁架那個遜尼派館員，他們的人正盡全力幫忙尋找。他還說可能是當地也相當活躍的遜尼派武裝分子幹的。我馬上覺得事態不妙！我馬上問警衛，有沒有看到另外一位圖書館館員和被綁架的那位一塊兒出去？他們說是的。圖書館內一片混亂，有幾位女館員放聲大哭，他們認爲兩位都被殺了，我請同事們都回去工作。半個鐘頭後，被綁架的遜尼派館員平安回到我們的大樓。同事們馬上聚到他身邊，有的親他的臉，有的恭喜他被釋放。我一點也不高興，我知道那位什葉派館員性命堪虞。我請那位遜尼派館員不要跟任何人講話，跟我到辦公室去。

穆賈希丁（Mujahideen）組織，字面上的意思是「抗爭者」，又稱「回教聖戰士」，為恐怖主義組織。在伊拉克，「穆賈希丁」有時候是指對抗美國盟軍的復興社會黨。除了伊拉克之外，穆賈希丁組織還活躍於阿富汗、伊朗、車臣、前南斯拉夫等地。

他在我辦公室說出被綁架的經過。他說他和什葉派同事出去時並沒告訴任何人要到哪裡，出去不久就在阿爾—邁旦街（距離本館只有兩百米）被一群遜尼派武裝分子綁架了。他說他們揍他，猛打他的頭。後來發現他是遜尼派時他們就把他給放了。我問他那位什葉派同事呢？他說他們被綁架後被帶到阿爾—法德赫爾區，兩人馬上就被分開了。我即時覺得能夠救出那位什葉派同事的時間所剩無多。我馬上和幾位在阿爾—法德赫爾區有影響力的朋友聯繫，派兩位住在該區的女同事回去，看能不能遊說對方放人。我也派另外一位同事去找一位在遜尼派圈子內具影響力的人，請他調解。有一位圖書館館員有去年辭職的司機的電話號碼，那位司機的全家和親戚們就住在阿費哈區，在當地應該有點影響力。我拜託他快點去拯救被綁架的同事。他說據他所知，早上並沒有人被綁架，我說我確定我那位被綁架的同事在阿爾—法德赫爾區，他要快點行動，否則恐怕來不及了。他說會盡力請他們放人，至少，能保住他的性命。話還沒說完電話就斷了。

我內心深處明白太遲了，要救他的命太晚了。一小時後，我從各種消息來源得知他們已經處死了那位同事，他的屍體被扔在一條荒廢的巷子裡。我們都很絕望，我不敢相信消息是眞的。不過後來我接到助理電話，確認那位同事在被綁架後不久就被殺了。兇手打電話給他的家人，冷血的說他們殺了他的兒子，要他們來領屍體。我打了幾通電話給朋友，希望他們能提供一些有關綁架的經過情形。

遜尼派雖然是伊斯蘭教中最大派系，自稱「正統派」，但是在伊拉克，遜尼派卻大約只占人口的三十五％，他們主要是阿拉伯人和庫爾德人。遜尼和什葉兩派在伊拉克的鬥爭，不只是在宗教層面上，還牽涉了政治、社會、經濟資源及權力分配上。

傍晚，弟弟從倫敦打電話來問候，我照常的告訴他我們沒事。弟弟對巴格達市新安全計畫非常樂觀，他認爲這次一定會成功。我跟他說，新計畫代表了我們最後的機會，再不成功，國家就完了，教派內戰將會擴大至史無前例的程度。

二月九日（星期五）

早上沒什麼新聞。下午，我去慰問兩天前死於教派衝突的一位年輕人的家屬。事實上，我和許多朋友下了班後都會去慰問死者家屬，他們都是現時宗派暴力下的犧牲者。

晚上七點二十分，我接到一通電話聽到一些新的消息。我們一個警衛告訴我說，被綁架的那位圖書館館員的家人已經把他的屍體取回，他身上的東西，包括手錶、戒子、手機和錢等，並沒有被拿走。

二月十日（星期六）

關於失蹤的和被殺的圖書館館員事件，並沒有新的發展。我打算成立一個調查委員會，調查圖書館館員被殺事件。

我漸漸發現，生活在今天的巴格達，最完美的人類應該是那些能隨時關起所有感官的人。失明或失聰不再是一種咒詛，而是一種變相的祝福。

二月十一日（星期日）

國民衛隊、警察，還有美軍設了許多檢查路障，還關閉了好幾條主要道路，讓交通十分壅塞。

上午九時，一位失蹤的圖書館館員出現了。他沒有交代失蹤的原因或證明。所以根據館裡的規定，我決定要處罰他。

我被通知說 M 太太今天不來上班，因爲她女兒被流彈打死了。她的丈夫和兩個兒子兩星期前被綁架，遭綁架者毒打了一頓後被釋放回來。

我和電腦部門同事開會，我們決定要繼續發展網站，並且補上阿里死後的進度。他們說已經把外國出版品放到網路上了，目前已完成的是阿拉伯叢書、博士論文及文學碩士論文部分。電腦部門每月發行一份刊物 *Rawafid Thaqafiyah*，報導圖書館每月所進的新書。我們把月刊免費送到各大專院校和文化機構，我們的政策是，所有的服務包括影印，都應該是免費提供的。

今天還見了幾位部門主管，我們談到被殺害的圖書館同事，談到愈來愈來惡化的安全情況，以及討論了如何執行新簽訂的交通車合約，爲同事們提供交通服務。鑑於過去許多計畫都以慘敗收場，我們大部分都對巴格達新安全計畫不太樂觀。

接到巴格達《路透社》辦公室的電話，要我談一談圖書館的狀況。我答應下星期二早上和《路透社》記者見面。

二月十二日（星期一）

開車到「伊圖」以往我只需花四分鐘就可以。由於路上設置檢查站、路障，加上恐怖攻擊等狀況，導致交通十分壅塞，所以現在需要經過四個檢查站，要花上二十至二十五分鐘才能抵達「伊圖」。巴格達愈來愈像個大軍營。

我一到辦公室馬上就召集委員會成員，詢問那個被綁架的同事，還有目擊者的證供。最後的結論是，那位被害同事的死亡不應該歸咎於這位遜尼派同事，我同意他們的結論。

十二點二十八分，一連串的爆炸震撼了我們的大樓。從辦公室窗戶往外看，我看到公共工程暨市政部大樓後面冒出一陣陣黑色和灰色混雜的濃煙。我拍了幾張照片。一如既往，我太太、岳母和朋友打電話來，他們以爲爆炸離我們大樓很近。我請他們安心，因爲爆炸中心離「伊圖」還有段距離。我姪子和妹夫都在商業中心（阿爾—蘇爾迦）上班，我被告知他們都安全無恙。有兩顆炸彈爆炸，發生位於「伊圖」南邊的阿爾—蘇爾迦區（離圖書館只有五百米），另外幾顆則在阿爾—沙德瑞亞附近爆炸。一位表親告訴我說，汽車炸彈攻擊和詭雷發生爆炸後，接著是迫擊砲的攻擊。就這樣再一次，很多無辜的人不是死就是傷。救護車衝進出事的地區，因爲恐怕會再有炸彈攻擊，警察和國民衛隊幾乎把所有的道路都封鎖了。我做了預防措施，決定要大家早點下班（早上八時至中午一時）。

在離開辦公室前，我見了MA小姐，他哥哥幾個星期前去世了。我向她表示慰問，她馬上就哭了。她說他們家決定永遠離開巴格達，打算搬到南部的巴斯拉（Basra）。我答應盡量幫她的忙，也祝福她。

晚上，正如我所料的，弟弟從倫敦打電話來，問及所有認識的人是否平安。我說大家都好請他放心。由於決定留在巴格達，而讓弟妹們痛苦和擔憂，其實我是覺得很內疚的。他們都在國外生活，很多次都勸說要我搬回倫敦去。

二月十三日（星期二）

巴格達到處都可以看到武裝部隊和美軍。路上的檢查站與日俱增，對交通構成了嚴重的問題，還有燃油短缺也是個問題。早上九點，我在《路透社》辦公室接受他們記者的訪問。他們的問題全部圍繞在安全局勢，以及其對圖書館的運作和員工所造成的影響上。到了十點我離開《路透社》，十點四十分回到了辦公室。

新聞報導昨天發生在阿爾—蘇爾迦商業區的恐怖襲擊，造成了八十八個人死亡，一百五十五個人受傷。這些統計數字經常都不正確，真正的傷亡數字要比媒體公布的高得多。別忘了，更多人是在受傷後由於缺乏醫療照顧、好醫生和被忽視而死亡。

傍晚時分我看著新聞報導巴格達安全計畫的總指揮，公布了一些恢復首都安定的計畫。這些計畫在字面上看起來都不錯，我希望他在這項極其困難的任務能取得成功。

二月十四日（星期三）

今天比昨天還塞車。首都到處都看得到美軍和伊拉克國民衛隊，我們上班要經過五個檢查站才到圖書館。到了辦公室，我便打電話給文化部部長，看他有沒有空跟我見個面。他們說部長會等我。我開車前往文化部，足足花了半個小時才到達，過去只需要兩分鐘。文化部周遭的交通十分堵塞，我決定下車從伊拉克博物館走到文化部，兩者距離才兩百米。問題是路的左邊安全，而路的右邊不安全——這是個超現實的狀況。我的護衛堅持陪我走到文化部。

大樓裡，我看到藝術總理事會的員工在抗爭，他們要求政府把臨時合約取代成終身職，以及還要求把總理事會搬離海法大道。傍晚在看新聞報導，看到我們的文化部部長在螢幕前出現，他對媒體說他無條件支持抗議員工的第一項要求，但是拒絕遷離海法大道。

那天早上和部長的會談，我向他報告有關圖書館館員被殺的消息，還有我們區域的安全狀況。他建議我成立一個調查委員會來處理這些問題。我告訴他已經成立了，而調查結果發現沒有任何人需要爲他的死負責。他要我好好照顧同仁，採取一切措施來保護「伊圖」和員工們的安全。離開文化部後，我發現要回到辦公室實在十分困難，除了塞車外，還有許多路都被國民衛隊封鎖了。我決定回家處理所有的文件，並與辦公室一直保持著聯繫。我請秘書告訴大家，爲預防起見，明天只要男性員工上班就好。我相信我這個正向區別政策，一定會讓男同事不高興。回家後，發現把報紙忘記在辦公室，所以我再出門跟好友要了幾份報紙回來。

物歸原主

從二〇〇六年中到現在，今天還是第一次沒有聽到炸彈爆炸聲——這是多美好的一天。

二月十五日（星期四）

早上我的司機和護衛不能來接我，因爲馬路和橋不是被國民衛隊封鎖了，就是在塞車。他們兩個住在國際機場附近的阿爾—吉哈德區，每天要花四十到五十分鐘到我家來接我。我不得不叫了輛計程車，我也知道這是不智之舉。我也知道我太太、司機和護衛都不高興我搭計程車去上班。這裡的每個人都怕被綁架，我相信從二〇〇六年初起，每天至少有幾十人被綁架。

等了五分鐘，叫到了計程車。沿途看到我家鄰近有很多檢查站——一個讓很多巴格達人非常開心的景象。計程車司機開始講話了。他說這些檢查站讓他很惱火，認爲會令老百姓的生活帶來不好的影響。他稱自己以前是個軍官，在聯軍進攻伊拉克時，他和同袍在西部沙漠區殺了幾百名美軍。我很確定美軍在那個戰區沒死一個人，而在整個攻擊行動中，美軍的死亡人數不到四十人。他還說曾經被美軍打傷了臀部。經過其中一個檢查站時，國民衛隊命令我們下車搜身，連車子也搜了一遍。國民衛隊一反常態的非常禮貌。這個司機抄了一條非常危險的小路（即與三條最危險的街道：奧馬爾酋長街、阿爾─奇法街和阿爾─吉姆胡瑞亞街交會的巴布．阿爾─穆德罕路），所以五分鐘後我就到了「伊圖」大樓。

不久，我便發現有一架美軍戰鬥機在本館大樓上低飛著，趁它在演習時我把它照了下來。我待在辦公室一直到中午十二點，把所有電子郵件都看完也處理好所有公文。趁國民衛隊還沒把橋和道路封鎖前，我請全體員工先下班回家。

我接到了一個邀請，出席星期六中午於阿爾─拉希德飯店（位於綠區內）所舉辦的一場音樂會。

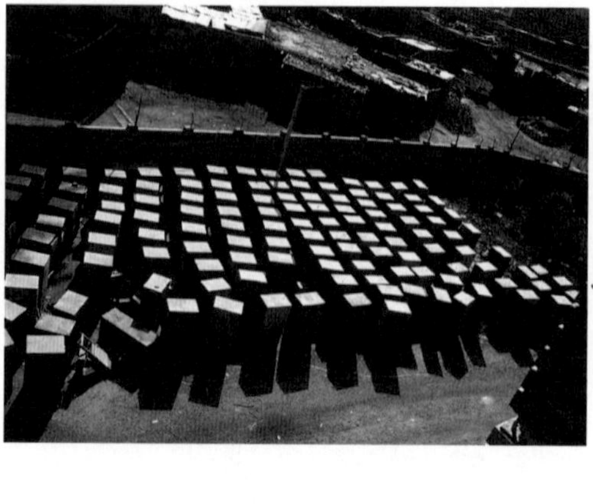

這些遭大火燒毀的鐵櫃是於美軍攻打伊拉克前不久才買的。圖中看到的街道，就是分隔開圖書館大樓和阿爾─法德赫爾區的阿爾─吉姆胡瑞亞大街。(Courtesy of INLA)

二月十六日（星期五）

自二〇〇五年起，政府禁止了私人轎車於上午十一點到下午三點期間行駛，這個禁令主要是爲了保護什葉派的祈禱者。世界上最危險的都市，今天看起來十分平靜。國民衛隊開始衝進某些民宅，逮捕嫌疑分子和沒收了他們的車子。

有人向我提供有關那名圖書館館員的被殺情報，不過消息尚未經過確認。其中一個說法是，那名館員娶了一個遜尼派女人，並且在結婚不久後由什葉派改爲信奉遜尼派。他甚至還改從妻姓——阿爾—杜拉米——遜尼派地區裡的一個部落大邦聯。他生於一九五九年，有四名子女。

遺孀所屬的遜尼部落現在要求兇手賠償一筆爲數不小的金錢，否則他們會執行私刑（把殺手殺掉）——部落的首領認得哪幾個是把館員殺掉的兇手。館員的遺孀和她的孩子可望獲得賠償。

二月十七日（星期六）

隨處都可見到國民衛隊和內政部的特種部隊。從二〇〇六年中到現在，今天還是第一次沒有聽到炸彈爆炸聲——這是多美好的一天。內政部公布了一些統計數字，恐怖攻擊和派系衝突下跌了八成。

我倒是開始擔心起我身上的兩把槍——一支手槍和一支卡拉希尼科夫槍。上星期二開始進駐我們附近地區的營區指揮官就勸我說，要是沒有取得內政部或國防部的特許，最好不要攜帶武器在身上。就算國防部給我許可證，國民衛隊或警察還是會沒收我的槍。對我們這些局處首長來說，基於自衛是有必要攜帶武器的。到目前爲止，已經有兩位文化部局處首長被殺害了，還有其他的幾位局處首長和文化部副部長也曾被行刺過。二〇〇五年初，我的車子便曾經在惡名昭彰的

一種俄製步槍或衝鋒槍。

海法大道上遭到埋伏，我和護衛很幸運的躲過一劫。我們正好到街上去找「伊圖」的其中一名司機，他連同車子被一群武裝分子擄走。遭到一輪毒打和洗劫後，這個司機被釋放了。我的好朋友和同事都罵我太鹵莽了。

傍晚，我告訴司機和護衛把槍帶來，連我的槍一起放到辦公室。

二月十八日（星期日）

上午很安靜，沒有爆炸也沒有槍戰。路上交通很堵塞，雖然檢查站數目愈來愈多，但我們花了三分鐘就到了「伊圖」。不幸的是，市場和一個檢查站在下午的時候受到了三部汽車炸彈所攻擊。結果，造成了一個警察，還有很多小孩及婦女喪失生命。儘管發生了這場不幸事件，人們還是很樂觀。「伊圖」大部分員工都很高興看到國民衛隊、特種部隊和美軍在街上。

在回家的路上，我們的車子被一名國民衛隊攔截，他問我們身上有沒有武器，我們說沒有。他聲明說如果發現我們攜帶武器，即使我們有文化部的官方許可，他還是要馬上沒收。我說我比他早一步，把所有的槍都放在辦公室，他笑了，然後揮手放行。

我聽說國民衛隊衝進了阿爾—法德赫爾區尋找及逮捕嫌犯。區裡有些商店重新開業，巴布．阿爾—穆德罕繞道看起來也比以前熱鬧。

二月十九日（星期一）

國民衛隊和特種警察增加了檢查站的數量，令道路交通愈來愈糟了。美軍的車子是朝反方向行駛。他們設立的檢查站是臨時性的，而伊拉克部隊建立的則是永久的。

我要到文化部開會，請了一位一起開會的局處首長順路接我。我們本來打算經由阿爾—蘇哈達橋去，但是就如同其他的橋一樣它被關閉了。因此，我們被迫繞遠路，必須越過阿爾—沙拉菲亞橋，再穿越海法大道。途中，我們發現整條大道只有四、五輛車子，看樣子，即使國民衛隊和特種警察已經全面控制了這條大道，大家還是很怕被武裝分子綁走。他們在大道上設了幾個檢查站，經過時司機和乘客需要出示駕駛執照和身分證，有時還得要下車接受搜身。

我和那位局處首長都是委員會的成員，委員會是由文化部部長所成立，負責重新分配爲了瓦解伊拉克舊政權而被「聯軍臨時管理局」（Coalition Provisional Authority，簡稱CPA）所解散的資訊部前職工。我們需要審查一千四百人的履歷表，然後才能做決定，所以這將會是一個十分艱鉅的工作。最後大家同意，請所有理事會先列出他們需要什麼樣的新員工，這樣我們才能按照員工的資格和專長，把他們安排得各適其所。會議結束前，我們決定如果安全情況容許的話，我們下星期再會面。

我的兒子要到阿爾—卡爾拉達區一間專門診所注射疫苗，上班前我先安排車子把太太和兒子載到診所。大概九點半的時候，我們一個護衛告訴我，他聽說阿爾—卡爾拉達區發生汽車爆炸，我有點擔心，馬上打電話給我太太，看他們是否安全。她說他們在診所裡面，不知道外面炸彈的事。我看到電視字幕寫說，炸彈是放置在阿爾—卡爾拉達區一輛公車（迷你巴士）上，爆炸造成十五個無辜的人傷亡。電視新聞報導另外兩個炸彈在巴格達的阿爾—札發拉尼亞區爆炸。有幾份主流報紙和胡拉電視的新聞字幕，引用了《路透社》訪問我的新聞。當中我提到「伊圖」的重要收藏，都被專業竊賊盜走了。諷刺的是，我們國家全國性的報紙，竟然要透過外國通訊社告訴讀者有關國家圖書館的消息。

基地設在布拉格、由美國政府支援的「自由伊拉克之音」的伊拉克記者打電話到我辦公室，希望針對我在報上的言論來訪問我。

二月二十日（星期二）

今天圖書館一片平靜。有些美軍直升機低空飛過我們大樓。會計部想盡辦法讓同仁可以在星期三拿到薪水。那位伊拉克記者再次打電話來，我跟他說已經準備好了，他可以隨時訪問我。他問了我幾個有關「伊圖」以及藏品損毀程度的問題，整個訪問總共才花了五分鐘。

許多被迫遷離的什葉派家族，都搬回阿爾—法德赫爾區來了。這是好的現象，表示一切在國民衛隊控制中。

一個自殺式攻擊發生在巴勒斯坦街上，造成好幾個無辜的人死傷。總理在事件發生前幾小時才造訪過那裡。

二月二十一日（星期三）

薪水撥下來了。不過這個月還是沒有加薪。政府去年曾經承諾會幫大部分四到十職等的公務員加薪，加薪的幅度大約在五○至六○%左右。眼見這個月還是沒加薪，館內大部分員工自然是大失所望（他們的收入都很低）。伊拉克的民生物價及燃料價格一直飆漲，但是大家的薪水卻不動如山；只要政府一調高薪資，黑市的奸商馬上就調高貨物售價。政府根本沒有制訂任何法令來保護消費者或窮人，整個伊拉克簡直就停留在資本主義的初始階段，政府對保障民眾福祉一事，完全束手無策。

今天我跟過世的拉阿德的弟弟——N先生碰面，討論了拉阿德的事情，包括拉阿德被殺的經過，他家裡的情況，還有撫恤金等。在N先生的要求下，我向當地警察局寫了一封信，請警察局提供拉阿德的死亡調查報告。警察局就在轉角不遠處，所以由圖書館的保安主管跟N先生一起把這封信帶到警察局。

星期二和星期三這兩天，安全問題一再浮現，炸彈攻擊比前幾天更加密集。不過，幾個月來這裡一直處於無法無天的混亂狀態，安全問題日益嚴重，實在是不足為奇。

恐怖組織似乎開始改變戰術，原本他們很依賴迫擊砲進行攻擊行動。最近，他們開始改用汽油彈攻擊平民百姓。「伊圖」員工和巴格達其他居民對這種殘忍的攻擊行動已開始提高警覺。到目前為止，巴格達已出現兩起汽油彈攻擊事件，另一起則發生於首都以外的地區。該起汽油彈攻擊事件造成嚴重傷亡，共有超過一百五十人喪生。

二月二十二日（星期四）

早上我跟N先生碰面，他告訴我他哥哥拉阿德為了養家，身兼二職，N先生問我，「伊圖」能不能提供一點經濟支援給他哥哥的家人。我告訴他，「伊圖」已經捐了一些錢給他的家人，此外，只要拉阿德的兒子願意，我也同意讓他到「伊圖」上班。N先生接受這項提議，覺得是個很務實的安排，因為這起碼可以保障拉阿德的家人未來有一份穩定的收入。我也建議N先生把所有官方文件備齊，好讓「伊圖」幫拉阿德的家人申請「殉難金」，這是政府發給死難家屬的補助金。這種殉難金只發給公務員及軍人。此外，各部會殉難金的金額也有所不同，其中國防內政部員工的殉難金金額在各部會中居冠，有些部會則會額外發一份補助金給受難員工。很不幸的，文化部發的殉難金金額在各部會中是吊車尾的。所以，「伊圖」只能盡量捐錢給死難員工的家屬。

早上十點半左右，幾個星期前痛失哥哥的MA小姐到辦公室求見。她提到她哥哥的死對她父母及她哥哥妻小造成非常大的心理創傷，生活也頓時陷入財務困境。她哥哥是家裡主要的收入來源，不只要養妻小，還要養父母。現在她只得扛起扶養父母跟照顧哥哥家人的重擔。說到此處，她已哭成淚人兒，我建議她，讓她小弟一起分擔肩上的重擔。MA小姐跟本館的行政人員正忙著進行轉調的申請作業，文化部在伊拉克南部的巴斯拉市有一個辦事處，MA小姐想從巴格達轉調到巴斯拉，她已經先讓父母跟哥哥的妻小搬到巴斯拉市了。

一早，我跟館裡的技師們碰面，要他們加快館內的整修速度，好迎接四月中旬的戰火下的伊拉克國家圖書暨檔案館紀念攝影展。我計畫邀請幾位「誠實的」

政治人物、「眞正的」知識分子以及「有理念的」新聞記者來參加本展覽的開幕式，該攝影展將揭露「伊拉克國家圖書暨檔案館」的起落。

大約在十二時，我跟特別交通委員會開了一場緊急會議，特別交通委員會負責評估包商的投標，然後再把招標建議提交到我這邊，由我做最後定奪。通常，我的意見跟特別交通委員會及其他委員會的建議大抵一致。每年一月，我們會在一份全國性報紙上刊登一則招標廣告，邀請交通運輸方面的廠商以密封信封參加我們的投標作業。收到投標單之後，本館的特別交通委員會將評估所有標單，然後再建議館長選出最能滿足本館條件及需求的投標廠商。但今年一月我們所登的廣告，居然沒有廠商有興趣，主要原因是因爲治安惡化，廠商都怯步了。不得已之下，我們只好讓舊約延長一個月。二月初，我們又登了一次廣告，希望有更多廠商參加投標。很不幸，只有三家廠商投標，但三家廠商投標是法律所規定的最低廠商家數，而這三家廠商我們只知道其中兩家的背景，也就是現在及之前負責本館交通運輸業務的廠商。基於安全方面的考量，我們一向只跟相熟的廠商合作。二〇〇六年二月至二〇〇七年一月年度的投標作業，三家廠商的出價都奇高無比，比我們去年的年度交通金額高出一倍。我跟特別交通委員會的委員都覺得這些廠商眞是貪得無厭，都想藉機大敲竹槓。最後，之前合作過的廠商提出一個新的投標金額，不過還是比去年的總金額高出四五％。這還是口頭報價，也就是說我得要求館內員工負擔一部分金額，才有辦法補掉差額。在問過館內員工意見後，大家都同意自付一點交通費。原本，我們以為起碼已跟之前的廠商談好這個案子，但這個廠商卻在最後一刻改變心意，要求提高金額。我跟特別交通委員會的委員都覺得不該坐視這些貪婪的廠商勒索我們，所以我們決定等到三月底，看看到時新的招標作業能否招到新的廠商來競標。

二月二十三日（星期五）

我通常會在星期五早上看看電郵，結果我看到一位英國女士發給我的一封電郵，提到我貼在大英圖書館網頁上的日記。她說當她知道我是一位「女性」負責維修伊拉克國家圖書暨檔案館的網路系統時，她實在是喜出望外（應該用驚奇來形容更為恰當）。我想這個星期日應該寫封電郵給她，我告訴她：

「本館的採購室、參考書目室、圖書館編目室、檔案分類室、期刊室、記錄文件圖書室及人事室等部室主管都是女性在擔綱。此外，圖書館及檔案室的副主管大多是女性，負責維護ＩＮＬＡ官網的是一位女性工作人員，我外派出國受訓的員工中有六十％是女性員工。此

由「伊圖」女性員工組織「阿爾－菲爾多斯」所編製的女性刊物。(Courtesy of INLA)

外，INLA的女性員工於二〇〇四年成立自己的協會，該協會的宗旨就是悍衛女性員工的權益。協會有自己的期刊，至今已發行三期。本館員工最大的理想是爲伊拉克女性發行一份年刊，去年出版了一冊，今年，另一冊即將面世」。

二月二十四日（星期六）

一個詭雷在阿爾—吉姆胡瑞亞街上發生爆炸，幸好，損害不大。國民衛隊及聯軍把一半的阿爾—吉姆胡瑞亞街永久關閉起來，好保護阿爾—蘇爾迦街上購物的民眾及做生意的商家。雖然炸彈攻擊事件並未間斷，但是與「新安全計畫」施行之前相比，大家覺得現在已經安全許多，主要是因爲綁架及暗殺事件已大幅降低。對巴格達的居民（包括本館員工）來說，綁架及暗殺要比汽車炸彈攻擊還要可怕。

今天晚上有另一位記者跟我聯絡，表示想跟我做採訪。我同意星期日早上在辦公室跟他碰面。我發現巴格達的記者有一個非常奇怪的現象，他們會依己之意，或依其所服務的報紙或媒體的政治傾向，隨意竄改我的受訪內容！在這方面，我有過好幾次不愉快的經驗。有一次，一家本地報紙在其頭條標題指稱『伊拉克國家圖書暨檔案館』館長指控美國駐伊占領軍須爲該館慘遭砲火破壞一事負責」！受過這麼多教訓後，我現在堅持見報之前，受訪內容的草稿一定得讓我看過才行。

晚上六點五十分，我接到一位朋友來電，他是「伊拉克作家協會」（Iraqi Writers Union）的發言人。他告訴我，他知道一位什葉派的聖職人員握有一批重要的歷史文件，照片及微縮膠卷，這批文件之前被人趁亂自本館給偷走，現在他想親手把這批文物歸還原主。我問我的朋友，這位什葉派的聖職人員爲什麼不早一點歸還這批文物？我朋友回答，這個什葉派的聖職人員不相信任何人，所以他想靜待適當時機，再把東西交出來。這批重要文物能失而復得，我當然是高興得不得了。我朋友把我的電話號碼告訴這位什葉派聖職人員，兩分鐘後，對方就打電話過來了。我們談了五分鐘，約好下星期找個時間盡早碰面。我也對他將被偷的文物歸還本館，表達我的感謝之意。

二月二十五日（星期日）

今天是「新安全計畫」施行兩個星期以來最慘的一天。一起針對阿爾—穆斯坦斯瑞亞大學行政暨經濟系的自殺式攻擊事件，造成一百七十多人死傷，大部分死傷者都是年輕的學生，進行這起自殺式攻擊的竟是一個女人！

早上，一陣巨大的爆炸聲撼動本棟大樓，稍後我才知道，這起爆炸事件就在阿爾—卡爾拉達區引爆，離本館只有六公里。

我今天跟過世的拉阿德的兒子——札伊德碰了面，今天是他第一天上班，我要我的秘書幫札伊德熟悉環境，把工作性質解釋給他聽。札伊德看來心情非常悲痛，一副六神無主的樣子，畢竟兩個星期前他才突然痛失慈父。

那位什葉派的聖職人員打電話過來，告訴我他沒辦法過來本館，並爲此向我致歉。我告訴他，很歡迎他隨時過來我的辦公室找我。

今天，我跟所有部室的主管開會，會議進行了一小時，會中討論好幾項議題，包括安全問題、人員的交通運輸問題、預算、新進人員的任用、各部室的年度報告，以及二〇〇三年四月中旬本館遭戰火破壞的紀念活動。所有與會人員都支持舉行一個攝影展。會議最後，我們決定組成一個委員會來安排這項攝影展的相關活動。

阿爾—胡拉伊拉克電視台（一家採用美國衛星的電視頻道）的人員抵達本館，該電視台的記者先訪問我二十分鐘，之後又採訪各部室，還訪問了一些員工及讀者。

晚上電視台播出我的專訪，我在訪問中批評接任的伊拉克政府及政府高層忽視海珊政權垮台後伊拉克所面臨的文化問題。我還說，國營的文化機構需要進行徹頭徹尾的改革。

二月二十六日（星期一）

中午十二點半，我跟那位什葉派聖職人員——薩伊德．H碰面。他用警車把文件、照片及微縮膠卷運來「伊圖」，還有三名警官一路護送他過來。我跟他說，用警車送這批文物實在很危險，因爲警車很容易就成了武裝分子的攻擊活靶。他說他也是逼不得已才找警察幫忙，因爲他覺得我們這一區實在是超級危險。言談之間，可看出這名年輕聖職人員不僅心胸開闊，還有著自由派的觀點，著實讓我大吃一驚。我們自在的交換彼此對政治及文化的意見，也發現彼此對很多議題看法相當類似。他告訴我，他曾以來賓的身分出席伊拉克共產黨最後一次會議，他也很以他的共黨友人爲榮。稍後，他叫司機把所有文件、照片及微縮膠卷送過來，由他親手交給我。這些文件、照片及微縮膠卷凌亂的擺在幾個袋子跟箱子裡，主要是君王政體時期（Monarchical Era，一九二一～一九五八年）的資料。這位什葉派聖職人員將這批遺失的文物歸還本館，對此我表達個人由衷的感謝，我們還交換電話號碼，也約好以後有機會一定要再碰面。面談歷時一小時，結束後，我跟這位年輕的聖職人員一起走到本館大門，目送他離去。

晚上七點五十三分，阿爾－胡拉伊拉克電視台播出長達五分鐘的「伊拉克國家圖書暨檔案館」專題報導。報導中，我跟本館員工都提到，自二〇〇三年四月「伊圖」遭戰火破壞之後，本館全體員工如何為「伊圖」的現代化努力不懈。這個報導會讓觀眾對本館產生相當正面的觀感，所以看完報導之後，我心裡滿開心的。

二月二十七日（星期二）

終於有好消息了；「總理委員會」（Council of Presidency）跟國會都批准二〇〇七年的預算，也就是說「伊拉克國家圖書暨檔案館」下個月就有本年度預算可支用了，而先前財政部宣布的有關限制也將悉數取消。

今天我才知道，文化部部長寫了一封正式信函給部長委員會，部長在信中要求總理同意繼續任命我擔任「伊拉克國家圖書暨檔案館」的館長。三個月前，總理偷偷派了一個特別小組到文化部，目的是查核幾個首長的任命是否有效。啓人疑竇的是，這個特別小組對於我跟我兩位同仁在二〇〇三年的任命案大表疑問，卻覺得其他幾位首長在二〇〇五年及二〇〇六年的任命案一點問題也沒有！總理會派這麼一個特別小組到文化部翻上找下，其實也不叫人意外，眾人皆知，只有非教徒以及自由派首長的任命案無法達到總理所設的標準：也就是要有「聯軍臨時管理局」所發出的正式信函，或執政當局的命令或現在總理或其繼任者所做的人事決定才算有效。這個特別小組認爲我的職務任命未達標準，逼不得已下，我只好寫一封信到文化部，請求派兩位前CPA文化顧問爲我作證。這兩位顧問收到我的信後，大吃一驚，因爲我曾跟他們共事過，他們認爲我的能力勝任館長這個職務。兩人馬上就寫信給文化部部長，確認CPA已承認我的職務任命是有效的。

二月二十八日（星期三）

最近大家一直在傳，總理打算換掉十位部長，而文化部部長也列名其中。頻繁的人事更迭對我們的工作推展，影響甚大。每次部內一有新的部長到任，就會新官上任三把火，改革計畫就會依新任部長的政治傾向及宗教信仰，翻天覆地的施行一番。

暴力衝突對「伊拉克國家圖書暨檔案館」員工所造成的傷亡統計
2007年1～2月

類別	人數
遭非法傷害致死（刺殺）	1
親人遭到殺害身亡（一女兒、一兄弟、一姻親）	3
綁架	2
遭受死亡威脅	2
員工因收到死亡威脅而被迫撤離家園（暫時或永久性）	3

天空降下的血和淚

今天將是我一生難忘的一天，因爲在黑暗、仇恨及狂熱等情緒的蠻橫肆虐下，書遭到惡意的破壞虐殺。

三月一日（星期四）

圖書館的網路從上星期三就當掉了。所以，我到現在都沒辦法看電郵。有些電郵是急件，我得馬上回的。老是處在這種無法立即回覆的窘境，讓我實在很難做事。電腦室的副主任已經跟國營電腦公司的資訊工程師聯絡，要他們趕快來幫我們修網路。這些資訊工程師答應會在二十四小時之內把網路修好，不過，我知道這些資訊工程師不可能這麼快就修好，一般他們總要花好幾天，有時甚至要好幾個星期才有辦法把我們的網路給修好。

二〇〇七年初以來，我一直跟幾個年輕的工作人員忙著把一批君王政體時期及總統時期的史料，從原來儲放的地方搬到我辦公室。這批史料中有一些很珍貴的書籍，其中大部分是一九二一年（即伊拉克建國）至二〇〇三年（海珊政權垮台）歷代國家領袖（國王或總統）所收的禮物。二〇〇三年中到二〇〇四年中，一位之前於CPA擔任圖書館顧問的好友告訴我這批史料的下落，還提醒我，如果沒有人馬上出面保護這批史料，這批史料一定難逃被洗劫的命運。我告訴他，如果他肯幫忙，我很願意保護這批珍貴史料。我是眞的需要他的協助，因爲這批史料擺在以前總統府的車庫裡，而總統府可是屬於警戒森嚴的綠區。我這個朋友有綠區的通行證可以帶人進去。問題是我這個朋友沒有拿走這批史料的權限，更別說開一輛大卡車進去綠區搬東西，但是我們一定要有卡車才有辦法把這批史料載回去「伊圖」啊！我們的運氣眞好，一位CPA的有力人士出面相救，讓我們取得批准，得以開一部大卡車到綠區把這批史料給載走。

我跟我朋友還有司機得先通過一堆美軍駐守的檢查站，光從綠區大門到車庫就花了兩個小時。這批史料藏在車庫裡一個廢棄辦公室內，我發現這裡還有好幾千份屬於總統府的祕密檔案及記錄，現場有一位美軍軍官駐守。這些祕密檔案及記錄具有高度政治及歷史意涵，所以我走向這位軍官，問他這些祕密檔案及記錄爲什麼雜亂的放在這裡？這位軍官回答，未來伊拉克法院要審判海珊及其黨徒時，需要用到這批祕密檔案及記錄。我問他，能不能看看這些資料？他禮貌的婉拒並解釋，在伊拉克政府決定如何處置這批祕密檔案及記錄之前，他得負責看管這批資料。跟這位美軍軍官說完話之後，我跟我朋友就開始把這批君王政體時期及總統時期的史料搬到卡車上，光搬就花了一小時。後來卡車裝不下，我又把剩下的資料裝到我朋友車上，之後又花了五十分鐘才回到「伊圖」。到的時候，大家已累得筋疲力竭，每個人的臉上、衣服、頭髮及手上都積了厚厚的灰塵。但是，我跟我朋友都很享受這趟小小的冒險之旅，也很欣慰能救下一批重要史料。

基於安全考量，我把這批君王政體時期及總統時期的史料存放在我辦公室裡，因爲這裡日夜都有警衛駐守。希望未來和平及平安重臨伊拉克那一天，我能把這批史料展現在大眾眼前。

過去幾個月，我們的書籍出版業務，比如《全國參考書目》的出版，一直面臨嚴重的問題。去年，隸屬文化部的「文化事務理事會」（Directorate of Cultural Affairs）花七到八個月的時間才出版本館兩本書，而且這兩本書的出版品質只能用粗製濫造來形容，不管是紙質或墨水，品質都相當低劣，但成本卻奇高，根本就是浪費大家的時間跟精力。根據法律規定，除非國營出版事業正式確認其因故無法出版，否則我們不得透過私人出版公司來出版本館的書籍及期刊。我曾經要求文化部部長批准本館由私人出版公司來出版我們的書籍，結果部長拒絕我的請求，只要我依據原來的合約條款要求「文化事務理事會」賠償，我告訴部長我已經這麼做了，但我也表示，賠償解決不了本館的出版問題，希望部長能重新考慮他的決定。上次部內開會時，部長就希望「文化事務理事會」及「伊圖」能找出一個兩造都滿意的折衷方案。對於部長的做法，我只能勉強接受，但我仍表達心中不滿，強調不管簽下任何新協議，都解決不了問題，因爲「文化事務理事會」不會依照協議行事。時間證明我是對的，自上次部內會議以來，本館根本無法與「文化事務理事會」達成協議。我決定星期一再寫一封信給部長，要求部長批准本館由私人出版公司出版我們的書籍，如此不僅出版成本降低，品質也會大幅提升。

文化部的人都知道，「文化事務理事會」是文化部裡最貪腐、無效率、組織最雜亂無章的一個單位，我也把自己對「文化事務理事會」及該單位員工的看法一一告訴部長。

晚上，一位《西班牙國家報》（*El Pais*）的記者打電話給我，她直接就在電話裡訪問我。訪問時間並不長，主要是詢問本館現況。

三月二日（星期五）

今天我花了不少時間寫東西，很懷念以前有時間做歷史研究的美好時光。我計畫這個月底之前完成一份二十頁的「巴格達庫爾德族社區」的研究報告。

三月三日（星期六）

今天我又花了一天時間寫我的研究報告。

我也花了一些時間思考如何處理上星期歸還給本館的文件、照片及微縮膠卷。我很快就得出一個結論：宣稱自己搶救了本館在二〇〇三年四月被劫走史料的**第一位**聖職人員，其實並沒有把握在阿爾—薩德爾市清眞寺的史料歸還本館，而上星期跟我碰面的**第二位**聖職人員知道**第一位**聖職人員的眞正作爲，所以決定把剩下的文件、照片及微縮膠卷歸還給我們。**第二位**聖職人員人很誠實，不像第一位聖職人員，此人我從一開始就覺得不可信。**第一位**聖職人員曾自誇他如何在本館遭受戰禍時，搶救史料免受劫掠的英雄事蹟，我曾告訴我一些美國友人，不要相信他的說詞。

三月四日（星期日）

今天眞的有夠塞，居然花了五十五分鐘才到「伊圖」。檢查站一天天增加，不管是車輛或行人都得接受士兵跟警察的盤查。很多檢查站設置的地點根本不對，有時候，一輛車在同一條路上居然得停車停好幾次接受不同檢查站的盤查！

現在，一般大眾還不會有太多怨言，不過我認爲，只要大家行動愈來愈受限，總有一天，大眾一定會把不滿宣洩出來。國民衛隊跟警察實在應該好好研究一下巴格達的地圖，重新安排檢查站的位置。因爲大眾實在浪費太多寶貴時間塞在路上。眾多公務員、大學生及教師每天上班上學，根本就是舉步維艱。恐怖分子跟武裝分子就是想透過恐怖行動來摧毀人們的正常生活，擾亂日常生活的運作。但國民衛隊跟警察這種毫無章法的做法，只是讓大家的生活更陷入混亂，反而正中歹徒的詭計。

我一進辦公室就上網看看網路通了沒，結果網路居然修好了，眞是叫我喜出望外，這是第一次網路當機四天就修好。通常，沒有個三、五星期，網路是修不好的，之所以拖這麼久，就是貪污造成的。現在，所有政府部門及機構無不貪污橫行，當然文化部也無法倖免。三任文化部部長都不曾去解決貪污問題，或努力斬掉各種貪污行徑。貪污是現今伊拉克社會及民眾所面臨的最主要威脅，其後果遠比恐怖主義還要危險。自我於二〇〇三年十二月擔任「伊拉克國家圖書暨檔案館」館長以來，無處不在的貪污就一再阻礙我對本館推行現代化的工作。我被迫只好背著上司，用自己的方法達成目標。如果我沒有用一些跳脫傳統的方法及策略，根本不可能推動本館的復建工程。這段時間，從來沒有部長或哪位有力人士鼓勵過我，或提供任何協助幫我進行「伊圖」的復建工程，我很幸運在許多國家，如義大利、捷克、英國、美國及荷蘭等地有許多好友熱心協助我，讓本館許多部室一一重新開張。本館的出版、修復及微縮膠卷實驗室設備、電腦、印表機、網路、家具等等，很多都是海外送過來的，我跟本館員工對這些鼎力支持我們的海外友人，眞是永誌難忘。對伊拉克人來說，看到一些以前曾經接受我們幫助的國家，尤其是阿拉伯國家，現在對伊拉克都不聞不問，實在是讓人心傷。「伊圖」的受創讓我們學到教訓，但是一個殘酷的教訓。

早上九點十分，我跟會計室主任碰面。會計室主任爲了解決本館人員的交通問題，提議用大車換掉現在的交通車，這樣可以幫本館大幅降低運輸成本。我覺得這個方法很不錯，所以就要會計室主任馬上跟廠商聯絡，而且一有結果就馬上通知我。

早上十點左右，「行政管理學院」資訊暨圖書室主任ＴＨ小姐沒有事先通知就突然跑來我辦公室，「行政管理學院」只離我們圖書館五百公尺遠。ＴＨ小姐問我們是否願意參加她們學校要在三月二十二日舉辦的書展，我說沒問題，還問她們學校的圖書館有沒有收到本館的出版刊物，她回說沒有。當她知道本館已把每一期《全國參考書目》都出版完畢時，不禁大表驚訝，因爲一九九七年至二○○三年是一段不算短的時間。我還叫幾個採購暨捐贈室的員工一起過來開會，會議最後我們同意送幾份出版品及多餘的書籍與期刊給「行政管理學院」。此外，我們也同意參加她們學校的書展，我們會在書展展出一些自二○○三年洗劫後被找回來的稀有藏書。

今天我還見到F先生，F先生之前曾遭到死亡恐嚇，所以在二○○六年十一月舉家搬到鄰國定居。他原來的房子不僅被洗劫一空，還被民兵部隊沒收充公。現在家人都安頓好了，他便隻身回到伊拉克。看到他回來，我眞的好開心，他可是我辦公室的重要資產！海珊在一九六○年代把他父親給處死。後來我們又聊了幾分鐘，讓他知道他不在的這段時間「伊圖」有些什麼變化。我提議由他來擔任本館公關室主任，因爲「伊圖」需要像他這樣的人才能爲本館帶來新的活力。原則上，他同意這項職位安排，也約好明天再碰一次面，把公關室的活動及職掌做最後釐訂。

幾位年輕的工作人員開始把書架上額外的資料搬到地下室收好，這些書籍跟資料我們打算以後發送到巴格達及伊拉克境內的學術機構及圖書館。我到「伊圖」任職之後，就發現同一本書常有好幾本，有時候，甚至多達十本！我提議每一本書應該只留三本（當然是留品質最好的那三本），其他多出來的就從書架上移下來。但是，這得經過前文化部部長批准才成。新的文化部部長則下令成立一個委員會來負責這類圖書的配送工作。對新部長的做法，我相當不以爲然，因爲我知道那些書有可能會發送到不對的人手上。所以我就把這件事先擱下來，等以後有適當時機，再來執行我的送書計畫。

一位《華盛頓郵報》的記者來電，希望明天跟我碰面，我告訴他，他可以在九點到九點半之間過來我辦公室。

離開辦公室前，我看到英國《衛報》二月二十八日一篇關於「伊圖」的報導，該篇報導對本館繼續開放圖書以服務讀者的努力，不吝大加讚揚。

今天我收到本館派駐「美國國會圖書館」的代表發給我的一封重要電郵。這位代表要我簽署一份備忘錄，以作爲「美國國會圖書館」與「伊拉克國家圖書暨檔案館」未來合作的重要依據。有這份備忘錄，本館就可以利用「美國國會圖書館」的「世界數位圖書館」（World Digital Library）。去年我認識的一位「美國

「世界數位圖書館」（World Digital Library）是二〇〇五年由美國國會圖書館著手推動的計畫，目的是透過網路，免費提供各種知識和資訊給全球讀者於線上閱讀，當中包括稀有書籍、手稿、海報、郵票，以及音樂和電影等影音數位典藏，藉以推動跨國、跨文化之間的彼此了解，擴大網路上非英語和非西方文化的內容，以及推動學術研究等。

國會圖書館」官員同意提供給我們必要的設備及人員訓練。我非常重視這個計畫，因爲第三世界國家中，只有少數幾個國家能使用「世界數位圖書館」。

晚上我在看《大會報》（*al-Mutamar*）這份全國性報紙時，看到一則幾天前我對外所做的聲明。我在聲明中要求政府讓「伊拉克國家圖書暨檔案館」自文化部獨立出來，並直接隸屬於部長會議或總統管轄。我還要求「伊圖」的館長要有更大的財務權及行政權，如此他才有辦法在組織、法令及人事等方面，進行一連串基本的改革。我知道我這份聲明一定會讓有些人大爲光火，但是讓「伊圖」自文化部獨立出來是我的夢想，「伊圖」之所以無法大步向前，就是因爲我們隸屬於文化部所造成。沒有文化部部長的同意，我就無法任命任何一位圖書館館員或檔案室職員。去年十一月，我寫了一封信給文化部部長，希望他批准我們九位大學畢業生的人事任用案，因爲我需要這批新進員工塡補幾個如行政、電腦及編目等部室的人事空缺。結果部長拒絕同意這項人事任用案。兩個星期前我又寄了一封信給部長，再次向他強調，本館眞的很需要新血來推動相關業務；部長到現在還是拒不答覆。而這不過是我所面臨的其中一個問題。總理曾告訴媒體，他打算換掉幾位部長，所以我也只能靜觀其變了。

三月五日（星期一）

（今天將是我一生難忘的一天，因爲在黑暗、仇恨及狂熱等情緒的蠻橫肆虐下，書遭到惡意的破壞虐殺。）

一如預期，今天路上交通還是很塞，我的座車在一個檢查站停下來接受盤檢，不過警察態度很好。

MA小姐一早就來我辦公室辭行，她因爲哥哥被謀殺，爲了照顧家人，現在搬到巴斯拉市去，我要她堅強起來，不要悲傷，我相信以後她一定還有機會回來跟我們一起共事。

九點左右，《華盛頓郵報》來電，通知我該報記者會晚一點過來。所以，我決定依據原來的計畫跟英文史料室的員工開個會。英文史料室位在本館最低一層樓，受創最深，二〇〇三年四月中旬的戰火侵襲，濃煙、灰塵、高溫滿布，造成通風系統損壞，電力供應不足，種種不利的工作條件，讓員工在「伊圖」的工作變成苦差事。本館擁有六萬六千三百本英文書，題材廣泛，包羅萬象。年代最久遠的英文書籍遠達一八四五年之久。英文史料室有十二名員工，全部都會講英文。二〇〇五年九月，三位英文史料室的員工開始著手製作新的圖書目錄卡，好將本館因二〇〇三年四月中旬戰火侵襲而遺失的目錄卡給補齊。這些員工還得把

圖書館和書籍被破壞掠奪自古便不斷的發生，據說當蒙古人於一二五八年洗劫巴格達時，底格里斯河的河水一天變成紅色，到另一天就變成黑色；這是由於凶猛的蒙古騎兵殺害了很多無辜者所以血流成河，蒙古人還大肆破壞巴格達的圖書館，把難以計算的珍貴書籍拋散到河裡，把河水染成黑色。

其他數以千計的書籍重新分類、編目、訂正錯誤，還要把書清理乾淨。儲藏室已經好幾個月沒有空調可用，所以整理書籍的工作真的很辛苦。舊的空調設備在海珊執政時期竟因某個不知名的理由給拆了！再加上夏天本館常常斷電，所以在儲藏室工作只能用苦不堪言來形容。但是，儘管環境惡劣，有時候甚至氣溫飆到攝氏四十八度，但我的員工還是努力堅守崗位。開會時，英文史料室的員工對不時的斷電、高溫以及灰塵等無不抱怨連連。他們希望我能幫他們準備好的手套、筆及白色油墨。

會議接近尾聲時，保安部門的主管通知我有兩位訪客（一位外國人跟一位伊拉克人）在等我。我告訴他，請把這兩位訪客立刻帶到我辦公室，五分鐘後，我就會過去跟他們碰面。

正式訪談之前，我先向這位《華盛頓郵報》記者及其伊拉克同僚自我介紹，該記者問了幾個文化方面的問題，也仔細詢問「伊圖」的現況。雙方也坦率的討論到人身安全方面的狀況，以及其對本館及本館員工的影響等等。

相關報導請見附文〈藏不住的絕望〉。

訪談進行之際，十一點三十五分左右，一巨大的爆炸聲撼動整個本館大樓，我們三個人馬上衝到最近的窗口一探究竟，只見滾滾的濃煙從離本館不到五百公尺遠的阿爾—穆台納比大街不斷升起。後來我才知道，這是一起汽車炸彈攻擊事件。數以萬計的紙張飄揚在空中，猶如天空降下書本、淚水及血滴，場景是如此的超現實。有些紙張在空中燒了起來，有些落到本館大樓上。阿爾—穆台納比大街是以一位偉大的中世紀阿拉伯詩人所命名，這條街也是巴格達很有名的地區，許多出版社、印刷廠及書店在這條街上都設有主要辦公室及儲藏室。街上還有幾家歷史悠久的咖啡館，是一些貧窮的知識分子流漣忘返、蒐尋靈感之處。這條街還以星期五的書市聞名伊拉克，不管是舊書、新書或稀有書籍皆有販售。本館九十五%的新書都購自阿爾—穆台納比大街，我自己也常到此買書。當我們知道許多我們熟悉的出版商及書商在此攻擊事件中不幸罹難時，心中的悲傷眞是無以形容，其中包括阿德南先生，他本來是要送一批新書來本館的。根據初步估計，超過三十人死亡，一百人受傷，此外還有四兄弟一起死在辦公室。

爆炸一發生，我馬上命令警衛不要讓館員離開本館，因爲還可能有另一起炸彈攻擊。我們看到一輛又一輛的民用跟軍用救護車把一個又一個的屍體及傷患載離事件現場，此情此景讓人看了傷心欲絕。

爆炸發生大約十分鐘後，來訪的《華盛頓郵報》記者及其同僚便離開本大樓，一路往阿爾—穆台納比大街這個殺戮現場衝過去。訪談結束前，我們同意明天早上再碰一次面，繼續今天的訪談。

一回到家，我太太就告訴我，今天早上十一點半左右發生一起很大的炸彈爆炸事件，把我們的房子震得搖晃不已，灰塵及濃煙籠罩整個社區。幸好，無人傷亡。

晚上六點十分，我接受一家西班牙電台的專訪，這家電台專門對西班牙及拉丁美洲的國家廣播節目。我在電話中回答該電台有關「伊圖」、本館員工及人身安全方面的問題。訪問歷時十五分鐘。

大約一小時後，《路透社》駐巴格達的記者來電，問到今早阿爾—穆台納比大街的汽車炸彈攻擊事件，還問起阿爾—穆台納比大街的歷史及其在伊拉克文化上的重要性。

晚上我收看了晚間新聞，這起阿爾—穆台納比大街的汽車炸彈攻擊事件撼動所有伊拉克人，不分宗教及種族，大家皆大受打擊。伊拉克總統、總理及其他高階官員無不同聲譴責這起攻擊事件。伊拉克的政治領袖最擅長發表譴責聲明，但對伊拉克的文化及知識菁英一個又一個每天在他們眼前慘遭殺戮，卻又無動於衷。

已經有數百年歷史的書街——穆太奈比街，滿街是書店、書籍裝訂店、文具店和咖啡館，一直是巴格達文化和知識社群凝聚的象徵。在海珊統治的年代，那裡是一些反政權組織的集中地，很多倡導自由的知識分子以假名在那裡印發一些違法的刊物，成為海珊政府的「眼中釘」。即使海珊政府垮台了，可是穆太奈比街仍然危機四伏。

晚上八點二十五分，我弟弟從倫敦打電話來，問我家人是否安好，我要他放心，大家都沒事。後來，我們又聊起伊拉克的政治，朋友及家人的近況。

三月六日（星期二）

今天是腥風血雨的一天，數百位平民百姓在一連串的汽車炸彈及自殺式攻擊事件中，慘遭殺害或受傷。

文化部部長及副部長兩人間的鬥爭浮上檯面，因爲後者在一份重要的全國性報紙《阿爾─薩巴赫》上發表一篇文章，惡意攻擊文化部部長，指控文化部部長是恐怖分子、殺手及宗教派系分子。文化部已公然分裂成兩派：一派由遜尼派掌控，文化部部長領軍，主要據點是海法大道上的新大樓；另一派則由什葉派掌控，文化部副部長領軍，其主要據點則是阿爾─札由那區的舊大樓。這個文化部的宗教教派戰爭已經讓文化部完全癱瘓，雖然我一開始就極力避開這個無聊的教派大戰，專心於自己的工作，但還是無法免受波及。我只希望總理能盡早介入，把那些深陷教派之爭的人員撤換掉，以免事態不斷惡化下去。

早上十點，我跟修復室的員工開會，本館的修復室計有十位員工，兩名男性，八位女性。捷克政府提供給我們所有必要的設備及訓練，讓我們得以設立本館有史以來第一個現代化的修復室。到目前爲止，已有六名員工（四位女性及兩名男性）至捷克共和國、義大利及伊拉克受訓過。我希望本館的修復人員今年能舉辦一場進階的訓練課程，原先的構想是由本館受過訓練的員工爲其他文化及教育機構的員工舉行修復訓練課程。

會議一開始，我先向大家解釋修復室未來的發展計畫，比方提供給員工更多訓練及工具等。先前在CPA時期曾擔任過文化部文化事務顧問的好友雷內通知我，荷蘭的「藍盾計畫」同意提供經費，爲本館的文物修復室購買一些工具及其他必需用品。所以我得先擬好一份清單好寄給雷內。

本館修復室主任則提出要求，希望我能增派幾個助理給他，因爲有太多文物修復的工作亟須著手進行。去年修復室主任爲本館年輕的檔案人員及內政部的檔案人員舉行過好幾場講習，修復室主任及副主任總是忙著進行實驗，好找出更好的方法來解決文物修復工作所面臨的問題，他們可說是本館最有創意的員工。他們把自己從海外學到的知識與經驗，傾囊相授給自己的同事。所以聽到修復室員工大多能樂於工作時，眞是叫人開心。會議最後，我建議把修復室修復受損文物的過程拍成記錄片，以供未來訓練課程使用。我也建議修復室應該把每一樣修復文物編好序號、標出類別，細述受損程度，並記下所需修復的時間。我也讓我的助理把會議重點記下來。

藍盾國際委員會 The International Committee of the Blue Shield（ICBS）為一國際性文化資產保護計畫，由五個非政府組織成立於一九九六年。就好比拯救人類生命的「紅十字會」般，委員會成立的目的是為了保護一些受到戰火或天災威脅的文化遺產。（www.ifla.org/blueshield.htm）

《華盛頓郵報》的記者及其同僚在會議結束前十五分鐘左右來訪，開完會後，我把他們介紹給修復室主任，《華盛頓郵報》的記者問了主任幾個問題。《華盛頓郵報》的記者希望直接記錄本館日常工作的情形，所以我便依照原訂計畫跟電腦室開會，《華盛頓郵報》的記者及其同僚便跟著我及我的助理來到電腦室。

去年，電腦室還有二十五名員工，今年卻只剩下十六個員工，其中有三名女性員工請產假，一位員工出國，三名員工因爲安全因素離職。到目前爲止，電腦室已有兩名年輕的員工喪生，兩人都已婚，也都有電腦學士的學位，事實上，其他電腦室的員工也都很年輕。電腦室主任ＡＭＡ小姐有圖書館學的碩士學位，非常受下屬敬愛，她也把下屬當作家人對待，態度非常和氣。

本館在二〇〇三年四月中旬遭受戰火蹂躪，文物慘遭擄掠時，損失了四台舊電腦，我剛受命接掌「伊圖」時，本館還未成立電腦室，在接任館長三個星期後，我背著文化部部長買了四台電腦。之前，有某個國家答應提供給文化部幾百台電腦，但一年半過了，連一台電腦的影子也沒有，我不想一味的乾等下去，因爲我認爲電腦室的成立是「伊圖」邁向現代化非常重要的一步。現在，本館已有一百三十多台電腦，其中還包括筆記型電腦，所有部室也都以電腦進行日常業務。

檔案文件修復室。(Courtesy of INLA)

會議一開始，我詢問電腦室的日常業務有否任何問題，電腦室的員工告訴我，阿拉伯文方面的館藏資料已可上網查詢。至於線上目錄部分，本館已改採 Winisis 系統，這是我們將原本的舊系統 CDS/ISIS 升級後建立的新系統，現在英文館藏資料也採用同樣系統。現代化的電腦系統不僅所費不貲，而且還需要特定規格的電腦才行。

電腦室及編目室共同發行一份名叫 *Rawafid Thaqafiyah* 的月刊，這份月刊會專文介紹「伊圖」館藏的所有出版品及論文，這份月刊我們免費贈閱給伊拉克境內的所有大學及其他重要的文化及教育機構。

現在電腦室的員工忙著把三大冊的「巴格達記憶」計畫打字整理，我還要求NA小姐要改善本館的網站功能。我知道我實在是對她要求過高，但是去年年底另一位網頁設計人員阿里不幸罹難身亡後，NA小姐就變成本館唯一一位網頁設計人員。我要NA小姐訓練其他四位同事，好跟她一起分擔維持網站的重擔，我也要求電腦室的主管要加緊努力，趕快讓那些不會用電腦的圖書館館員及檔案人員受訓，學會電腦。去年，電腦室辦過七次以上的電腦訓練課程，受限於安全及斷電等因素，電腦室一次只能訓練三十名不同部室的同仁。今天會開到一半，突然斷電，所以會議在十二點三十五分結束。半小時後，《華盛頓郵報》的記者及其同僚與我們道別之後，離開本館。

附文一：薩德・伊斯康德館長專訪

藏不住的絕望

撰文：Sudarsan Raghavan

——《華盛頓郵報國際版》二〇〇七年四月七日星期六；C01版

An Archive of Despair: Saad Eskander Works To Protect Iraq Library From Bombs and Mold

攝於二〇〇三年四月十四日，「伊圖」被縱火數天後，檔案殘片散落一地。
（© Mario Tama/Getty Images）

薩德・伊斯康德坐在他那張暗褐色書桌後面，在一個充滿希望卻殘破不堪的地方，今天又是他辛勤工作的一天。

伊斯康德是「伊拉克國家圖書暨檔案館」的館長，他的辦公室位於圖書館頂樓，陽光透過他辦公室洗手間窗戶上的彈孔流洩進來。又停電了，樓下圖書館裡的書因此飽受殘害。今年（二〇〇七年）三月五日早上，他才與館裡一位員工道別，這位員工的哥哥慘遭殺害，她怕得逃離巴格達。

書桌右側有一排玻璃書架，擺著館裡最稀有的書籍與手稿。書桌左側有一大片落地窗，戶外景象盡收眼底。早上十一點四十分，窗戶突然一陣震動。伊斯康德說：「我們每天都會聽到爆炸聲。」他語音輕柔，但語氣堅冷。他冷靜地站起來，凝視著窗外的濃煙與半英哩天空外紛飛的白紙。「這還不是離我們最近的爆炸，炸彈已經多到數不清了。」

美軍於二〇〇三年出兵伊拉克，盜匪趁機在「伊拉克國家圖書暨檔案館」大肆搶劫，四處焚燒。就在海珊政權垮台即將滿四週年，伊拉克新的安全計畫已實施幾星期之時，伊斯康德及他的員工仍在這個他稱為「留存伊拉克歷史記憶」的圖書館裡，奮力保存伊拉克史蹟的斷簡殘篇。

他說：「不管你是庫爾德族人或遜尼派或什葉派，我們彼此之間唯一共有的，就是國家圖書館。這是我們國家意識之所在。」

「伊拉克國家圖書暨檔案館」現在任用許多年輕員工。伊斯康德不讓宗教與政治勢力進入圖書館。但事實上，宗教與政治勢力不僅讓伊拉克陷入四分五裂，也是阻礙「伊拉克國家圖書暨檔案館」進步的元凶：暴力、官僚作風、宗教派系紛爭、政治對立與嚴重不足的基礎設施。

位於阿爾—穆台納比大街的書市，二〇〇三年美伊戰爭後，很多源自伊圖和伊拉克的大學的珍本都流落到這裡被變賣出售。（© Patrick Chauvel/Corbis）

伊斯康德的書桌上擺著破掉的瓷器做紀念品，他站起身從書桌後面走過來，眼睛看著玻璃書架，一邊提醒我：離窗戶遠一點。

他又看著遠方的蕈狀濃煙，然後說道：「我覺得煙是從阿爾—穆台納比大街飄出來的。」

阿爾—穆台納比大街是巴格達知識分子的精神故鄉，也是眾多書商與愛書人群集之處。伊斯康德常到阿爾—穆台納比大街幫圖書館添購新書。後來他才知道，剛才聽到的汽車炸彈攻擊事件造成至少二十六人罹難，其中有一位還是他熟識的書商。

他對警衛下令，爲保護館內員工安全，所有員工不得離開圖書館。他從窗戶看到救護車一輛接一輛的開過去。接下來的幾天，他把自己的想法寫在他的網路日記上（http://www.bl.uk/iraqdiary.html）。

三月五日（星期一）

今天將是我一生難忘的一天，因爲在黑暗、仇恨及狂熱等情緒的蠻橫肆虐下，書遭到惡意的破壞虐殺……數以萬計的紙張飄揚在空中，猶如天空降下書本、淚水及血滴，場景是如此的超現實。有些紙張在空中燒了起來，有些落到本館大樓上。

伊斯康德現年四十四歲，身材削瘦結實，有著一張有稜有角的長臉，又短又鬈的頭髮已開始泛灰，戴著一副圓圓的眼鏡。他是庫爾德族人，在巴格達出生，十九歲時曾在伊拉克北邊山區加入庫爾德族反抗軍，後來移居伊朗、敘利亞。二十八歲那年輾轉移民到英國，並在英國拿到博士學位，成為英國公民。

美軍入侵伊拉克後，一大群伊拉克海外流亡分子蜂擁回到巴格達，加入重建祖國的行列，伊斯康德也是其中一位。當時盜匪從國家美術館及考古地點盜走成千上萬件骨董，伊拉克這個有著一千一百年歷史的古國頓遭重創。在那三天的大肆劫掠下，盜匪從「伊拉克國家圖書暨檔案館」偷走好幾百件稀有的伊斯蘭史料與文本，這些文件已有好幾百年歷史，其中包括一份十世紀古伊斯蘭哲學家伊本．西那（Ibn Sina）所擬的條約。軍方與國家安全的記錄悉遭焚毀，顯然是想湮滅證據。剩下的文件資料則飽受火災、煙燻及水損的殘害。

伊斯康德在接任「伊拉克國家圖書暨檔案館」館長職位之前，曾開著車子繞過這棟燒得焦黑、令人大失所望的建築，幾名圖書館員工眼神呆滯的坐在圖書館外面。伊斯康德回憶道：「第一天上班，我連椅子都沒得坐。圖書館沒電、沒水，連貓狗都跑來住在圖書館裡。」

三月十日（星期六）

我住的這一區今天發生三起炸彈爆炸事件，兩個炸彈在早上七點半引爆，一時之間，公寓天搖地動，當時我正在看電視；下午一點二十分，又一個炸彈爆炸，又是一陣搖晃。我整天都在房裡看書，寫東西。

「伊拉克國家圖書暨檔案館」與其他伊拉克政府單位最大不同之處，在於圖書館裡沒有半張政客或僧侶的肖象。伊斯康德不准圖書館掛這種東西，他也嚴禁員工說任何有關影射宗教派系衝突的笑話。

「當一個公務員，你就應該拋下自己是庫爾德族人，或遜尼派或什葉派的想法，此時你是伊拉克人。」

在一個男性主導一切的社會，「伊拉克國家圖書暨檔案館」大力倡導女權，該館有一女性社團，還設有一托育中心。館內員工的升遷係依個人工作表現來決定，不依其政治影響力或宗教背景。負責管理圖書館網站的娜迪亞．哈珊說：「館長是個很民主的人，他慢慢的改變大家的想法及觀念。」

有六名女性及兩名男性員工，在一個配有現代化設備的修復室工作，這些設備是義大利及捷克共和國捐給「伊拉克國家圖書暨檔案館」的。採訪這天，這幾名員工正在修復一份有一百二十七年歷史的奧圖曼帝國法律記錄，他們小心的清掉文件上的灰塵和污點。

然而，伊斯康德把最重要的寶藏，藏在他的辦公室。他有一個書架擺著稀有的十九世紀珍本，另一個書架擺著古老的希伯來書籍。伊斯康德說，海珊執政時，這些史料被擺在潮溼陰暗的角落，因爲館裡員工很擔心這些書一旦被發現，就會被安上親以色列的罪名。現在，他很擔心什葉派基本教義的狂熱分子，會把他們的魔掌伸到伊拉克的教育及文化領域。

他說：「我知道這些書會惹惱一大堆心胸狹窄的人。」

三月十九日（星期一）

狙擊手在阿爾—法德赫爾區攻擊許多民眾。

圖書館今天的供電時間只有四十分鐘，停電已開始影響我們的工作，尤其是電腦室及微縮複製室影響最爲嚴重……自從二〇〇六年年中以來，我們的發電機就因人謀不臧及重重限制的規定壞到現在，無法修理。

在惡劣的氣候環境下，搶救受這些受損的書籍和文件成為館員首要的工作。（Courtesy of INLA）

「伊拉克國家圖書暨檔案館」位於巴格達最危險的地區，剛好夾在遜尼派叛亂分子的避難所

——海法大道與阿爾—法德赫爾區之間。今年二月，遜尼派叛亂分子突襲圖書館兩名員工，其中一位是遜尼派教徒，另一位是什葉派教徒。遜尼派叛亂分子在圖書館附近拿槍強迫這兩名員工越過馬路走到阿爾—法德赫爾區，後來，這位遜尼派教徒被一頓毒打之後給釋放出來，但那位什葉派教徒卻被射死，成爲「伊拉克國家圖書暨檔案館」過去一年來第五位不幸遇難的員工。

前幾天，圖書館的櫃檯接待員帶著裝有他死去兒子的棺材，請求圖書館給他錢以安葬他兒子。由遜尼派把持的國防部，一直想把圖書館屋頂拿來當警衛崗哨，但遭伊斯康德拒絕。他很擔心圖書館會因此成爲附近健康部的箭靶，因爲健康部是什葉派傳教士穆格塔達．阿爾—薩德爾的禁臠。伊斯康德說：「大家都知道我們立場中立，既非遜尼派，也不是什葉派。」

雖然如此，伊斯康德補充說阿爾—薩德爾的軍閥仍然不時會從健康部屋頂對著「伊拉克國家圖書暨檔案館」開槍掃射。

二〇〇五年，伊斯康德接到一封死亡恐嚇信，命令他停止翻修圖書館，否則將對他不利。他不爲所動，但爲了保護自己與太太、兒子，從那時到現在他已搬過四次家。

在他辦公室前門門邊，有一位婦女擺了個攤子賣些點心糖果。伊斯康德這個安排是不想讓員工冒著生命危險外出用膳。

伊斯康德走過點心攤時說：「我想在館裡弄個餐廳，這樣大家就不用爲了吃飯離開圖書館。」

三月二十五日（星期日）

本館大樓後牆面遭幾個子彈打中，其中有一個子彈還打穿兩個洞，一個打在外窗上，另一個打在英文史料室的內窗上。

我們和文化部的聯絡窗口S小姐一邊走進我的辦公室，一邊掉眼淚。她及她妹妹一家人同住的公寓在星期六的汽車炸彈攻擊事件中遭到重創。這場攻擊事件死了三十個人，大多是警察，她的姪子及姪女也受了輕傷，館裡的同仁決定捐一點錢幫她度過難關。

圖書館的數位圖書室有三十二台電腦，工作人員正忙著將老舊史料數位化，結果突然停電。伊斯康德臉上閃過痛苦的表情，但他還是繼續開會。他想培養年輕一輩員工改掉海珊時期的舊做法，即用人，總是以政治及種族因素爲優先考量。

這部門以前有二十三位員工，現在只剩十六人，圖書館外的暴力事件逼得很多人不得不離職。在該部門某個角落，有一張二十七歲的阿里．撒利的照片掛在電腦旁邊。阿里曾是圖書館網站的負責人，去年十二月他到圖書館上班的路上，當街被槍手打死，哈珊站在阿里空盪盪的椅子旁絮絮叨叨的說著，眼裡含著淚水，她說阿里是她最要好的朋友。

伊斯康德說：「我們每個人都必須付出代價，只是方式不同，我讓大家埋首於工作，講笑話給大家打氣，讓大家在館裡過得比外頭好一點，很多員工都把自己的工作當作逃離現實壓迫的避難所。」

三月二十六日（星期一）

就在本館員工要下班離開時，交戰雙方又開火了，而且戰事很快便延燒到巴布·阿爾—穆德罕，本館周遭地區及附近街道都遭到迫擊砲轟擊，武裝分子還朝向行人開火。頓時，所有本館員工都身陷槍林彈雨之中。我們有一位圖書館館員原本就有點殘障，一時不小心失去平衡，跌倒在人行道上，還撞到頭，頓時血流如注，嚇到站不起來，一直等到戰事稍歇，旁人才趕快跑過去救他。

在工人猛敲榔頭、鋸木頭的吵雜聲中，伊斯康德走下樓，一旁有孩子在玩著，伊斯康德走進最底層的檔案室。檔案室裡儲放著十九世紀及二十世紀的書籍、期刊及報紙，這些資料原本蓋著厚厚一層灰，現已整齊的排放在鐵架上。

但是，現在圖書館缺乏良好的通風設備，又常常沒電，照明系統也設計不良，以致這些資料現正瀕臨被毀損的命運。因此，伊斯康德及員工正加快速度趕緊把這些資料掃瞄成微縮膠卷。

他說：「我們在為這些資料奮戰，這實在令人生氣。」

伊斯康德不斷在當地報紙及他的線上日記，公開批評文化部部長及其他政客未善盡保護伊拉克遺產之責。他也在未經上級批准的情況下，直接接受外國記者訪問。

伊斯康德說：「這些人就是不讓我們做事，所以我們得背著他們另闢蹊徑才行，有時候我們的做法並不合法，但對我們有利，如果你一切按傳統來，遵守法律，依照指示，你什麼也做不了。」

他承認曾爲圖書館偷書及文件。有一次，他從「綠區」載回一大卡車伊拉克君王時期的文件史料，那裡是美國大使館及伊拉克政府機關的所在地。他告訴美國官員那裡儲藏的東西都沒什麼價值。他說：「我在巴格達幹過很多阿里巴巴大盜幹過的事。」伊斯康德也定期到歐洲募款——即使這麼做讓他的老闆覺得很沒面子。去年（二〇〇六年）十月，他曾拜會美國國務院及國會圖書館，尋求對方協助，好爲他們的數位圖書館採購更多掃瞄器，讓數位圖書館趕快成立。

大英圖書館的網站把他的日記刊載出來，數百萬人因此看過他的線上日記，這個世界得以透過他的日記看到眞實的伊拉克。

大英圖書館的發言人卡崔歐那．費雷森（Catriona Finlayson）說：「伊斯康德代表著伊拉克的希望，他想爲下一代建立一個好的未來。伊拉克人必須重建自己的國家，莫忘自己的過去，這是非常重要的。」

三月二十八日（星期三）

KH小姐回來上班了，我覺得有點意外，所以馬上到她辦公室去探望她，看她是否安好。她告訴我被綁架的過程，有三個男人跟她一起被綁，另外還包括一名司機及六名女性乘客……綁匪把司機及其他的男性乘客毒打一頓後，就把女性人質放了……最後對話結束前，她一定會這樣問：「館長，你爲什麼不離開伊拉克回歐洲去？」我總是這樣回答她：「因爲我捨不得離開像妳這麼好的員工啊！」■

危險的七十米

這兩條路一封起來，圖書館根本就形同關門，最後我在信裡質問對方：「關閉這兩條馬路到底是要保護誰？是要保護民眾還是你們自己？」

三月七日（星期三）

今天路上沒有塞車，我八點左右就抵達辦公室。國民衛隊跟一群武裝分子在海法大道上交戰，從早上六點就開打，一直持續到八點十五分才結束，我到圖書館後，還聽到幾起零星的槍響。後來，國民衛隊挨家挨戶的搜索，總共逮捕了三十六名武裝分子，此外，國民衛隊還在本館附近的巴布．阿爾—穆德罕區拆除一個汽車炸彈。

本館的技工開始把因星期一阿爾—穆台納比街上發生汽車攻擊事件而破掉的窗戶給修補起來。

我終於可以簽署「美國國會圖書館」與「伊拉克國家圖書暨檔案館」的合作備忘錄，這份備忘錄載明了雙方在「世界數位圖書館」專案上的基本合作原則。

此外，該備忘錄還附有一份技術協定，詳述雙方所需設備，應進行哪些訓練以推動此合作案。我個人則寄望藉由這個合作案，把館內珍貴並富有歷史價值的報紙及期刊在毀損、消失之前給掃瞄儲存起來。這些老舊的報紙都已因年久泛黃變黑，稍微一碰就破損不堪，也就是說，這些史料文物都已瀕臨全面毀壞的邊緣。之所以如此，係幾個因素所造成，最主要還是因爲以前的館長太輕忽，員工經驗不足，再加上二〇〇三年四月中旬那場戰火的肆虐，不時的斷電，使得本館無法讓儲藏室保持適當的溫度及濕度所致。

離開辦公室前，本館的女性社團「阿爾—菲爾多斯」有三位成員來邀請我參加她們在星期四舉行的慶祝「婦女節」聚會，自我接任本館館長以來，在三月八日慶祝婦女節已成爲本館的一大傳統。「阿爾—菲爾多斯」女性社團，是兩年前一群女性圖書館館員及檔案人員爲捍衛自己的權利，讓自己在「伊圖」的行政體制中有一個發聲管道，所組成的一個社團。在伊拉克這麼一個男性主宰一切的國家裡，這個社團的成立可說是一項創舉，也大大的提升本館女性員工的自信心及士氣。

下午三點，我帶我太太跟兒子回去娘家，因爲她想回去陪我岳父母，待個幾天。我待了四十分鐘就離開，之後則去探望幾個朋友。昨天，我太太還幫我把所有飯菜備好，告訴我每天該吃哪些東西。

晚間新聞播完之後，文化部副部長出現在一個探討文化問題的電視節目裡，再次大肆指責文化部部長的種種不是。

三月八日（星期四）

今天路上交通很順暢，之所以如此，是因爲政府限制了私家車上路的數量，現在汽車是依照車牌的單、雙號來決定何日可上路。

不出我所料，我果然接到文化部部長秘書的來電，對於我之前在媒體上公開呼籲政府，讓「伊拉克國家圖書暨檔案館」自文化部獨立出來的說法，前者頗有微辭。我告訴部長秘書，部長海外訪問回來後，我還是會當著部長的面把同樣的話再說一次。我覺得部長及部長辦公室把我的聲明跟副部長攻擊部長的言論，做了不當的聯想。

早上十點，女性社團「阿爾—菲爾多斯」的成員在本館一重要會議室聚會，慶祝婦女節。該社團發言人宣讀了今天的節目內容，還邀請我上台簡短致辭——這實在是我最討厭的事呀！上台致辭時我提到：「『伊拉克國家圖書暨檔案館』

是伊拉克境內所有政府機構中，唯一一個有女性員工組成社團的組織，對此，我們應引以爲傲。」我還說：「大家千萬不要忘記最近五位罹難的同仁。」最後，我決定以實際行動支持「阿爾—菲爾多斯」社團，所以我捐了一些錢給社團，也正式寫了一封感謝函給該社團所有成員，感謝她們在本館重建工作上的付出與努力。之後，大家開開心心的吃蛋糕、巧克力，喝百事可樂，一起同歡。

早上十一點，我離開圖書館前往阿爾—穆台納比大街，這個幾天前曾經死傷無數的不幸現場，今天，伊拉克的知識分子決定共聚一堂，爲在該起汽車炸彈攻擊事件中喪生的死者紀念哀悼。本館共有十一位同仁出席，我們帶了兩台照相機到現場記錄這場史無前例的不幸事件，一群憤怒且哀痛的知識分子站在汽車炸彈攻擊後的廢墟瓦礫中，電視台攝影機及記者也在現場。現場有伊拉克作家協會的發言人，一群詩人、小說家及作家等紛紛發表簡短談話或吟誦悲傷卻有力的詩句，這實在是讓人心碎的一幕。我很慶幸自己不是文化部部長，因爲在場所有人對文化部的無能及粗率無不大表不滿，後來一位「文化事務理事會」的委員意外現身，還代表文化部上台致辭，更惹得大家義憤塡膺。這位委員實在是一位不速之客，聽眾不時打斷他的演講，根本沒有人想聽他說話。不過，我卻受到不同的待遇，因爲我向來總是直言不諱，批評歷任聯邦政府錯誤的文化政策及執政階層的短視近利。我在現場照相時，另外兩位同仁則把現場拍攝下來。這場聚會饒富歷史意涵，一定要留下記錄。因爲在這一天，人及書本同時慘遭殺戮。

聚會結束不久，有工人在書店的瓦礫堆中找到一位老先生的屍體。

晚上六點二十五分，我太太從岳父母家打電話給我，她要我不要再去阿爾—穆台納比大街，她覺得那裡太危險了。我則覺得她得了一種叫雙重標準的怪病，因爲她自己在阿爾—蘇爾迦（巴格達主要的商業區）逛街購物就可以，阿爾—蘇爾迦區根本就在阿爾—穆台納比大街附近，大家都認爲阿爾—蘇爾迦是伊拉克最危險的地區，因爲相較於政府機構及國會所在地的綠區，恐怖分子最喜歡攻擊阿爾—蘇爾迦這個商業區。

三月九日（星期五）

今天，我整天獨自在家寫東西，看書。

國民衛隊在阿爾—蘇爾迦商業區拆掉兩個汽車炸彈，我岳父母住在蘇克·阿爾—格扎爾市場這個舊市區，離阿爾—蘇爾迦商業區只有兩百公尺遠。下午，我去探訪幾個好友，談到文化部的危機，文化部現在已分裂成兩派，一派由遜尼派掌控，另一派則由什葉派掌控，政府高層對此則是視若無睹。我的朋友爲文化部新的立法擬了一個草案，草案擬得不錯，他問我願不願意仔細看看草案內容，給一些建議。我則建議他先緩一緩，因爲草案會引起一些舊派人士（大部分是前復興社會黨黨員）不滿，還是靜待適當時機，等內閣重組後，再提這個草案。

三月十日（星期六）

我住的這一區今天發生三起炸彈爆炸事件，兩個炸彈在早上七點半引爆，一時之間，公寓天搖地動，當時我正在看電視；下午一點二十分，又一個炸彈爆炸，又是一陣搖晃。我整天都在房裡看書，寫東西。

三月十一日（星期日）

今天開了兩次會，第一場是跟圖書閱覽室及圖書室的員工開會，第二場則是跟企劃室的員工開會。圖書閱覽室現在只有三名員工，我們還需要再加三名人手。閱覽室的讀者有兩台影印機可用，我們不收影印費，但基於經費考量，一個人最多只能印二十頁。如果同一本書館裡有兩、三本，我們可以讓讀者把書攜出館外，自行影印，不過，我們會派員隨行監看。書籍儲藏室包括專門服務讀者的員工在內約有二十名員工。我們現在還是用傳統的方法服務讀者，比方搜尋目錄卡以提供讀者所需的出版品，下個星期本館讀者就能第一次使用線上目錄搜尋系統來搜尋出版品。希望以後我能把本館整個讀者服務區都電腦化。E女士是本館圖書閱覽室的主任，本身專攻圖書館學，她做事非常認眞勤奮。

第一場會議裡，我們討論到如何提升讀者服務，並加快速度趕快把書架清理乾淨；事實證明，這是一項非常艱鉅的工作，因爲清潔工具及設備不足，所以進度一直受影響。會中我答應盡快把這兩個障礙排除掉，也非常感謝大家辛苦的工作，因爲他們眞的是在有害健康的環境下服務讀者。直到現在，我們都還聞得到二○○三年四月中旬戰火侵襲所遺留下來的煙燒及煤灰味。很多在儲藏室工作的圖書館館員及檔案管理員都飽受過敏之苦。

本館企劃室有六名員工，都是女性，主管是Z小姐。會中我要企劃室提供人事方面的各種統計資料，分析這些資料的目的，是爲了提升本館人力資源方面的質與量。

回到家大約十分鐘後我聽到好大一起爆炸聲，後來得知是一起恐怖分子自殺式攻擊事件，目標是阿爾—穆斯坦斯瑞亞大學附近一群民眾。結果有十八位無辜的平民慘遭殺害或受傷。

三月十二日（星期一）

今天圖書館附近一片混亂，美軍及國民衛隊一早就關閉阿爾—吉姆胡瑞亞大街，有一位國民衛隊的軍人開始朝天空開火，希望驅散民眾及車輛。逼不得已我只好在巴布．阿爾—穆德罕大道附近下車，走到辦公室。幾分鐘後，兩架美軍直升機飛到本館上空，最後停在第一步兵旅總部的空地上（離我辦公室只有一百公尺遠）。幾分鐘後，兩架直升機又飛走。館裡的員工只得被迫從巴布．阿爾—穆德罕大道附近穿過阿爾—吉姆胡瑞亞大街走到本館。國民衛隊及警察這草率不智的做法，實在讓我非常光火，因爲這會危及本館員工的性命。所以我寫了一封信給第一步兵旅的總司令還有本區警察局局長。我在信中批評他們這種做法非常不智，因爲他們根本沒有理由關閉這兩條重要道路，這麼做只會讓我們的員工生命安全遭受威脅。我還指出，這兩條路一封起來，圖書館根本就形同關門，最後我在信裡質問對方：「關閉這兩條馬路到底是要保護誰？是要保護民眾還是你們自己？」

這兩條路一封起來，讓我遇到一個大問題，這個問題是自從二〇〇五年第一步兵旅把前國防部大樓改成總部之後，至今我所面對的最大難題。第一步兵旅總司令第一個動作就是把邁旦大道封鎖起來，而且事前完全沒有徵詢或通知有關單位如「伊圖」等，這麼一來，本館員工根本無法從前門進出。但是第一步兵旅總司令這個動作根本就是多此一舉，因爲第一步兵旅所占用的幾座大樓離邁旦大道有三百公尺遠。而且，他還派士兵擺了一道一百五十公尺長的水泥路障保護該大樓。但是我們圖書館可沒有水泥路障可保護我們，所以員工會直接暴露在危險中。我一再說服第一步兵旅總司令，要他重新開放邁旦大道，但是徒勞無功。最後，我決定把隔開本館跟邁旦大道的人行道改成一臨時便道，這樣我們的車子才有辦法從大門進出。本館警衛使盡力氣終於把人行道上所有路障移走，於是，我們開了個臨時便道，沒多久，附近的機關也跟著從這個便道進出。

不幸的，上星期三（三月七日）國民衛隊跟警察局居然把這條臨時便道封起來，我馬上派本館警衛去找第一步兵旅的軍官，希望能說服他們重開這條便道。這位負責軍事情報的軍官同意向他的主管提出這個問題。三月十二日星期一，這位軍官通知我，這條臨時便道仍將繼續封閉，後續則有待最新通知，不過警察局跟國民衛隊同意讓我的座車用這條臨時便道進出。我拒絕這個提議。

我們已經有近一年沒從後門進出，一旦要從後門進出，表示本館的車子就得經過危險的阿爾—吉姆胡瑞亞大街。因爲本館後門跟阿爾—吉姆胡瑞亞大街之間的通道只有七十米寬。我們的警衛對在這通道兩側做生意的民眾向來戒心甚重，因爲這些人不僅頻頻跟國民衛隊及警察起衝突，還公開跟一些武裝分子爲伍。

早上九點半，網路又當掉了。

今天我跟人事行政部門開會，會中我提出一些計畫，希望能讓這個部門更具活力與創意，其中該部門的主管及一位行政人員將遭替換。此人事更新案將在兩天之內生效。

副館長下午來電話通知，有一家運輸業者原則上同意接受我們最後一次的報價，即一億一千三百萬第納爾。

第納爾是伊拉克流通的貨幣，一二〇〇第納爾約合一美元。

三月十三日（星期二）

網路又可以用了，眞是好消息，所以我開始處理星期一的電郵。

今天我跟總理辦公室一位官員碰面，我們討論到「伊圖」的重建及現代化等問題。會中，我提到保留前海珊政權時期政府機構檔案的重要問題，我批評政府根本沒有保護這個國家重要的文化遺產。這位官員答應把我的意見反映給上司。

那家運輸業者最後並未現身正式投標。正式投標後，本館跟該業者還得簽訂合約，這份合約還得經文化部部長批准才會生效，實在是非常冗長費時的官僚作業。

部室主管會議在十點舉行，會議一開始，副館長就花了很長的時間詳述我們如何千辛萬苦的找到一家運輸業者來簽約。接下來則是討論以下議題：停電，本大樓一些部室的重建工程，空調系統，人員的交通問題、選購新家具、爲法定送存部門寫一新的電腦程式，是否要爲檔案室設閱覽室、圖書館讀者如何取得新的出版品等等。會議中，我重新釐訂並擴大所有部室主管的職掌，並要求各部室主管每個星期得提交工作進度報告到我的辦公室。我也要求部分部室主管繼續舉行兩星期一次的內部會議，並將會議報告送交我辦公室。我也答應我會像去年一樣出席一些部室會議。這場會議開了一個半小時，後來一位任職於「美國國家公共廣播電台」（NPR）的伊拉克籍記者K先生在我辦公室等我。K先生告訴我，是L小姐讓他來安排一場專訪。L小姐是一位美籍的電台記者，我第一次跟她碰面是兩年多前，當時她來報導「伊圖」慘遭戰火的過程。我同意讓L小姐跟她的採訪小組在星期三上午到我辦公室採訪。

上午十一點十分到三十分之間，美軍直升機低空飛過本館，噪音不斷。

我的一位同仁——庫爾德文化理事會（Directorate of Kurdish Culture）會長通知我，他要到庫爾德斯坦出差十天，所以他不在的這段時間，要由我代理他的職務。因爲他明天就要出發，我聽了只好答應。之前我曾經兩次擔任過庫爾德文化理事會的代理會長，大部分員工我都認識。庫爾德文化理事會的辦公大樓離我們圖書館只有〇・四公里。

三月十四日（星期三）

警察終於讓幾輛車子從臨時便道進出，我馬上派警衛室的主管去跟警察疏通，通知他們從今天開始本館的車子也要從這條臨時便道進出。

「美國國家公共廣播電台」的K先生來電，通知我他們的採訪小組會分乘兩輛車子抵達本館，他告訴我車子長什麼樣子，我馬上通知後門警衛，一看到這兩輛車就放行。二十分鐘後，警衛來電，告訴我他們沒有搜查，已開門讓這兩輛車直接進來。九點二十五分，「美國國家公共廣播電台」的記者及其採訪小組抵達我辦公室，她來訪的主要目的是想看看兩年來「伊圖」的重建進度，並了解我們如何在種種不利的安全條件下運作。L小姐及其採訪小組參觀各部室，訪問了幾位員工。一小時三分鐘後，在警衛確認臨時便道安全無虞後，採訪小組從前門離開。

三月十五日（星期四）

今天是混亂的一天，美軍的坦克車封鎖了部分的阿爾—穆斯坦斯瑞亞大道，這是巴格達最熱鬧的一條街，我的司機繞了大半天才把我送抵辦公室，時間是八點二十分。

我今天跟英文史料室、阿拉伯文史料室及編目室的員工開會。他們都屬於檔案館編目暨分類部下轄的單位。編目室有三位女性檔案管理員，其主要工作就是在製作目錄卡之前檢查所有檔案及記錄，以供讀者使用。他們還得把完整的檔案及記錄送到「微縮複製室」，後者會把檔案及記錄複製下來，做成微卷及微片。我要求該單位的員工要依工作的輕重緩急制訂工作進度，把具重要歷史意義的檔案及記錄先送到「微縮複製室」，其他較不重要的資料就送回原來的儲藏室。

英文史料室有七位女性員工，現在有兩位請產假，七位中有五位有英文學士學位，其他兩位則有西班牙文及英文的雙學士學位。我聘這七位員工就是要讓她們在新成立的英文史料室一展長才，因爲英文史料室的資料非常龐大，所以我起碼還要再加三名員工進來這個單位。我把阿拉伯文史料室的員工分成兩個小組，第一組有十一名員工，都是女性，其中只有兩位年紀超過三十歲，不過這十一位員工中只有三位是圖書館管理員。會中我們討論的重點，是如何改善並加快阿拉伯文檔案及記錄的登錄、分類及編目工作。人家說，積習難改，這句話眞的說得一點也沒錯，當我發現檔案館編目暨分類部的主管違背我的指示，不肯把自己的知識跟經驗傳承給下面年輕的員工時，我眞的非常生氣，我警告她，她這種做事態度一定要改，否則她的主管位置將不保，也別想升遷。我也怪她不跟自己的下屬舉行內部會議。我給她十天時間，要她馬上改進。我的助理把所有會議重點都記下來，以供我未來監督進度之參考。

十二點左右我離開辦公室，前往庫爾德文化理事會，我得去該會當代理會長。在與行政部及財務部主管開會之前，我先到兩個部室走走。我與行政部及財務部討論到他們的工作進度及問題，聽起來與我們的問題大同小異。我簽了幾份公文，公文看完後，我卻無法離開庫爾德文化理事會，因爲路上槍聲不斷，駁火嚴重。國民衛隊與警察把附近的馬路給封起來，駕駛跟行人都趕快下車，在巷弄中躲起來。十五分鐘後，一切歸於平靜，於是我離開庫爾德文化理事會回家去了。但是這場交火和暫時的道路封鎖搞得交通塞成一團。離開庫爾德文化理事會前，我告訴他們我下星期一會再過來，期間只要有急事，他們隨時可以要我過來處理。

庫爾德族是西亞地區的遊牧民族，人口主要分布於伊拉克、土耳其、敘利亞、伊朗的交界地帶庫爾德斯坦。庫爾德族占伊拉克的總人口約百分之十七，分布在巴格達、基爾庫克、摩蘇爾和哈奈根。庫爾德人大多數都是伊斯蘭教遜尼派信徒，講庫爾德語（Kurdi）。書寫方式有兩種：在伊拉克和伊朗主要用阿拉伯文字書寫，在土耳其和敘利亞主要用拉丁文。費里（Fayli、Faylee、Faili 或 Feli）則是庫爾德族中的一個分支，說盧里方言（Luri），主要居於伊拉克和伊朗。

下午我到費里庫爾德俱樂部（Faily Kurdish Club），我是該俱樂部不支薪的董事會成員，我在那裡碰到幾個朋友，後來就回家了。

三月十六日（星期五）

我今天整天在家寫東西，看書。

三月十七日（星期六）

狙擊手又回到阿爾—法德赫爾區，並起開始攻擊無辜的民眾，美國的直升機則對狙擊手開火。

三月十八日（星期日）

今天路上塞得一塌糊塗，大部分的路都封鎖，因爲阿爾—法德赫爾區情況很不穩定，所以車輛與行人都避開此區。阿爾—法德赫爾區還遭迫擊砲攻擊，我想可能是爲了報復狙擊手的攻擊行動。

我一到辦公室，就有人告訴我，有一位圖書館館員的兒子遭不明團體綁架，武裝分子還在阿爾—蘇爾迦殺了兩個人。

今天本館供電時間只有兩小時又十五分鐘。

我收到電力部的來信，信中提到該單位對於無法每天提供本館六小時供電（早上八點半到下午兩點半），甚感抱歉。電力部還編了一個沒人相信的理由，說是因爲本館跟一些住宅區共用供電，所以才會出現這種情況。看到信上通篇謊言，我其實一點都不驚訝。

今天我指示行政部門採取所有必要措施，盡快舉行新一輪的內部選舉。圖書館館員及檔案管理員將彼此互選三名代表，出任「伊拉克國家圖書暨檔案館」的「管理委員會」，此「管理委員會」係由各部室主管組成。員工代表年紀必須在三十歲以下，其中有兩名必須是女性。選舉分兩階段舉行，第一階段，先由每十名圖書館館員及檔案管理員選出一名代表，該代表再參與第二階段的選舉，之後第一階段選出的代表將在第二階段的選舉選出最後三名代表出席「管理委員會」。「管理委員會」負責制訂本館所有重要決策及政策施行，包括計畫及預算在內。自二○○四年以來，本館已舉行過五次選舉，二○○六年我們因爲安全因素無法如期舉行。這次的選舉有別於之前幾次選舉，以前是由圖書館館員及檔案管理員直接選出代表，換言之，圖書館館員及檔案管理員是以直選方式選出其代表。但是本館員工人數不斷增加，所以現在要實施直接選舉有其困難，雖然我個人討厭間接選舉，不過本館的圖書館館員及檔案管理員則透過兩階段選舉，選出三名代表。

靠近阿爾—穆斯坦斯瑞亞大學附近發生一起炸彈爆炸事件。

電視終於傳來好消息。一個背後操縱巴格達汽車爆炸的黑手終於落網，被捕地點就在我們這一區。他是一個巴勒斯坦年輕人，以及蓋達組織中最具影響力的領導之一。

行政部門（Courtesy of INLA）

「伊拉克國家圖書暨檔案館」組織架構圖

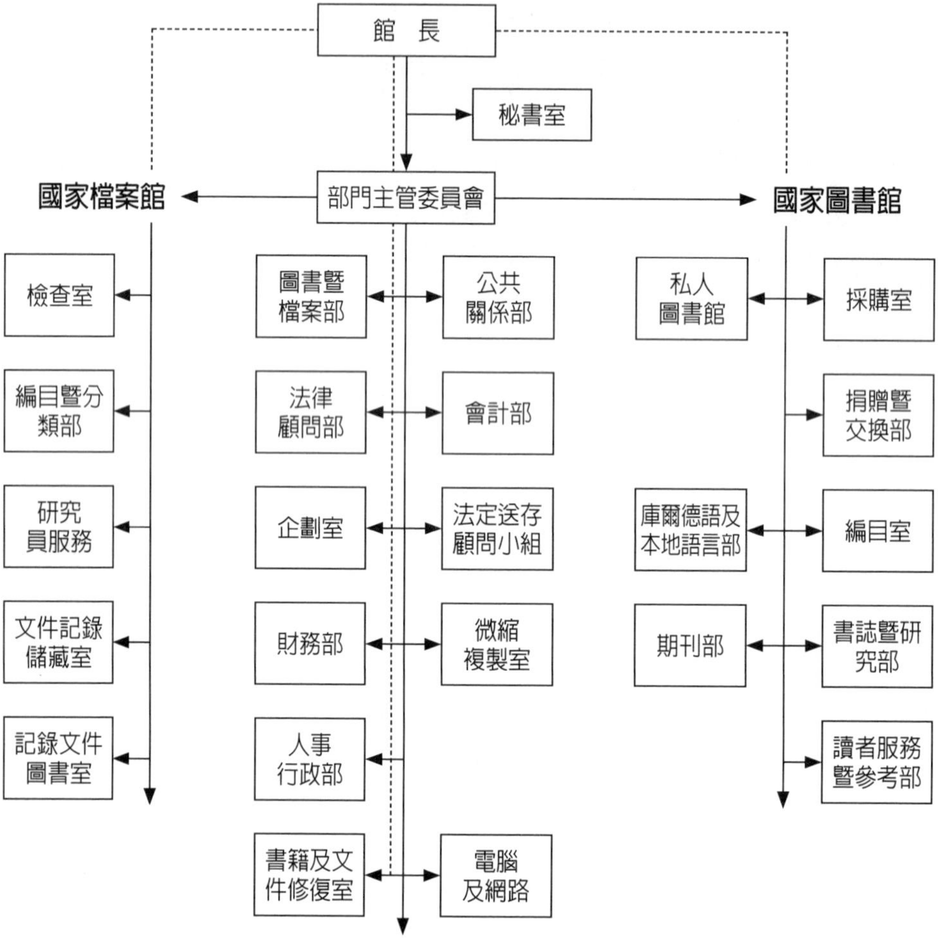

不斷的逮捕與綁架

最後對話結束前，她一定會這樣問：「館長，你爲什麼不離開伊拉克回歐洲去？」我總是這樣回答她：「因爲我捨不得離開像妳這麼好的員工啊！」

三月十九日（星期一）

狙擊手在阿爾—法德赫爾區攻擊許多民眾。

圖書館今天的供電時間只有四十分鐘，停電已開始影響我們的工作，尤其是電腦室及微縮複製室影響最爲嚴重。之前我曾經要求文化部的工程師把我們的發電機修好，她說她會盡力幫忙，但是部裡有人因某些不明的原因，一直在阻礙這件事情。自從二〇〇六年年中以來，我們的發電機就因人謀不臧及重重限制的規定壞到現在，無法修理。

十點五十分，我觀看了第一階段的選舉，共有二十六位圖書館館員及檔案管理員參加，他們選出三位年輕女性員工進入第二階段的選舉。

我今天很意外的收到文化部一封感謝函，此信推崇我的愛國情操，因爲我上星期出席阿爾—穆台納比大街的追悼儀式。

圖書部的編目室主管NI女士告訴我一則未經證實的消息，昨天美軍逮捕了她們部室一位圖書館館員J先生，眞正原因或當時狀況無人知悉。我決定等到明天再說，只希望能知道更多J先生被捕的詳細情況。過去幾個星期，本館有好幾位員工家裡遭美軍及國民衛隊搜索過，尤其是住在所謂的巴格達「熱區」——如阿爾—阿札米亞、阿爾—加札利亞、阿爾—佳米阿等區，最常被搜索。

十二點二十分，阿爾—蘇爾迦區裡一座出名的清眞寺內一枚炸彈爆炸，造成許多民眾死亡或受傷，有些人認爲這是自殺式攻擊，但是有些人則認爲這枚炸彈是安置在清眞寺某個角落。

三月二十日（星期二）

今天完全沒電，好幾個部室根本無法工作，如微縮複製室、修復室及電腦室等。我派了一位員工到本區的電力公司一探究竟，電力公司給的理由是主電纜線因某種不明原因被切斷，技工還要幾天時間才能讓電力恢復。去年，本館曾因爲類似情形連續超過四個星期無電可用。技工沒接到工程師的指令，他們就不動；工程師沒事先收到錢，他們就不會下令動工；技工沒收到他們應得的錢，他們就不會乖乖做事。這根本就是惡性循環，同樣的情況也發生在所有公共事業，如電信及自來水等。早從一九九〇年代初期至今，貪腐就成了伊拉克最嚴重的問題，現在貪腐已遠比恐怖主義還要危險。星期三是庫爾德族的新年，也是國定假日，所以員工今天就會收到這個月的薪水。

早上十點半，我監看第二階段的投票，共有十九位圖書館館員及檔案管理員參加這次選舉，有兩位入選，一位女性一位男性。我跟電腦室的員工開了個會討論幾個問題，如下個月將施行的新的薪資系統。這個新系統會為所有職級介於四到十級的員工加薪四五至六○％。

Q先生告訴我圖書館館員J先生被捕的詳細過程。他說前天晚上八點，有一群身穿國民衛隊制服的武裝分子闖進J先生家裡。在看過J先生的身分證後，便下令他跟著他們走，這群武裝分子有先讓J先生換衣服，現在，J先生的家人非常擔心他的安危，他太太跟弟弟不確定這群武裝分子是否真的是國民衛隊。但是，我們現在也只能等了，通常，這些犯罪集團在抓人幾天之後，就會跟家屬聯絡，獅子大開口，要一大筆贖金。但是，有些極端的宗教分子會打電話給家屬，通知家屬受害者的命運。

我決定先等到星期日，如果情況未見改善，我再給國防部寫一封正式信函，詢問J先生的下落。

我堅信伊拉克境內主要的民族，不管是阿拉伯人或庫爾德族人，都應該慶祝

向國民衛隊或警察提供恐怖分子藏身地點或行動的人，而且無須暴露身分，是可以獲得報酬的，所以很多人會向國民衛隊提供未經查證的消息，導致很多無辜平民的生活受到騷擾。

對方的節日。所以，我決定下星期四讓館裡所有員工放一天假，這麼一來，他們就有四天連假（星期三到星期六）。不消說，每個人都樂翻天了，我頓時成了有史以來最受敬愛的館長——起碼我剛宣布休假消息時那幾分鐘是如此。

在我離開圖書館前往庫爾德文化理事會之前，本館「阿爾—菲爾多斯」社團三位代表送我一份庫爾德族的新年賀禮，她們的好意，我非常感激。

我在庫爾德文化理事會待了一個小時，簽了幾份公文，看了幾封信，然後便返家。

晚上我花了一點時間回員工及朋友的新年賀電。

三月二十一日（星期三）

我沒有心情慶祝庫爾德族的瑙魯茲新年（Nawrooz）。小時候，我都是跟我的兄弟姊妹一起慶祝庫爾德族新年，這是我們庫爾德族反抗海珊政權壓迫的一種象徵。自從海珊政權垮台之後，庫爾德族的新年就變成國定假日，所有伊拉克人不分種族及宗教都會慶祝這個節日。我今天決定在家休息，我從星期日到現在一直不大舒服，喉嚨覺得好痛，現在連左耳也開始痛了。

下午一點，一枚大炸彈炸得我家公寓劇烈搖晃，把門跟窗戶都震開了。我跑上屋頂看炸彈的爆炸地點，我覺得離我朋友家很近，所以，我趕快打電話過去。

朋友告訴我，爆炸中心離財政部很近，離他家房子只有一百五十公尺遠，他家人都沒事，不過屋裡窗戶都震碎了。

三月二十二日（星期四）

到圖書館的路上，看到星期三汽車炸彈現場滿目瘡痍的景象，有一條高速公路的支線受創嚴重，垮了下來，財政部大樓下半部亦受創頗深，大半的牆面已倒塌，所有窗戶都被震碎。圖書館裡只有警衛跟幾名員工，我在辦公室待了幾個小時看電郵，庫爾德文化理事會的員工把公文送到我辦公室，我看過一些信件後，便在公文上簽字。

我要司機跟警衛明天早上七點四十五分到八點之間到我的公寓接我，然後送我到 BBC 全球網的伊拉克辦公室，我將接受 BBC 訪問，談伊拉克的文化問題。

下午四點，我接受了 BBC 節目主持人三十分鐘的專訪提問，談及了「伊圖」的現況以及伊拉克的文化問題。

三月二十三日（星期五）

司機跟護衛依照原訂計畫在七點五十分過來接我，我們在八點半左右離開，前往ＢＢＣ全球網位於巴格達市中心的辦公室。路上車子頗多，我要司機和護衛在我下車後馬上回家。我一向要求我的司機和護衛速速離開敏感地區，不要留下來等我。

ＢＢＣ全球網派一位伊拉克籍員工在門口等我，三十分鐘後，我便上了ＢＢＣ的節目，談到伊拉克美術館及「伊圖」如何被搶奪打劫，又有多少被搶走的文物現在物歸原主，以及作為一個國家來說這些文物對伊拉克的重要性。ＢＢＣ全球網的工作人員態度非常親切熱誠，訪問一結束，我馬上離開ＢＢＣ。我走了大約十分鐘，過了好幾條街，確定沒人跟蹤，然後我才攔下一輛計程車，坐到家裡附近下車。基於安全考量，每次要到敏感地區，我都會依照這套計畫出入。

三月二十四日（星期六）

昨天中午，一群武裝分子突襲阿爾—吉姆胡瑞亞大道上的護衛隊，這起事件標示著一個事實：武裝分子又回到阿爾—法德赫爾區，這讓本館周遭地區的安全狀況日益惡化。國民衛隊攻擊了武裝分子在阿爾—法德赫爾區所占據的位置，並摧毀一道兩米高四百米長的圍牆，這道牆把阿爾—吉姆胡瑞亞大道自阿爾—法德赫爾區隔開。根據本館警衛室主管的報告，這場激戰離圖書館很近，所以館裡的警衛在雙方交戰那幾個小時，一直保持高度警戒狀態。

今天早上十點，國民衛隊跟武裝分子再度交火，這次美軍也加入交戰行列，且歷時兩個多小時。下午四點，戰火又起，一直持續到半夜。我們的警衛一直守在圖書館裡，我也一直提醒警衛，切勿加入任何交戰中。

三月二十五日（星期日）

今天路上很塞，我們花了很久的時間才抵達圖書館。

網路又掛了。

我問Q先生 J先生的下落，現在 J先生被捕的故事已經出現第三種版本，J先生的家人現在覺得 J先生被關在內政部。

我成立了一個特別委員會，該委員會有五位成員，直接受我監督。該委員會的唯一任務就是自解散的資訊部員工中選出六十名員工，我再從挑選出來的名單裡，依據其學經歷，選出適合到本館服務的人才。

今天我和維修服務部開了個會，該部室共有二十多名電工、木匠、園丁、水電工及機械技工。我們討論到好多問題，不過重點還是本館大樓的翻修與內部裝潢的問題。因爲預算有限，所以我在二〇〇五年決定成立了一個新的維修服務部，請了幾位經驗老到的技師到本館服務，並提供給他們基本工具。這些技師完成好幾項重要工程，如提供乾淨、消毒過的飲水、修復電力和電話線，修補破窗、修好空調系統，以及整理庭院等。我們就以這種自力自強的運作方式，省下好幾千萬第納爾。

本館大樓後牆面遭幾個子彈打中，其中有一個子彈還打穿兩個洞，一個打在外窗上，另一個打在英文史料室的內窗上。

我們和文化部的聯絡窗口Ｓ小姐一邊走進我的辦公室，一邊掉眼淚。她及她妹妹一家人同住的公寓在星期六的汽車炸彈攻擊事件中遭到重創。這場攻擊事件死了三十個人，大多是警察，她的姪子及姪女也受了輕傷，館裡的同仁決定捐一點錢幫她度過難關。

九點三十分，阿爾—法德赫爾區戰火又起，我要警衛提高警覺，並阻止館裡員工離開圖書館，我也要求員工離窗戶遠一點。

第三次的選舉今天舉行，有五位圖書館館員被選爲本館「管理委員會」的代表。

上午十一點四十分，我在辦公室跟《美聯社》的記者及攝影記者碰面，這場專訪歷時一個半小時。攝影記者一面參觀本圖書館，一面照了幾張照片；不時出現的隆隆砲火，打斷這場專訪。下午一點十分，就在阿爾—法德赫爾區戰火正酣之時，這名《美聯社》記者及攝影記者離開本館。當時，大部分道路都已封鎖，唯一沒被封鎖的路則是塞得一塌糊塗。離開之前，這名《美聯社》記者說，他會再派一位電視攝影師過來拍攝本館及各部室的工作情形。回到家時，我已累得筋疲力竭。

警衛室的主管給我的安全報告中提到，下午四點阿爾—法德赫爾區戰火又起，之後仍出現零星槍砲聲。

三月二十六日（星期一）

網路又當掉了，電腦室有一位員工聯絡了電腦工程師，對方答應會在星期三把網路修好。

今天我去查看圖書館新的閱覽室，閱覽室從今年一月開始進行翻修工程，現在大約已完成八成，看到翻修工程的進度，我心裡頗感欣慰。我希望能在四月中旬或下旬啓用新的閱覽室。

早上十點三十分，我跟國家檔案室，包括修復室、記錄文件圖書室及閱覽室的同仁開會，討論本館的文件與記錄的篩選、解密及攝錄

翻修後的圖書閱覽室（Courtesy of INLA）

等的新計畫。

早上十一點，本館舉行第四次選舉，計有調查室、修復室、文物交換室及人事行政室等部室的員工參加這次選舉，最後選出六個代表加入本館的「管理委員會」。

文化部要我提名五位女性員工參加這個星期四在曼蘇爾．米莉亞飯店（Mansour Milia Hotel）所舉行的特別表揚大會。我們圖書館有這麼多勤奮努力的圖書館館員及檔案管理員，要我從中只選出五位，實在很棘手。最後我還是提名五位女性同仁，其中包括四位傑出的阿爾—菲爾多斯社團的成員。我今天還去採購室，跟採購室的主管HA小姐開了個會。HA小姐、JA及DA女士負責爲本館採購新的出版品，我照常檢查一下新進出版品的內容。

就在本館員工要下班離開時，交戰雙方又開火了，而且戰事很快便延燒到巴布．阿爾—穆德罕，本館周遭地區及附近街道都遭到迫擊砲轟擊，武裝分子還朝向行人開火。頓時，所有本館員工都身陷槍林彈雨之中。我們有一位圖書館館員原本就有點殘障，一時不小心失去平衡，跌倒在人行道上，還撞到頭，頓時血流如注，嚇到站不起來，一直等到戰事稍歇，旁人才趕快跑過去救他。

下午，離阿爾—穆台納比大街只有五十米處的阿爾—羅沙非繞道發生一起自殺式攻擊事件，導致許多民眾不幸喪生。

稍晚，警衛室主管又給我送來一份安全報告，報告中提到下午四點半，阿爾—法德赫爾區又爆發武力衝突，且一直持續到晚上六點半。直到半夜，整個情勢仍然很不穩定。

三月二十七日（星期二）

早上八點半，阿爾—吉姆胡瑞亞大道及阿爾—法德赫爾區便傳來零星的駁火槍砲聲。

《美聯社》的攝影小組一抵達本館便開始拍攝館內狀況。

文化部在國家劇院舉行了一場特別追思活動，以悼念阿爾—穆台納比大街的受難者，但是由於文化部太晚通知的關係，所以我無法參加。文化部實在是毫無組織，亂無章法，其公關部門只能用一團混亂來形容，文化部舉辦的所有活動不僅缺乏協調安排，而且了無新意。它對所有重要事件如阿爾—穆台納比大街的傷亡慘劇，反應總是慢半拍，伊拉克的知識分子及有識之士每天都公開批評文化部的作爲。大家批評道：「文化部住在一個世界，文化界及知識分子們住在另一個世界。」

早上九點半，本館又舉行另一次選舉，這次有四位檔案管理員（三位女性及一名男性）被同仁選爲本館「管理委員會」的代表。

我的秘書告訴我，昨天晚上KH小姐在夏赫拉班城附近被綁架，夏赫拉班城屬於危險省份阿爾—迪亞拉中的熱區，還好歹徒後來放了KH小姐，這是她的姪女親口告訴我們的。KH小姐是本館年紀最大的圖書館館員，已經快六十三歲了，她有圖書館學的學士學位，今年七月她就要退休；她獨居在阿爾—瓦吉瑞亞（離本館只有一公里遠），去年她的姊姊過世了。

稍後，《美聯社》的記者抵達圖書館，我們大概談了三十五分鐘，後來他跟他的攝影小組一起離開。

上午十一點半，戰火衝突加劇，美軍直升機開始飛到我們這一區，三十分鐘後，美軍噴射戰鬥機也加入，頓時噪音不斷。館內的員工對阿爾—吉姆胡瑞亞大道及阿爾—法德赫爾區的戰事壓根一點都不在意，因爲大家都已習以爲常。我岳母打電話來，看看我是否安好，其實她自己的房子離武力衝突區只有六百米，但是她卻很掛念我的安危。

館內員工要下班回家時，美軍的直升機跟戰鬥機飛得很低。

幾個朋友來電，提起我接受美國電視台PBS專訪的事。通常我接受媒體專訪，並不會特別通知文化部，有些部長會強迫該部的首長不得跟記者接觸，尤其是外國記者。有些部長則會要求該部的首長在接受媒體訪問之前，得事先取得批准。我有一位同事被他的上司威脅、刁難，幾個月前離開了伊拉克。他曾經告訴我，他在接受媒體訪問之前，得事先取得其部長的批准，然後這個部長就會派自己的親信到他的辦公室，監視他接受媒體訪問。

警衛室主管送來一份安全報告，報告中提到「伊圖」附近又再度爆發武裝衝突，國民衛隊跟武裝分子之間的交火一直持續到深夜十一點，之後還是有零星的槍聲。

三月二十八日（星期三）

往辦公室的路上，我順道去載網路工程師來圖書館，她大概花了三個半小時的時間幫我們修網路，但卻一直修不好，後來她說星期日會再過來幫我們修理。最近情勢有點緊張，路上不時傳來零星的槍砲聲。

KH小姐回來上班了，我覺得有點意外，所以馬上到她辦公室去探望她，看她是否安好。她告訴我被綁架的過程，有三個男人及她一起被綁，另外還包括一名司機及六名女性乘客。那些綁匪搜他們的身，還將他們身上的財物洗劫一空。KH小姐說，她手提袋裡的九十五萬第納爾（約六百五十美金）全都被歹徒拿走了。綁匪把司機及其他的男性乘客毒打一頓後，就把女性人質放了。綁匪劫持了車子，然後把三個男性乘客帶到附近山上去。

ＫＨ小姐一直是個堅強、崇尚自由且直率的女性，她喜歡待在她的小辦公室做事。她只跟幾個同事說話，主要是一些和她共事多年的資深圖書館館員及檔案管理員。每次我們碰面，一定會出現以下對話，她會說：「館長，你現在有空嗎？」然後我會說：「早，ＫＨ小姐。」她說：「對不起，我忘了向你問好。」我就回答：「沒關係，妳不在意就好了。」接下來，她會開始抱怨自己的身體愈來愈差，特別是眼睛愈來愈看不清楚。她有定期看醫生，可是她還是會抱怨說健康狀況不見改善。最後對話結束前，她一定會這樣問：「館長，你爲什麼不離開伊拉克回歐洲去？」我總是這樣回答她：「因爲我捨不得離開像妳這麼好的員工啊！」

今早我跟公關室的新主管開會，會中我們討論了幾個議題，包括如何加強本館跟一些重要的非政府組織，如「伊拉克作家協會」及「伊拉克記者協會」等團體間的關係，並多辦一些文化活動。我們決定推動大幅度的改革，如增加該部門員工等。後來我們決定下星期找個時間跟公關室所有員工一起開會，重新訂定該部門員工的職掌及工作內容。

我把存放在我辦公室裡的一些稀有書籍跟新書送過去參加「行政管理學院」

的「特藏書展」，我還派了兩位資深圖書館館員爲代表，展示我們參展的書籍。

自從美軍把附近的警察局拿來充當軍事基地後，「伊圖」鄰近就成了迫擊砲的攻擊箭靶。剛入夜，我們這一帶就被轟了好幾次。

阿爾—吉姆胡瑞亞大街和阿爾—法德赫爾區的治安稍微有點改善。

三月二十九日（星期四）

通常星期四路上的交通都還好，今天也不例外，有聽到幾聲零星的槍聲，美軍的飛機一直在本區低飛而過。

本館提名了五位女性員工到曼蘇爾．米莉亞飯店參加文化部舉行的特別表揚大會，部長將出席頒獎給與被提名的人士。但是，天曉得爲什麼文化部要拖到三月十九日才慶祝婦女節！我因爲有事不克出席，館裡五位被提名的女性員工知道我不能去，心裡都老大不高興。

《美聯社》的攝影師陪著我巡視了館裡的幾個部門，如修復室、電腦室、編目室及微縮複製室等。

本館最新一期月刊 *Rawafid Thaqafiyah* 出刊了，我們將會把這份月刊免費寄送給伊拉克各文化及教育機構。

特別委員會的成員把報告交過來給我，我把報告仔細的看了一次，決定接受委員會選出來的所有五十八位員工到本館任職。

我回家後才知道「伊圖」附近又遭迫擊砲攻擊，結果直接擊中一輛文化部的小巴士，司機跟乘客都被送到最近的醫院醫治。

三月三十日（星期五）

我太太帶著孩子回娘家去了，所以就只我一個人在家。我整天都在寫作，看書。早上九點半，我的秘書來電，告訴我她兒子被基地位於阿爾─卡爾拉達區的美軍給抓了。他兒子是昨天晚上跟幾個好朋友一起時被美軍給抓走的。五十分鐘後，她電話又來了，通知我她兒子跟朋友都放出來了，也沒被安上什麼罪名。稍晚，我妹妹從瑞典打電話來，問大家是否平安。

晚上八點，一個朋友來電告訴我ＩＢ（他是我其中一位好朋友）突然失蹤了。ＩＢ早上十一點離開他妹妹家，然後就再也沒有回去。我的其他朋友一直打他兩支手機，第一支手機關機，另一支手機有通，但一直沒人接。八點四十五分的時候，我發現連第二支手機也關機了。

三月三十一日（星期六）

我跟一個朋友從早上八點就出去找失蹤的ＩＢ，我們一區一區的找，一個警察局問過一個警察局。最後終於找到人——他被警察逮捕了，但看到他還活著，總算放下心裡的石頭。顯然又是被誤認身分所致。回到家時，我已累得筋疲力竭，所以早早就上床睡覺。

暴力衝突對「伊拉克國家圖書暨檔案館」員工所造成的傷亡統計

2007 年 3 月

類別	人數
員工遭綁架及失蹤	2
親人遭到殺害身亡（兒子）	1
親戚遭綁架（兒子）	2
遭受死亡威脅	2
員工因收到死亡威脅而被迫撤離家園（暫時或永久性）	4

巨塔內外的凶險

在自己居住的城市，在自己同胞身旁，就這麼不明不白的像個無名氏般死去，實在是非常的悲慘。這種死法把人變得有如物件一般，輕如鴻毛。

四月一日（星期日）

今天網路又當了，早上九點恢復供電。雖然美軍的阿帕契直升機在我們這一帶低空盤旋，不過安全狀況還好。我請了一位新的司機，他就住在我家附近，這樣接送比較方便些。

珊姆小姐代表本館基督教同仁送了一張便箋過來，提醒我復活節快到了，所以我決定讓館內的基督教同仁放五天假，慶祝這個重要的節日。

我跟電腦部的同仁開了個會，會中大家達成共識，決定開發本館自己的網站，並將電腦部改名爲資訊室。其實原來叫電腦部並不正確，電腦部這個名稱自海珊政權時期延用至今。資訊室的員工已經開始訓練館裡的圖書館館員及檔案管理員如何使用網路，還教他們操作簡單但更先進的電腦程式，如網頁設計等，這項訓練計畫會一直持續到今年年底。

早上十點，文化部部長來電，告訴我安曼—約旦那裡有人手上握有我們圖書館的史料，部長要我想辦法。這批文件包括幾個不同的歷史階段，內容涉及伊拉克及鄰國間的領土爭議。從以前到現在，伊拉克與伊朗、科威特、阿拉伯及約旦等鄰國就一直有領土糾紛，這批專業的竊賊趁著二〇〇三年四月中旬本館遭戰火侵襲、一片混亂之時，從本館偷走大批文物，偷偷的把它們走私到國外。我一直希望中央政府能重視此事，但總是徒勞無功，因爲根本沒人在意。部長說，這批竊賊出價五萬美金，要我們買回。我告訴部長，我眞的無能爲力，因爲我既沒錢也沒權，怎麼處理這批文物。我還告訴他，我一直苦勸歷任伊拉克政府內閣協助我們去處理這批被竊文物。我希望能修訂檔案法，也希望能授予眞正的政治實權來處理這個急迫問題。聽完我的答覆之後，部長一副驚訝狀。我還告訴他，整個事件演變至此我一點都不意外，但伊拉克政府一副事不關己的態度，他才眞的應該意外，因爲他自己就是內閣閣員。不過我告訴他，我不會放棄，會繼續堅持下去，直到政府重視這個議題爲止。

我見了幾位上星期出席文化部頒獎典禮的女同事，她們說，文化部部長一開始致辭時還大力推崇伊拉克婦女在社會的地位，但是接下來他卻怪罪婦女是引起歷史上幾次戰爭的元凶。她們說，在場所有人聽了無不面面相覷，一臉不快，也對部長居然會講出這麼一番話，覺得很莫名其妙。大家聽完後，無不義憤填膺。不過說真的，聽到這種事，我實在一點都不驚訝，因爲，直到現在，我們還有女性國會議員大力反對兩性平等哩！

四月二日（星期一）

網路還沒修好。

我跟負責「巴格達記憶」計畫的員工開了很久的會，會中我們對一些急迫性的問題交換彼此的看法，比方爲負責該計畫的員工找定一個設備完善的辦公室，在經費及技術問題解決的情況下，今年要出版三本與本計畫相關的圖書目錄，以及增加人手等。我告訴大家，營造公司沒能在上個月月底把他們要與期刊室共用的辦公室整修好，所以眼前得先幫他們找到一個辦公的地方，但是我得先籌到經費才有辦法幫他們買好家具。此外，他們還提到年度加薪的問題，因爲文化部從二〇〇五年就一直不肯幫他們加薪。我答應他們會盡力去處理此事。該計畫負責人ＳＡ先生告訴我，他的同事Ｘ先生已經找回被綁架的兒子，孩子還在住院治療。這孩子飽受綁匪虐待，腿還挨了一槍，現在這條腿受了重傷，可能得截肢。

警衛室主管送來一份安全報告，報告中提到武裝分子在巴布．阿爾—穆德罕區的電信公司暗殺了一名技師。這意味著網路系統這星期鐵定修不好了，因爲電信工程師們現在根本不敢到那間辦公室上班，網路怎麼會修得好。下午三點，巴布．阿爾—穆德罕區附近發生一起汽車炸彈攻擊事件，隨後又傳來零星的槍戰聲。早上八點半到十點之間，美軍直升機一直在本館上空低空盤旋，不久，美軍的戰鬥機也加入行列。

四月三日（星期二）

部長的秘書來電，他說部長想知道，我從「伊圖」的立場如何看待伊拉克與美國之間的文化合作。我告訴這位秘書，我會寫一封信給部長，並在信中詳述我的看法及建議。

我跟書誌部及採購室兩個部門的員工一起開會。本館書誌部有七名員工，只有兩位有圖書館學的學位，該部門的主管N小姐已有二十年經驗。本館採購室則有六名員工，只有主管H小姐有圖書館學的學位，她有二十五年的經驗。會中我們討論到以下幾個問題：多增加主修圖書館學的畢業生，採購更多新的出版品、爲「巴格達記憶」計畫的同仁辦一個初級圖書館學的課程，以及出版新的年度國家及論文書目等。採購室的主管抱怨去年的新書採購預算少得可憐，我告訴她，今年的新書採購預算比去年更少，只有七千美金。也就是說，我們能買的新書數量不會超過七百本。

我把自己在聘用年輕大學畢業生所碰到的問題告訴大家。文化部拒絕讓我聘用一批年輕的員工，這批員工有人有圖書館學的學士學位。現在文化部一再限縮我及其他文化部同僚的權力，但是當我要求部長授予部裡主管更多行政及財務權限，好讓我們可以依照自己的計畫及優先順序管理自己的局處單位時，其他同僚卻沒人吭聲。後來，我要求部長給我更多權力，但部長卻說他不能這麼做，因爲這會對其他局處的主管造成負面影響。你能想像堂堂一個「伊拉克國家圖書暨檔案館」的館長，連要花七十美金去給予他的下屬進行重要的項目都得經過批准！而且只要是金額超過一千五百美金的支出，不管是要買出版品、家具或其他設備，他統統得經過部裡批准才行。但是要取得部裡批准，可得等上好長一段時間，這是冗長可怕的官僚程序及隨處可見的貪污腐敗所致。對於去年我提出的兩個案子（爲檔案史料室及國家先烈圖書室各蓋一棟三層樓大樓），文化部不給我任何插手的餘地。這兩個計畫已通過計畫部批准，財政部也已撥款，但是這筆經費如果不在今年（二〇〇七年）動支，「伊圖」就會失去這筆經費。關於這兩個案子，文化部的顧問已經取消三份與本地營造公司所簽訂的工程合約，但是顧問

建立「國家先烈圖書室」（The Library of Pioneers）的目的，是要超越所有地區、種族、宗教和意識型態的界限，為伊拉克人民建構共同文化回憶。希望能把所有建造起現代伊拉克相關的重要資訊提供給伊拉克和外國的研究人士。

們爲什麼取消合約，爲何做此決定，我都無權置喙。也就因此，「伊拉克國家圖書暨檔案館」獨立於文化部之外才會這麼重要。雖然我知道這個目標不易達成，而且我很可能會因此成了代罪羔羊，但是我別無選擇，只能一再施壓，要求讓我們獨立於文化部之外。

晚上，館裡的警衛在靠近本館前門的臨時便道上發現一具無名屍體，不久，警察及救護車抵達，把屍體載到停屍間。停屍間位於醫學城醫院（離本館只有三百公尺），如果沒有家屬出面認屍，屍體就會被市政府給草草埋到市公墓裡。每天，巴格達都有無數無名屍體這麼草草下葬，這位死者曾經是**某人的**兄弟、兒子、父親或丈夫，但他死時已無名無姓。在自己居住的城市，在自己同胞身旁，就這麼不明不白的像個無名氏般死去，實在是非常的悲慘。這種死法把人變得有如**物件**一般，輕如鴻毛。

四月四日（星期三）

今天路上很塞，花了不少時間才到圖書館。但安全狀況還不錯，只是美軍直升機不時低空盤旋在圖書館上空。

我把信送到部長辦公室，我在信中要求部長向政府提出伊拉克史料及記錄在二〇〇三年遭聯軍沒收的問題。部長的秘書來電，要我提供更多相關資訊，並詢問我需要怎樣的合作。我告訴秘書，「伊圖」已經與「美國國會圖書館」簽訂合作議定書，希望雙方未來能簽署正式合約。

部室主管會議今天舉行定期會議。有一位主管缺席，因爲國民衛隊及美軍封鎖她住的那一區，害她無法出門。會中，我們討論了幾個問題。首先，我仔細談到「伊圖」人事結構重組的問題，我提議讓所有圖書館館員所選出的代表成立第二個委員會。如此，本館將由兩個委員會共同管理，這兩個委員會將負責本館的重要決策。但是人事結構的更迭需要新法令通過才成。在國會怠惰不通過法案之前，我已先進行本館的人事結構改革。我的計畫是，先造成既成事實，再逼政客接受事實。我也再次強調，只要館長無法善盡職責，兩個委員會都有權要求館長辭職；經由館長和兩個委員會同意後，各部室員工可要求將其主管撤換。

我也提到人事行政室及公關室最近的人事調整，這項人事調整是爲了提振該部室的活力及士氣。期刊室的主管則提到該部室員工每天爲了拿報紙及期刊，或爲了找尋散失的報紙或期刊，所面臨的安全問題。檔案儲藏室的主管則希望重新整理他們的藏品，並訓練該部室員工。會中大家同意讓三個部室（即編目暨分類部、微縮複製室及儲藏室）舉行跨部室聯合會議，藉以引入一些新的改革。人事行政室的主管提出許多很好的建議，其他主管也都採納。會議接近尾聲時，公關室的新任主管ＳＡ先生告訴與會人員，Ｘ先生的兒子的傷口嚴重惡化，醫生也束手無策，三天前在醫院病逝。ＳＡ先生在報告Ｘ先生痛失愛子的消息時，我注意到他眼睛亦流露出痛苦的神情，因爲他兒子也在幾個星期前一場汽車炸彈攻擊事件中不幸身亡。聽了這個消息大家都心痛不已，眾人一片沉默。不過，所有人都同意我的建議，面對死亡及恐懼，最好的因應之道就是繼續工作，提升我們的服務。

中午十二點十分，我離開了圖書館，到附近的網咖查看我的電郵。基於安全因素，我通常很少去網咖，但是，有時候實在是逼不得已，因爲圖書館的網路系統一直還沒修好。我比較喜歡的網咖，離我家有兩百公尺遠。就在我看電郵時，巨大的爆炸聲震動了整個地區。我馬上跑到外面一探究竟，結果看到一朵巨大的濃煙很快昇起。我連忙打電話給司機看看他是否沒事，因爲爆炸地點離他家很近。司機說在汽車炸彈攻擊之前，美軍基地就遭迫擊砲襲擊，沒人知道有多少人傷亡。我太太打電話來，看看我是否安好。

四月五日（星期四）

今天一早，我們住的這一帶發生了兩次爆炸事件，原來是美軍基地受到迫擊砲的攻擊。

早上十點，我跟檔案檢查組組員開會，會中我們討論了幾個急迫性的問題：本館檢查員在適用一九八三年所通過的檔案法所碰到的難題，安全問題及其對本館檢查員到巴格達各省政府單位檔案室進行稽查時，所造成的不良影響；本館無法取得海珊政權統治時期民間及安全機構的檔案，檢查員（尤其是新進檢查員）急須受訓的問題，增加更多檢查員的需求，修改現有的檔案法，並教育公務員何謂檔案法，還有檔案及記錄的重要性。

我要檢查小組把所有拒絕跟本館合作，以及協助本館的部會名單提交給我。我發現二〇〇六年年底之後，新的部會開始協助本館的檢查小組進行文化資產的檢查作業。這是我一再要求部長會議強迫所有政府部門跟本館合作之後，所終於見到的進步現象。不過，還是有幾個部會一直找理由不跟我們接觸。本館檢查員發現，他們多次拜訪時所接觸到的新公務員，大部分都不知道如何適用檔案法，也不清楚整理文件及記錄的重要性。國家檔案室的組織現代化，找回本館被竊的文件、記錄、地圖、珍稀書本及相片，強迫政府及非政府組織遵守現有檔案法，以及修訂現有檔案法——這些一直是本館所面臨的艱鉅任務。但是政界對於檔案資料對伊拉克政治體制及立法系統的重要性，尤其是對現在政治演變的影響，根本一點概念也沒有。自二〇〇三年年底以來，我一直努力不斷地透過媒體及直接的接觸，向政客、記者及一般民眾倡導「檔案意識」。

開會時我提到，基於安全及經費因素，我沒辦法派本館檢查員到各省出差視察。至於提升本館檔案管理員的技術與經驗的問題，我告訴檢查員「聯合國教科文組織」的官僚如何浪費一筆我們亟須的經費，這筆錢原本是我們要與兩位傑出的英國專家合作，舉行一場海外訓練課程，好訓練本館檔案管理員的費用。對本館而言，檔案管理員的再訓練與再提升，無疑是我們的第一優先目標。

我也把自己的計畫簡要告訴檢查員們：我已跟總理辦公室聯絡，希望能取得必要的政治奧援，好加速新的檔案法的立法，並取得行政命令，要求所有政府及非政府組織跟本館密切合作。我還提到，我想讓總理辦公室直接介入處理前高壓政權所遺留下來的檔案問題。我也正努力遊說國會的文化委員會的委員，在新的檔案法中加進一句：讓所有歷史文件、記錄、地圖及珍本書，都能成爲伊拉克國家無價的文化遺產的一部分。如此，我們就可以從法律上去保護所有檔案，以及最重要的，找回失竊的文物。

上午十一點四十五分，我出發前往費里庫爾德運動俱樂部，今天俱樂部要選出新的行政委員會，我出馬競選副會長的職位。有幾個電視台及記者到現場採訪這場選舉，結果，青年暨體育部部長卻突然宣布選舉延期，在場所有人聽到這個消息，不僅意外，也不太高興。他這個口頭命令及粗率的舉動其實已違反伊拉克法律。於是我們直接找青年暨體育部的官員，抗議該部長鹵莽的行徑。這些官員表達了歉意，並承諾下星期將擇期舉行選舉。當一位部長是死硬的基本教義派時，你還能期待他會有什麼反應？

四月六日（星期五）

今天我整天都在看書，寫東西，跟朋友聯絡。

早上十一點，某位部長邀我出席慶祝一位著名伊拉克詩人生平與著作的一場特別會議，現場也設有書展。他希望「伊圖」能參加這場書展。我答應他，只要位於巴比倫省（離巴格達一個半小時的車程）的中心希拉（Hilla）安全狀況不要太糟，我一定會出席這場會議。

晚上，我哥哥打電話給我，通知我四月二十日那天，他要去庫爾德斯坦的行政及政治首府伊爾比爾出差。我要他叫一輛車載他到蘇萊曼尼亞，我會在當地一家旅館等他。蘇萊曼尼亞一直被視爲是庫爾德斯坦的文化首府。

今天我跟太太看到一則電視報導，該報導說我們住的這一區已成了巴格達的

庫爾德斯坦（Kurdistan，意為「庫爾德人的土地」）是橫跨土耳其、伊拉克及伊朗和敘利亞四國山區的一個地區。庫爾德斯坦共分四十四區，當中位於伊拉克有六區、敘利亞兩區、土耳其二十八區和伊朗的六區。但是，伊拉克庫爾德人自治區（首都為伊爾比爾）是唯一一個在國際上被承認的獨立聯邦政治體，為「非聯合國會員國家及民族組織」（UNPO）的成員。（庫爾德斯坦地區政府網站：www.krg.org）

商業中心，報導還強調本區一切已恢復正常，所以商店及超市都已重新開張。我太太看完之後馬上告訴我：「因爲這則報導，我確信我們這一區一定會遭到炸彈攻擊。」我完全同意她的說法。

根據警衛室主管送來的一份安全報告，上午十一點半至下午一點這段期間，巴布·阿爾—穆德罕區當地的警察局附近，還有公共工程暨市政部大樓發生零星的交火。

四月七日（星期六）

今天我整天都在看書，寫東西，跟朋友聯絡。早上十點，我辦公室的ＨＡＳ先生來電說想馬上見我一面，我同意他早上期中考考完之後，就跟他碰面。ＨＡＳ先生是個大學生，主修英文，我一直鼓勵他要完成高等教育，也答應給他時間及空間準備學業。我們在十一點五十分碰面，結果ＨＡＳ是因爲私人問題，要我提供意見。這倒讓我鬆了一口氣，因爲我一直以爲發生了最壞的情況，比方說家人被綁架或被殺。

中午十二點二十分，我到網咖去看電郵。十分鐘後，連續發生兩起爆炸，網咖晃得天搖地動，大家都跑到外面看發生什麼事。後來我得知我們這一區爆了兩顆炸彈，炸死了好幾位無辜的購物者，也有人因此受傷。我太太打電話過來，很擔心我的安全。回家後，她問我：「你記不記得星期五晚上我怎麼跟你說？」我答說，我當然記得。

網路技師打電話給我，問到「伊圖」網路系統修復的事情，我同意明天早上七點半在去「伊圖」的路上順便過去載她。

四月八日（星期日）

早上七點四十分，我到辦公室的路上順便去載網路技師。她一到「伊圖」就開始上工，但最後她卻說沒有巴布・阿爾—穆德罕地區的電信公司技師的協助，她實在沒辦法把我們的網路給修好，但是這些技師都不在。之所以如此，是因爲這些技師每天都接到死亡威脅，所以他們只好出此下策，以示抗議。她答應週末之前再跟另一位同事一起過來。

二〇〇三年期刊室慘遭暴徒毀壞掠奪，瘡痍滿目（Courtesy of INLA）。

我跟期刊室的員工開了很久的會，這個部門一共有十七名員工，只有四位有圖書館學及檔案管理的學位。負責蒐集報紙及期刊的同仁告訴我關於他們在工作上碰到的難題。這個部門有兩位員工負責蒐集報紙及期刊，他們每天要先到巴格達報紙發送中心領取報紙及期刊，送回圖書館，然後再把報紙及期刊登記、分類，做好目錄。這份工作一點都不像表面看起來那麼簡單，巴格達報紙發送中心之前被炸彈攻擊過好幾次，該中心的員工三不五時就會接到武裝分子的死亡威脅，要這些武裝分子去殺報紙及期刊代理商，他們可是毫不手軟的。爲了躲避恐怖分子的攻擊，這個發送中心已被迫搬了好幾次。第一次搬到巴布．阿爾—穆德罕區的大道上，現在則搬到穆斯坦斯瑞亞大學主大樓正對面的一個公共場所上。穆斯坦斯瑞亞一直是巴格達最危險的地區之一。負責蒐集報紙及期刊的員工去報紙發送中心拿報紙時，不敢搭圖書館的車子，因爲他們很怕因此變成恐怖分子攻擊的目標。所以他們只好開自己的車，不然就是搭計程車過去。他們還說去年有好幾次他們都是從鬼門關死裡逃生，實在是運氣好。檢查站及路障又是另一個問題，所以每天他們要把工作做好，可說是困難重重。

期刊室員工還碰到另一個問題，他們所蒐集的報紙及期刊出現很多缺漏。因爲安全狀況惡化，再加上有些報紙的代理商太過懶散，或是有時候這些代理商不願跟我們的同仁合作，以致期刊室的同仁沒辦法拿到每一期的報紙及期刊。我認爲這個問題涉及兩個層面：第一個是法律層面的問題，也就是法務部得要求所有出版商及印刷廠遵守伊拉克的法令，讓本館取得並保存所有新聞出版品，包括報紙及期刊在內。第二個層面是本館與各報紙的編輯關係不夠好，對此，我們的對外公關要加強，而且要提升公眾意識，讓大家知道把報紙及期刊送交本館，對伊拉克的文化及歷史具有重要意義。我建議跟各報紙及期刊的編輯與代表開個會，讓大家了解把所有伊拉克的報紙及期刊整建歸檔，對我們的文化與歷史都是非常重要的。我們也需要從法律的角度，跟新的編輯及出版商解釋此事之必要性。同時，我也建議「伊圖」應該成立一個由期刊室、法務室及公關室的主管共同組成的聯合委員會。該委員會的任務，就是協調這三部室來處理本館報紙及期刊缺漏不全的問題。

將本館所有珍貴的報紙及期刊掃描或拍成膠卷實在是刻不容緩之事。我提醒與會者「世界數位圖書館」計畫及「美國國會圖書館」會提供給本館所需要的掃描器與訓練，這樣本館才有辦法把所有報紙與期刊掃描備份。自二〇〇五年開始的裝訂及再裝訂作業一直持續至今，幸虧有這個過程才得以延緩這些報紙及期刊的老化毀損速度。

期刊室的主管ＳＡ小姐希望我能多給他們經費，好協助她的人員做好日常業務，比方多給他們一些電話預付卡便利他們跟期刊及報紙的編輯電話聯絡等。她還要求讓該部門可以直接上網，還有幫他們添一些特製的家具。

明天是四月九日，也就是海珊政權下台的日子，館裡的員工不知道明天要不要上班。海珊垮台後，繼任的伊拉克政府一直把四月九日訂為國定假日，以慶祝伊拉克結束一段黑暗的歷史。但是今年四月九日要不要放假，部長會議卻有所遲疑。這主要是因為泛阿拉伯國家主義者、復興社會黨黨員、什葉派的強硬分子以及遜尼派的極端分子都反對把四月九日訂為國定假日，他們認為巴格達就是在這一天被盟軍打下來，有什麼好慶祝的！什葉派領袖穆格塔達．阿爾—薩德爾（Muqtada al-Sadr）甚至要求他的支持者要上街示威抗議，要求立即結束外國的占領。庫爾德族、自由派以及溫和左派人士則希望四月九日繼續訂為國定假日，因為這一天代表伊拉克邁入一個新的時代。在伊拉克庫爾德斯坦地區，地區政府宣布四月九日為國定假日，要民眾慶祝這個日子。四月九日要不要訂為國定假日，已經給部長會議給搞壞了，因為他們希望在兩派不同意見中找到一個不得罪雙方的做法。他們一邊說四月九日不是國定假日，所以公務員還是要上班；一邊又說，所有汽車和摩托車皆不准開上街，只有國防部及內政部的汽機車除外。部長會議這些反反覆覆的宣布搞得所有人暈頭轉向。如果沒有交通工具，請問我們怎麼上班？館裡有些員工，包括我的秘書都在問我明天該怎麼辦。大家都把政府這套可笑的宣布拿來說笑。我說：「大家不用擔心明天要不要放假的問題，我相信政府會讓大家搭直升機來上班或者戰鬥機就更好。」部長會議最後被迫在晚上宣布，四月九日是國定假日，我相信大部分伊拉克人聽到消息後，都鬆了一口氣。

鐵橋沒了……

汽車炸彈攻擊事件發生後沒多久，巴格達突然遭沙塵暴侵襲，宛如老天爺也對巴格達今天的血腥事件，大聲抗議。

四月九日（星期一）

我今天沒出門，照常在家裡看書、寫點東西。

警衛室主管送來一份安全報告，報告中提到早上十點巴布．阿爾─穆德罕地區附近發生一起炸彈爆炸事件，幾分鐘後，當地警察局遭迫擊砲攻擊，之後又有零星的槍聲。

四月十日（星期二）

今天是陰天，整天都陰陰暗暗的，心情也莫名的跟著沉重起來。

早上七點四十分在往辦公室的路上，我接到岳母的來電。她要我避開巴布．阿爾─穆德罕區，因爲部署在阿爾─法德赫爾區巷道內的武裝分子，跟國民衛隊又爆發衝突，而國民衛隊則控制著阿爾─吉姆胡瑞亞大道。雙方的衝突影響到路

1055

台北市南京東路四段25號11樓

網路與書股份有限公司台灣分公司　收

廣告回信
台灣北區郵政管理局登記證
北台字第15343號

地址：
市　鄉/鎮　路　段　巷　弄　號　樓
縣　市/區　街

(請寫郵遞區號)

Net and Books 網路與書 **讀者服務卡**

謝謝您購買本書！

如果您願意收到網路與書最新書訊及特惠電子報：

— 請直接上網路與書網站 www.netandbooks.com 加入會員，免去郵寄的麻煩！

— 如果您不方便上網，請填寫下表，亦可不定期收到網路與書書訊及特價優惠！請郵寄或傳真 +886-2-2545-2951。

— 如果您已是網路與書會員，除了變更會員資料外，即不需回函。

— 讀者服務專線：0800-322220；email: help@netandbooks.com

姓名：＿＿＿＿＿＿＿＿＿＿＿＿＿＿　**性別**：□男　□女

出生日期：＿＿＿年＿＿＿月＿＿＿日　**聯絡電話**：＿＿＿＿＿＿＿＿＿

E-mail：＿＿＿＿＿＿＿＿＿＿＿＿＿＿＿＿＿＿＿＿＿＿＿＿＿＿

您所購買的書名：＿＿＿＿＿＿＿＿＿＿＿＿＿＿＿＿＿＿＿＿＿＿

從何處得知本書：1.□書店 2.□網路 3.□網路與書電子報 4.□報紙 5.□雜誌 6.□電視 7.□他人推薦 8.□廣播 9.□其他

您對本書的評價：

(請填代號 1.非常滿意 2.滿意 3.普通 4.不滿意 5.非常不滿意)

書名＿＿＿ 內容＿＿＿ 封面設計＿＿＿ 版面編排＿＿＿ 紙張質感＿＿＿

對我們的建議：＿＿＿＿＿＿＿＿＿＿＿＿＿＿＿＿＿＿＿＿＿＿＿

上交通，我到辦公室後，雙方火力全開。阿帕契直升機及美軍的戰鬥機也飛到此區。十點我在綠區跟人有約，所以我帶了一名警衛及兩名要到文化部面試的檔案管理員一起出門。兩名檔案管理員在文化部附近下車，之後我們就直接開到靠近綠區的一塊空地。我下車步行了五分鐘，這時天空突然下起雨來，之後我跟著眾人在第一檢查站排隊，結果花了半小時，通過至少四個檢查站，才終於進入綠區，這時我已淋得像落湯雞。不過因爲天氣炎熱，所以我在跟約會對象碰面之前，身上的衣服已經烤乾了。一小時後，我回到原來的空地，司機跟警衛都在等我，他們告訴我阿爾—法德赫爾地區的衝突加劇，爲求安全起見，我們先不要回圖書館比較保險。但是我不同意，所以我還是要司機直接把我送回辦公室。

在回辦公室的路上，我看到一輛舊車的車頂躺著一具發脹的屍體，屍體已經腫脹到放不進棺木，幾乎有一半露在外面。看到這一幕，我的心情鬱悶到極點。這類屍體通常都是失蹤或被綁架的人。通常，被謀殺者的屍體會被扔到一廢棄地點或給丟到河裡，所以要找到被綁架者的屍體實在是非常困難。

回到「伊圖」，大家都跟平常一樣忙著手邊的工作，但警衛卻守在「伊圖」四周。後來我才知道眞正情況：交戰雙方火力全開，迫擊砲不斷轟炸，美軍的直升機及戰鬥機也登場。直升機對著部署在阿爾—法德赫爾地區的武裝分子開槍射擊，美軍的坦克車及裝甲車也加入戰鬥行列。據一份未經證實的報告指出，有一架直升機遭射擊墜落。

辦公室有三位訪客在等我，兩位是文化部的工程師，另一位則是負責本館最後一期翻新工程的承包商。大家談到文化部內部的貪瀆及嚴苛的官僚作業，也提到這些如何延誤了本館的翻新工程。他們要我直接要求部長出面，加速必須的文書作業。我告訴他們，找部長沒用，因爲是他的顧問在幫他做決定。部長是用這種方法規避他的責任。我答應他們會去找顧問出面處理此事。但是我心裡很清楚，一如既往這些顧問是不會理會我的要求的。會議最後，戰事越發加劇，而且衝突也開始蔓延到其他地區如阿爾—奧馬爾酋長工業區及阿爾—卡斯拉赫區。前者位於阿爾—法德赫爾區的東邊，後者則位於阿爾—法德赫爾區的北邊。於是我下令本館員工馬上撤離疏散。十二點四十分，所有人皆已離開本館，只剩警衛留守。在阿爾—卡斯拉赫區（離本館只有一公里遠）突然爆發衝突之後，我們只剩一條路可走。路上塞得要命，成百上千的人潮四處逃竄，尤其是大學生都想盡快逃離巴布．阿爾—穆德罕區。四處可見警察及國民衛隊的身影，情況眞的是一片混亂。這場衝突持續了八個小時，一直到下午四點才結束。

整修中的「伊圖」外貌。(Courtesy of INLA)

回到家一小時後，岳母突然出現。她把今天早上發生在阿爾—法德赫爾區及阿爾—吉姆胡瑞亞大道的這場衝突細節，一五一十的告訴我們。

據本地一家主流電視台的報導，有四名國民衛隊隊員在這場衝突中遭殺身亡，另外死了十五名武裝分子，並逮捕更多的武裝分子。美軍的直升機沒有被射下來，但有輕微受損。

四月十一日（星期三）

安全狀況還是很緊張，所以館裡的警衛仍持續警戒狀態，一有狀況，就直接向我報告。

今天一整天都沒電，也沒有網路可用，我打電話到文化部，希望部裡的官僚趕快派人過來把我們的發電機修好，他們答應會盡快派人過來。

新來的司機告訴我昨天晚上十一點半時，他家的房子遭迫擊砲攻擊，還好炸彈落在院子裡，所以一家人很幸運的毫髮無傷，不過有幾個窗戶跟門受損。

到辦公室後我急著知道館裡一些住阿爾—法德赫爾區、奧馬爾酋長區及阿爾—吉姆胡瑞亞區的員工的安危。MD女士告訴我，衝突發生時，她跟她先生都沒辦法趕回家，所以孩子們單獨留在家裡。他們一直等到下午五點衝突結束後，才連忙離開圖書館，國民衛隊最後終於放行，讓他們夫妻回他們的小窩。當她說到孩子們一看到父母親終於開門進來，臉上流下歡喜的眼淚時，已控制不住淚水。不過也有壞消息：一枚火箭砲擊中FA女士的公寓，FA女士是本館的檔案管理員，住在奧馬爾酋長區。她跟家人很幸運能死裡逃生，但是房子遭炸毀，暫時無家可歸。她希望我能放她幾天假，「阿爾—菲爾多斯」社團的同事已開始幫她募捐，希望這筆錢能幫她把房子給修好。

我今天跟檔案讀者服務暨參考圖書室的員工開會，這個部門共有八名員工。該部門有兩台十六毫米的閱讀機，兩台三十五毫米的閱讀機以及兩台十六／三十五毫米的閱讀機。捷克政府送給我們四台全新的閱讀機，這是他們對本館援助計畫的一部分。因爲有這個援助計畫，本館才得以重新開放檔案室的主閱覽室。自八〇年代以來，檔案室的讀者都是使用微縮影片或微縮膠卷來查閱我們的記錄文件，而不是使用原本。當務之急是增加閱讀機的數量，並引進新的影印機，這樣讀者就可以把他們需要的文件及記錄列印出來。我答應盡快給他們一台新的影印機跟一台A4的掃描機。該部室還需要幾個櫃子用來收藏本館保存下來的地圖及照片。二〇〇三年四月中旬的戰火，毀掉了本館九八％的地圖和照片，還有櫃子。

除了需要更多新設備之外，會中還討論到其他問題，最重要的就是我之前提出來的「口述歷史計畫」（Oral History Project）。我一直認爲要了解一九六八至二○○三年這段歷史，一定要從**民間**去研究。學者及知識分子一般都不明瞭「口述歷史」對我們掌握近代歷史的重要性。我希望能取得必要的支援來實現這個計畫，把以前伊拉克士兵（不分宗教及種族）的想法及感受給記錄下來。這些士兵可以把他們參與過的戰爭，最有名的就是「庫爾德族戰爭」（一九六一～一九九一年）、「兩伊戰爭」（一九八○～一九八八年）及「第一次波斯灣戰爭」（一九九一年）給口述出來。我希望能取得這些士兵的照片及他們的家書影本。我也希望能把自己及這幾百個士兵，還有包括戰俘的談話也都記錄下來。沒有人會比這群受長官命令上戰場殺敵的士兵，更了解殘暴的海珊政權統治下的伊拉克歷史悲劇。

ＣＮＮ的攝影小組沒有事先通知就突然來訪，他們希望取得我的同意拍攝本館，把本館被戰火炸毀到重建的過程拍成記錄片。我告訴他們這事不好辦，因爲我們現在停電。我要他們以後要來之前，得先來電詢問本館電力是否恢復。同樣的訊息我也轉達給ＣＮＮ巴格達辦公室的主管。

我一回到家，我們這一區就遭受好幾個炸彈攻擊，其中一枚炸彈還擊中一所小學，好多孩子都受了傷。

下午一點我抵達費里庫爾德俱樂部，今天要舉行新任董事會的選舉。費里庫爾德俱樂部是一個很小的俱樂部，最早成立於一九五〇年代，是幾個費里庫爾德人所成立的一個團體。一九六三年二月，復興社會黨黨員及其他極端泛阿拉伯分子基於反庫爾德族的政策，關閉這個俱樂部。海珊政權一下台，這個俱樂部馬上重新開張。新的伊拉克最可喜的一面就是：很多問題都可透過自由選舉來解決。這個俱樂部的選舉係由青年暨體育部的代表監督。整場選舉歷時三個小時，最後我被選爲副會長。

選舉進行到一半，CNN巴格達辦公室的主管來電，想知道明天他的攝影小組能不能過來「伊圖」進行拍攝作業。我告訴他，現在電力還沒恢復，我也不知道明天早上是否會恢復供電。

四月十二日（星期四）

今天是混亂的一天，早上七點十五分，一股巨大的爆炸聲撼動巴格達。巴格達市內最有名的一座橋阿爾—沙拉菲亞遭炸彈攻擊炸毀。有些車子因此跌落底格里斯河，造成無辜民眾死亡。這座橋是英國人在二十世紀中葉所建造的，離「伊圖」只有一公里。這座橋有三個不同的名字，外地來的民眾管它叫「火車之橋」，巴格達人叫它「鐵橋」——因爲它是鐵條跟鐵軌架成的。當地民眾則根據地區名字稱它爲阿爾—沙拉菲亞橋。鐵橋被炸毀，每個巴格達人不僅傷心，也很困惑，因爲這座橋一直是巴格達這個城市的象徵，大家實在搞不懂怎麼會有人拿自己最喜歡的橋當攻擊目標。

「鐵橋」被炸毀幾小時之後，伊拉克國會內一個餐廳也遭自殺式炸彈攻擊，至少八個人死亡，其中包括一名國會議員。這是國會所在地且重兵警戒的綠區所遭遇到的最嚴重攻擊事件。一般民眾對國會被攻擊的反應遠不如「鐵橋」被炸毀那麼強烈。我這麼告訴《路透社》：「自古以來，炸毀巴格達的橋樑一直是征服及保衛這座城市一個重要的軍事策略……（但是這次的鐵橋攻擊事件隱含一個新的動機）恐怖分子摧毀阿爾—沙拉菲亞橋是想破壞伊拉克的團結，讓社會對立兩極化……恐怖分子想藉此傳達一個訊息：巴格達很快就會分裂成兩個巴格達——一個是什葉派的巴格達，另一個則是遜尼派的巴格達。」

早上八點半恢復供電，但是網路還是不通。本館很多電話線線路也都不通，原因不明。我簽了一大疊公文。我要秘書打電話到部長辦公室，幫我預約這個星期日或下星期一跟部長碰面，因爲我們的部長終於周遊列國回來了。我要行政部門把二〇〇六年以來文化部至今沒有處理的議題全部整理出來，比方新進年輕員工的聘用，快要到完工期限的檔案史料室及國家先烈圖書室工程案，閒置家具的處理，以及發電機修理等問題。

如果我們不在六月之前開始進行檔案史料室及國家先烈圖書室這兩個工程建設案，我們就要失去這筆經費。這兩個工程案原本二〇〇六年中旬就要開工，但一再延宕，主要肇因於文化部內部的貪污腐敗與有心人的刻意阻撓，前者是最大的罪魁禍首。財政部一再重申，如果文化部未能在今年（二〇〇七年）前半年動用這筆預算，它就會把這筆經費永遠取消掉。我眞的很擔心這兩個案子，因爲這是我推動「伊圖」現代化工程很重要的一部分，我花了很多時間與心力才說服文化部裡那些漠不關心的官僚同意進行這兩個工程案。

館裡的技師通知我，本區之前發生的一連串炸彈爆炸事件，炸壞了劇場及主大樓好幾塊窗戶。

警衛室主管送來一份安全報告，報告中提到，有幾個武裝分子攻擊本館附近一個國民衛隊的檢查站。武裝分子用光線槍、迫擊砲及火箭砲進行攻擊，雙方的戰鬥持續好幾個小時。

四月十三日（星期五）

清晨六點四十分，我家這一區接連發生三起炸彈爆炸事件，當時我已經起床，在等電力恢復好用電腦。後來，電力供應維持了一個小時，從七點持續到八點，我順便把電腦的電池充好電。我今天不是看書，就是寫東西。

四月十四日（星期六）

今天早上我都待在家，看看書，寫寫東西。

下午兩點半，我到網咖上網，結果才剛開始看電郵，就發生一起很大的爆炸事件，我跟網咖裡其他的人都跑出去一探究竟，發現爆炸地點就在前面不遠處。我又回去上網，結果七、八分鐘後，同一個地點又發生另一起爆炸。警察跟國民衛隊很快就封鎖巴勒斯坦大街（由阿爾—穆斯坦斯瑞亞大學到巴布．阿爾—穆德罕十字路口那一段）。

過去這三年，伊拉克及巴格達出現幾種不同型態的戰爭：有「**攻擊醫院的戰爭**」、「**攻擊學校的戰爭**」、「**攻擊大學的戰爭**」、「**攻擊清眞寺的戰爭**」等等。這種種不同的戰爭代表了恐怖團體和什葉派與遜尼派軍閥之間不同階段的暴力型態與戰術應用。現在，我們進入一個新的階段：「**攻擊橋樑的戰爭**」。今天又有一座橋阿爾—查德里亞被炸毀。攻擊橋樑對巴格達人而言，具有政治及社會雙重威脅，這會加速巴格達的分裂，與不同教派民眾間的對立與衝突。

不知名的武裝分子與國民衛隊在「伊圖」附近發生軍事衝突，安全堪虞。

四月十五日（星期日）

今天的交通眞的塞得很厲害，這都是拜最近的橋樑攻擊事件所賜。一整天都很混亂，大家都很憤怒，也十分擔心會有更多炸彈攻擊巴格達的橋樑。這些攻擊已嚴重影響巴格達的民生與經濟活動，大家都希望政府能採取更果決的態度來處理這個新的挑戰。我到文化部去跟部長開會，希望能加速處理本館幾個重要案件的文書處理流程。我跟部長提到幾個重要議題，包括檔案史料室及國家先烈圖書室這兩個工程建設案，我跟他仔細的解釋所有細節，也提醒他這兩個工程案最後動工期限已逐漸迫近，再不動工，經費就要被取消了。結果，部長不僅沒有採取任何行動，反而要求我擬一份備忘錄。天知道光這麼一搞，就得浪費幾星期時間在官僚作業上！我希望部長能積極介入處理此事。但是，部長一臉爲難狀。所以我就去找部長的顧問幫忙，他是部長的左右手。這位顧問向我做出保證說，他已經採取必要行動，加速這兩個案子的招標作業。我告訴他，我必須監督這兩個案子的進行。他不甘不願的同意我的要求。不過我相信，顧問是不會讓我在這兩個工程案中擔任什麼要職的。

此外，我跟部長討論到清除本館垃圾及破瓦殘骸，及安排本館員工交通運輸兩個議題。我需要部長的批准才能推動這兩個案子。結果不出所料，部長並沒有採取任何行動，他要我去找法務部門，請他們研議一下這兩個議題。當我提到增加我的行政及財務權限時，氣氛馬上就變了。我們這位部長是個中央集權的擁護者，從他的行爲及反應你可以清楚看出他是一個崇尚威權的人，但是我剛好跟他相反，我堅決主張地方分權，決策及行政應鬆綁自由化。他要大家聽他的，我則是主張自主。所以他對我直接跟總理辦公室聯絡，就表現出一副老大不高興的樣子，即使我告訴他其實是總理辦公室主動找我的。接下來我要求部長信守承諾，讓我將館裡一些臨時聘用的年輕員工轉爲正職，這時部長翻臉了。部長要我列出本館所有職缺，尤其是重要職位的空缺。我拒絕他的要求，我說他不可以干涉我的事情，這不公平。部長的人事任用是依據政治傾向與宗教背景，但是我用人是依據學經歷與年齡。我們兩人之間的衝突正反映了兩種思想體系的衝突：第一種是強調傳統，代表舊的伊拉克，第二種是主張現代化，代表新的伊拉克。結束與部長的會面後，我心情相當不快，不過我是不會向壓力低頭的。我後來又分別去法務室、總檢察長辦公室及顧問辦公室。這次和文化部部長的會談，好壞參半：一方面是我把自己與部長的關係給搞壞了，另一方面，我確定了檔案史料室及國家先烈圖書室這兩個工程建設案會在最後期限前開工。我在中午十二點四十五分離開文化部，兩點才到家。路上交通塞得一塌糊塗，橋上擠滿車子。每座橋兩邊都設了新的檢查站，導致交通整個慢了下來。

四月十六日（星期一）

W先生告訴我，他擔任大學講師的父親計畫出國，他父親很擔心有恐怖團體會拿他當攻擊目標。W先生是家裡的獨生子，他和他的小家庭現在還住在父母家裡，所以W先生的父親希望他能一起出國。W先生希望我能讓他留職停薪一年。我告訴他，我現在沒有權限可以讓他放長假，不管是有給薪或無給薪，只要是超過一個月以上的假，部長都拒絕批准。文化部部內所有首長的權限都遭部長緊縮。

今天舉行定期部室主管會議，會中討論好幾個議題，包括安全問題、本館大樓內外裝設監視系統、管理委員會代表的權限、本館如何因應電力短缺的問題、裝設內部無線電廣播系統，以及各部門急須購買更多家具與設備等。

四月十七日（星期二）

我們這一區今天的安全狀況還可以，包括巴布．阿爾—穆德罕附近還有阿爾—吉姆胡瑞亞大街等區域，四處可見國民衛隊及其武裝交通工具與坦克車的蹤跡。交通也愈來愈塞。

德國「第一公共電視台」（ARD）的播報員及攝影小組今早九點抵達本館，他們訪問了館裡的員工，當然也有訪問我。採訪的焦點主要是「伊圖」遭戰火侵襲後，全體員工如何努力重建的過程。電視小組在本館四處參觀，最後在十一點左右離開。這時，有兩架美軍直升機低空盤旋在本館上空，之後降落在對面大樓的院子裡。

公關室主任和一位無線電廣播專家到我辦公室討論「伊圖」裝設內部無線電廣播系統的事宜。我問他們裝這套系統要花多少錢，最後，我們決定要進行這個計畫，因為這對提升本館安全助益頗大。有了這套無線電廣播系統，本館的主管和我就可以在緊急狀況發生時（如遭炸彈攻擊）直接對員工廣播，讓大家得以速迅有秩序的撤離。在討論這個無線電廣播計畫時，我突然想到喬治．歐威爾所寫的《一九八四》這本書，我開玩笑地告訴大家，搞不好這套無線電廣播系統會把我變成另一個「老大哥」！觀看現代歷史可知，軍政府想在第三世界國家施行獨裁統治，第一個行動就是掌控電台，伊拉克也不例外。

人事室主任告訴我，自從上星期四鐵橋被炸毀之後，館裡有些員工要來上班變得困難重重，要準時上班也愈來愈難了，有的人光來「伊圖」上班就要花兩個小時，下班回家又要花兩到三小時。對這個問題，我實在是沒有什麼錦囊妙計。文化部的官僚到現在還不批准本館跟新運輸業者的草約，他們說這個合約違反「審查委員會」的命令。我們告訴這些官員，現在安全狀況這麼差，要我們完全依照命令辦事，比方找到多少運輸業者來投標等，我們根本做不到。真實的情況是，根本沒有運輸業者願意等那麼多天，層層限制讓整個招標過程更形複雜。這些官僚要求我們在三份全國性報紙上刊登第三次招標廣告，也就是說，本館員工起碼有兩個月以上的時間沒有交通車可搭。當我把整個過程告訴大家，館裡的員工對些官僚麻木不仁的態度都非常憤怒。

新來的司機邀請我跟太太出席他的婚禮，我給他十二天的婚假，從明天開始。

四月十八日（星期三）

巴格達今天爆發「新安全計畫」施行至今最嚴重的血腥暴力事件。

到辦公室的路上，經過巴布．阿爾—穆德罕大道時，我看到路上有一個大洞，看起來，當天清晨有恐怖分子在巴布．阿爾—穆德罕大道上某個人孔蓋裡裝了大量炸藥。這種在人孔蓋裝炸藥的手法，已成了恐怖分子襲擊民用及軍用交通工具的最佳手段。

顯然巴布．阿爾－穆德罕地區及附近的安全狀況相當緊張。同樣的攻擊事件勢所難免，交戰雙方又開始駁火。很不幸，恐怖分子又重返阿爾－法德赫爾區及阿爾－吉姆胡瑞亞區。他們甚至還攻擊國民衛隊，殺了兩名衛隊的士兵。

中午十二點三十分，一記巨大的爆炸聲撼動本館大樓，又是阿爾－法德赫爾區發生攻擊事件，國民衛隊及警察很快封鎖好幾條道路，只開放一條道路供民眾正常通行。不久，交通開始大亂。

我花了不少時間才回到家。下午兩點半我跟太太剛吃完中飯，又發生一巨大爆炸，整棟公寓頓時天搖地動，門窗也多被震開。我跑到屋頂去看發生什麼事，結果看到阿爾－卡納特大橋的方向冒出一股濃煙，那裡離新來司機家裡很近。我趕緊打電話給他，看他跟家人是否安好。幸好這個汽車炸彈離他家還有三百公尺遠，不過有一位家人受了傷。

下午三點，我前往費里庫爾德俱樂部去見幾個朋友，結果在路上聽到一記巨大的爆炸聲。有一個孩子認為是迫擊砲的聲音，他對著朋友大叫：「迫擊砲的回聲聽起來很好聽，對不對？」但不幸的事實並非如此，我看到遠處出現一朵蕈狀雲。後來抵達俱樂部見到朋友時，才知道這起汽車炸彈攻擊事件在阿爾－沙德瑞亞區造成很嚴重的人員傷亡。未經證實的報導指出，恐怖分子這次的攻擊有用到化學物質，這可以解釋為什麼會造成這麼嚴重的傷亡數字。

大家都開始打電話給朋友及親人，看看大家是否安好。我打電話給岳母，因爲她家離爆炸現場只有兩百公尺，她告訴我一家人都沒人受傷。不過，我一個朋友從電話裡得知她的姪子跟某位姻親的兒子都在這場攻擊事件中喪生。後來，我又得知我太太的表哥也不幸身亡，他年近四十，已婚，還有孩子。

這次汽車炸彈攻擊事件所造成的傷亡數字快速攀升，據最保守估計，起碼有兩百三十人不幸身亡，受傷的人數更多。我相信很多受傷的民眾，最後也會因爲缺乏醫療救治而死亡。這些傷亡的民眾大多是窮人：庫爾德族人及什葉派教徒。今天對所有人來講都是非常悲痛的一天，有些受難者還是我認識的人。這起汽車炸彈攻擊事件發生後沒多久，巴格達突然遭沙塵暴侵襲，宛如老天爺也對巴格達今天的血腥事件大聲抗議。

晚上，我哥哥和嫂子還有姪子（七歲）打電話過來，他們很擔心這次發生在阿爾—沙德瑞亞市場的攻擊事件，我告訴他們有哪些我認識的人不幸喪生。

警衛室主管送來一份安全報告，報告中說下午六點半本館圍牆外面有兩枚火箭砲爆炸，之後阿爾—吉姆胡瑞亞大街又發生另一起爆炸事件。晚上七點，武裝分子跟國民衛隊又在巴布．阿爾—穆德罕地區開始交戰，不久之後，武裝分子開始對當地的警局隨意開火，但警察卻鹵莽的四處掃射，至少有一位警察在該事件中受傷。晚上十點半，在美軍的協助下，國民衛隊開始在本館附近地區搜索，包

二〇〇三年美伊戰爭以來，每天都有無辜平民死於各種暴力事件中。據二〇〇八年一月《新英倫醫學雜誌》報導，從二〇〇三年三月至二〇〇六年六月這段期間伊拉克的死亡人數大約為十五萬一千人，這是由世界衛生組織向超過九千戶的伊拉克家庭進行訪問所統計出來的數字。另一人權與人類安全組織「Iraq Body Count」(www.iraqbodycount.org)其統計數字則為八萬四千至九萬一千之間。他們採用不同的統計方式，數據是根據媒體報導、醫院、非政府組織和官方公佈的死亡數字作交叉校驗計算而來。

括阿爾—穆拉迪亞清眞寺在內（離本館劇場只有十公尺）。這個清眞寺是遜尼教派教徒祈禱的地方。不過國民衛隊沒有搜索本館。

四月十九日（星期四）

今天路上一點都不塞，令人意外。看來昨天的恐怖攻擊造成無辜民眾傷亡，已經讓大家怕得不敢出門，寧可待在家裡。今天，巴布·阿爾—穆德罕地區還是有傳出零星槍戰聲。我派檢查室的主管、我的司機及一名警衛出去辦事，結果他們回來辦公室後告訴我，國民衛隊朝我的車子開火，因爲我的車子停在他們的護衛隊前面。幸好，三個人都沒事。巴格達現在最恐怖的問題就是，一些沒什麼作戰經驗的士兵一緊張，就開始四處開火，很多無辜民眾就這麼白白喪生了。

今天我與人事室的員工開會，該部室爲降低官僚作業，已重新調整過組織；除了讓新進員工擔負更多職責外，也開始利用電腦進行日常工作業務。有員工建議該部門應該爲所有部室主管舉辦一場特別訓練課程，以加強各部門主管的行政經驗。我覺得這個建議很不錯，因爲很多資深員工對於自己負責的業務與職掌，行政經驗確實都很有限。

從這個星期日開始（每天都會有），本館已經舉辦了三場不同的訓練課程，該訓練課程主要是教授新進員工（尤其是圖書館及檔案室工作人員）基本的圖書館學、檔案管理、修復、電腦應用及程式等。這些訓練課程會一直持續到年底。

下午四點二十分，我去參加司機的婚禮，不過我實在不是很有心情，但鑑於職責所在，我還是到場向司機及他的父親道賀。我待了兩小時後就離開了。回到家，我哥哥從倫敦打電話過來，問我要不要幫我太太及兒子帶點東西。我太太要他帶一點嬰兒食品，而我則請他幫我帶三本書。

離開、留下的勇氣

當哥哥進到巴格達這個他珍愛的城市，看到市區一片混亂景象時，頓時默然無語。他實在無法想像我們怎麼有辦法在這種惡劣的狀況下生活。

四月二十日（星期五）

早上我回想了過去這個星期所發生的事情。我相信屬於遜尼派的文化部部長已經開始對於外界的批評展開反擊，反擊對象當然包括什葉派的副部長在內。現在部長已經解除副部長所有職權，並開始密集出現在全國性電視節目中。他還找來一批前復興社會黨黨員、泛阿拉伯民族主義者及遜尼派記者幫他進行媒體宣傳，吹噓他對伊拉克的文化如何的重要，又如何的鼎力支持伊拉克知識分子。現在文化部與知識分子及其他文化機構彼此間充滿猜忌與敵意。而且，各個團體內部都四分五裂，不知方向爲何。大家都忘記一個事實：「**坐而言不如起而行**」。這種四分五裂的窘況，讓原有的伊拉克文化不斷弱化，但在同時，光怪陸離的外來價值觀卻趁著海珊政權的衰亡，迅速的塡滿伊拉克的文化眞空。

今天大部分的時間我都在看書，寫寫東西。

下午宵禁結束後，我就跟朋友到兩位在阿爾—沙德瑞亞攻擊事件受難者家中致哀。我還到事件現場去，只見三十多部車輛炸得稀爛，其中有十二部是迷你巴士。大多數罹難者的屍體已無從尋找。後來我得知我有兩個親戚也不幸罹難。

晚上我收拾好行李，準備明天出發前往蘇萊曼尼亞。

依據本館的每日安全報告，晚上八點半巴布．阿爾—穆德罕地區又發生零星的武裝衝突，雙方交戰持續了三十分鐘。

四月二十一日（星期六）

早上七點十分，我與友人及友人的朋友一起搭車前往蘇萊曼尼亞，我們花了快六個小時才抵達。連接巴格達與基爾庫克的主要幹道路上車子很多，成千上萬的小轎車、迷你巴士及貨車都靠這條最安全的道路往來兩地之間，路上有好幾十個警察及軍方駐守的檢查站。途中，我們看到一輛貨車燒了起來，冒出陣陣濃煙，有可能是幾個小時前恐怖分子攻擊了這輛車子。我們在基爾庫克外圍一個庫爾德族人居住的小鎮卡拉—漢吉爾吃早飯。我哥哥則在早上十點離開伊爾比爾前往蘇萊曼尼亞。我倆先通過電話，我哥有一個好友陪他過來。我在旅館與哥哥碰面，我已事先訂了兩個房間。晚上，我一位住在蘇萊曼尼亞的朋友，特別設宴邀大家一起吃飯，為我哥哥洗塵。

依據本館的每日安全報告，下午五點半，有武裝團體開始在阿爾—法德赫爾區及阿爾—吉姆胡瑞亞區所部署的位置攻擊國民衛隊。晚上十一點，武裝分子對在巴布．阿爾—穆德罕區的警察局四處掃射，後來聯軍開始在此區大肆搜索。

四月二十二日（星期日）

早上九點四十分左右，我的秘書烏姆．海森來電，她語帶焦急的說，「伊圖」遭火箭砲攻擊。第一枚火箭砲射中「伊圖」附近一棟民宅，第二枚火箭砲射中本館圍牆，當時館裡員工透過窗戶看到第一枚火箭砲爆炸的情形。幸好，館裡員工無人傷亡。此次的損害清單如下：

- 部分圍牆遭毀
- 圖書館後側有一百多片玻璃破損
- 一些家具被毀，尤其是修復室最嚴重
- 發電機受損
- 數個通風設備受損
- 窗簾破損

我打電話回「伊圖」，要求館裡所有員工馬上撤離，本館在安全狀況未見改善前也先暫時閉館。我也指示本館技工在情況允許之下，要盡快修好破損的窗戶，以及把倒掉的圍牆給封起來。我很擔心又有盜匪會伺機從倒掉的圍牆闖進圖書館。

今天一整天我都在打電話，交代員工應辦事宜。我後來得知阿爾—法德赫爾區又爆發武力衝突，且愈演愈烈。

四月二十三日（星期一）

館裡員工來電，阿爾—法德赫爾區的武力衝突已平息下來，所以，我要館裡員工星期二回「伊圖」上班。我決定和哥哥一起回巴格達，他已經有超過二十二年沒回過巴格達了。

中午，我跟哥哥一起參訪蘇萊曼尼亞一個新成立的研究機構。該機構總部位於一個地勢高聳、綠樹如蔭的山丘上，可以俯瞰蘇萊曼尼亞市區。這個機構的營造工程已接近完工階段，以後將轉型成一大型綜合大樓，該中心有自己的衛星電視台、電台、期刊、報紙、會議室、檔案室及圖書館。我們也見到該機構的負責人，我已認識對方多年，他是庫爾德斯坦當地一位很有名且備受敬重的人物。他簡短的談到該中心的現況及目標。最後，他要我辭掉「伊圖」館長的職位，離開危機四伏的巴格達，到平靜的蘇萊曼尼亞跟他一起努力。儘管他的提議很誘人，但是我還是告訴他，我只有在被迫辭去職務之下，才會離開巴格達。他要我多花點時間想想再答覆他。我哥哥在一旁仔細聆聽我們的談話，當他聽到我拒絕這份工作時，簡直無法相信自己的耳朵。後來，哥哥極力遊說我接受這份工作，但是我只答應未來將與對方緊密合作。

我後來得知貝魯特繞道，離我家不遠處，發生一起汽車爆炸事件，不少人不幸喪生、受傷，附近大樓也受到損毀。

四月二十四日（星期二）

我叫了一輛計程車載我及哥哥直接回家。路上因爲有強烈沙塵暴侵襲迪亞拉省、薩拉丁省及巴格達，所以最後一段路走得險象環生。當哥哥進到巴格達這個他珍愛的城市，看到市區一片混亂景象時，頓時默然無語。他實在無法想像我們怎麼有辦法在這種惡劣的狀況下生活。眼前所看到的一切，改變了他對在巴格達生活的想法，他馬上求我及我太太馬上離開這裡。我爲了讓他安心便告訴他，我會等到年底然後再做決定。如果安全狀況還是持續惡化，我就會離開巴格達。

親戚朋友們都打電話過來，知道哥哥回來巴格達了，每個人都很開心。

晚上，太太告訴我，星期一有一名狙擊手在我們這一區進行恐怖的暗殺行動。當時，我太太跟岳母帶著我兒子正走在路上，突然，這名狙擊手開始一陣掃射。街上民眾四處找東西掩護，尖叫聲四起，我太太跟岳母趕緊躲到附近的照相館。

今天阿爾—沙德瑞亞地區也發生類似事件，又有一名狙擊手朝行人肆意掃射，這名狙擊手躲在阿爾—法德赫爾區一棟建築物裡面。

依據本館的每日安全報告，巴布．阿爾—穆德罕區晚上九點半又發生零星駁火衝突。後來半夜十一點半，阿爾—吉姆胡瑞亞區跟阿爾—法德赫爾區也傳來零星的槍戰聲。

四月二十五日（星期三）

早上六點四十分，我與哥哥一起吃早餐。聊天的時候，他告訴我，從上星期五他回到伊拉克到現在都沒看到一名美國士兵。話才說完，幾分鐘後，就有超過三十輛美軍悍馬出現在我們這一區。這些悍馬、兩架直升機及很多美軍，是來支援伊拉克國民衛隊在我們這一區進行全面性的搜索行動。有超過四十輛伊拉克武裝運輸工具及警車出現在本區，好幾條路也都遭到封鎖。我叫哥哥看看窗外，當他看到幾十輛美軍悍馬及伊拉克武裝運輸工具把我們這一區團團圍住時，簡直不敢相信自己的眼睛。國民衛隊開始挨家挨戶進行搜索時，我就出門上班了。哥哥跟我太太還有我姊待在家裡，姊姊一大早就過來看我哥，她從一九八四年就沒見過哥哥了。後來太太打電話給我，說國民衛隊在美軍的陪同下搜索了我們的公寓，不過他們態度很好。

我八點就到辦公室，先看過四月二十一至二十四日的安全報告，接著評估這次本館受損的狀況。我發現大樓四處都有流彈射擊的痕跡，連窗戶也難逃被射擊的命運。今天「伊圖」這一帶很平靜，頗令人意外。館裡員工告訴我，他們實在是想不透，爲什麼每次我一離開巴格達，圖書館就會遭火箭砲攻擊？對此，我自己也是搞不懂！

館裡技工室主任告訴我，文化部願意提供經費幫我們修好大樓受損的部分。

期刊室主任拿《阿爾—沙菲爾報》四月二十二日上的一篇文章給我看，該報記者扭曲我對《華盛頓郵報》記者有關反宗教教派政策的談話。這名記者指控我要求所有到本館的讀者及訪客在進入圖書館之前，得先表明自己的宗教背景及政治立場。我下令期刊室主任聯絡該報總編輯，並給該總編輯兩個選擇：在自家報紙上公開向我道歉，不然就法庭見。我覺得是館裡有某些心胸狹窄之輩，心中不喜我的政策，所以在背後策劃這篇報導。有些部長會藉謠言來修理他們不喜歡的局處首長。我們的部長一再公開表示，他歡迎所有文化部員工及局處首長到辦公室找他，他這樣的行爲已有意無意的鼓勵一種貪腐的風氣，破壞了大家讓伊拉克走向現代化的努力。前任部長也是採取類似政策，最後對文化部造成嚴重傷害。

部長這套「我的辦公室是爲所有人而開」的說法，是在很多局處首長根本見不到他的面時提出來的，連緊急狀況時亦然。

依據本館的每日安全報告，下午三點，武裝分子在巴布．阿爾－穆德罕跟安全部隊發生衝突，該衝突持續了一個半小時。晚上八點半，雙方衝突又起，這次歷時四小時。

我一個朋友跟我表哥帶我哥哥去巴格達一些舊市區，如阿爾－沙德瑞亞及巴布．阿爾－酋長區等，七〇年代，我們一家人就住在該區。哥哥見到幾個老朋友，他已經有二十多年沒見這些朋友了。他還去了當地最有名的阿爾－沙德瑞亞市場跟阿爾－加非奇亞小學，我和他就是念那所小學畢業。當他遊覽該區時，有一名狙擊手開始從阿爾－法德赫爾區朝路人開槍掃射，哥哥跟大家一樣趕緊逃命。

四月二十六日（星期四）

今天交戰雙方還是出現零星駁火。財務室主任到我辦公室告訴我說他的小表弟在汽車炸彈事件中不幸身亡，我准予他今天放假。

下午阿爾－沙德瑞亞區發生小型汽車炸彈攻擊事件，巴格達的安全狀況日益惡化，我哥哥不想再待下去了，所以，當我建議他明天就回蘇萊曼尼亞時，他居然毫無異議馬上就答應，眞不像他平時的作風。

依據本館每日安全報告，晚上八點，巴布·阿爾—穆德罕區跟阿爾—法德赫爾區都有零星交火，衝突持續了四個小時。

四月二十七日（星期五）

我與哥哥還有我表弟一起乘車離開巴格達前往蘇萊曼尼亞。我比較喜歡在星期五出遠門，因爲星期五主要交通幹道上的貨車比平常少得多。今天雨下了一整天，雨後，又有輕微的沙塵暴襲擊巴格達及迪亞拉省、薩拉丁省。我們總共坐了五個半小時的車才抵達蘇萊曼尼亞。

四月二十八日（星期六）

今天我們在蘇萊曼尼亞見了不少人。早上，我與哥哥、表弟一起到一個出版中心。這個出版中心正把我某一本著作翻成庫爾德文，我這本書原本是以阿拉伯文發表的，也是由同一家出版中心出版。下午，我拜會了當地一重要的文化中心平凱辛（Binkai Zhen）。該文化中心主任及我同意未來本館與該中心可彼此交換出版品及未出版的文件。這位主任還送我好幾本該中心的出版品做見面禮。我們達成協議由該中心重新出版我上一本書及新書草稿。晚上，我與當地一新成立的

在後文中簡稱ZHEN

智庫代表碰面；雙方同意未來應有進一步合作的空間。

回飯店前，我和表弟及我哥哥道別。在庫爾德斯坦最後這幾天，我哥哥會待在他一個好友的家裡。

四月二十九日（星期日）

早上七點二十分，我與表弟一起搭車離開蘇萊曼尼亞回巴格達。今天，天氣晴朗，氣候宜人。但是車子一接近巴格達，沙塵馬上就現身。每個檢查站都排著長長的車陣，也不知道這些國民衛隊的成員是怎麼處理壅塞的交通，以致場面一片混亂。我們的車子被警察及國民衛隊攔下來好幾次。有時候，他們會叫我們出示身分證，有時候則會盤問我們的目的地。當這些警察及國民衛隊一看到有駕駛或乘客講手機，馬上怒氣衝天。誰要敢在檢查站受檢時講手機，馬上就會被叫下車搜身。

我們在中午十二點五十分回到巴格達，我們家這一帶又是一片混亂。除了交戰雙方的交火外，不時還出現巨大爆炸聲，路障也出動了。晚上，我的秘書告訴我，她一個姻親的兒子在一場發生在阿爾－卡爾巴拉地區公共市場的汽車炸彈攻擊事件中喪生，大約有兩百四十個人在這場野蠻的殺戮事件中死亡或受傷。

依據本館的每日安全報告，本館人員剛下班不久，巴布·阿爾—穆德罕區的公共工程暨市政部附近便發生武裝衝突事件，幸好館裡員工都平安無事。晚上，阿爾—法德赫爾區又發生激烈的武裝衝突，並持續了五個多小時（八點至凌晨一點）。

四月三十日（星期一）

今天又是混亂的一天，清晨四點半，就有好幾個迫擊砲落在巴布·阿爾—穆德罕區靠近衛生部附近。美軍的阿帕契直升機一直在本區低空盤旋。我的新司機度完蜜月回來上班了，他瘦了五公斤，整個人看起來清減了不少，我覺得這是個好現象。到辦公室的路上，巴布·阿爾—穆德罕地區還算平靜。辦公室的網路還是不通。

早上八點半電來了，不久，我就聽到零星的槍戰聲。十點，我與本館的「考核委員會」開會討論幾位圖書館館員及檔案管理員的升遷事宜。最後，我們同意短期內要讓十二位員工升遷。幸好這些員工的升遷不需要文化部部長的批准，不過，還是得經文化部批准。

早上十一點十五分，我與「阿拉伯歷史學家聯盟」的代表碰面，雙方主要是討論「阿拉伯歷史學家聯盟」與「伊圖」之間的合作協議內容。在簽訂之前，我請對方做出一些小修改。我們同意下星期三再碰面繼續討論。

館裡一位警衛通知我，國民衛隊想把我們的臨時便道封起來，我要安全室的主管馬上去找國民衛隊總司令看看雙方能不能對本館車輛的進出達成協議。最後，國民衛隊表示他們不介意本館車輛使用臨時便道進出，只要我們出示身分證即可。

負責保護我個人安全的警衛AH先生告訴我，他們一家人最近在找房子，因爲遜尼派極端分子給他們一家下了最後通牒，要他們離開現在的住處，否則就會把他一家人殺掉了。

今天還是有一些好消息。被捕多時的圖書館館員昨天終於給放出來了，他被內政部關了好幾個星期，飽經折磨，根本無法回來工作。我給他一個月的有薪假，讓他在家好好休養。

離開辦公室前，有一位警衛來找我，他說他聽到有人謠傳巴布・阿爾─穆德罕大橋下面被放置了爆炸物，上下兩層的阿爾─朵拉大橋也遭迫擊砲攻擊。巴格達的對外橋樑成爲恐怖攻擊的目標，已讓巴格達陷入癱瘓，人及車輛的行動都大受限制。政府要求長途交通工具只能走阿爾─穆薩那及阿爾─朵拉兩座橋。這兩座橋都位於最危險的熱區。這個管制造成了另一波燃油危機，所有加油站都大排長龍。無能的石油部官員把這次的燃油危機怪到「新安全計畫」頭上。以前只要

二〇〇三年之前，巴格達居民每天平均獲得電力供應為十六至二十四小時，但現時只有平均兩至六個小時，甚至停電好幾天，很多居民只得倚靠昂貴的私人（或地區）發電機取得電源維持日常生活。美國和伊拉克政府嘗試修復電力系統及使居民得到平均分配，但是隨著需求量增加、暴力衝突、貪污和管理不當都妨礙了改善供電的進展。

一出現燃油危機，石油部官員就怪罪電力部。人民開始怨聲載道，因爲他們只有少量甚至沒有電、燃油可以使用，連生命安全都成問題。

重要的民生物資比以前昂貴，人民連最基本的生活需求也無法得到滿足，不管是平民百姓、政客、公務員、警察或國民衛隊，所有人都對未來日益悲觀。

暴力衝突對「伊拉克國家圖書暨檔案館」員工所造成的傷亡統計

2007年4月

類別	人數
親人遭殺害身亡	2
死亡威脅、員工因收到死亡威脅而被迫撤離家園（暫時或永久性）	2

槓上部長

圖書館現在沒有電、沒有水、沒有電話，也沒有網路，希望老天爺不要連氧氣都拿走。

五月一日（星期二）

今天是勞動節，「伊圖」休館一天。

我整天都待在家裡看書，寫寫東西。

某一家貝魯特的研究中心在未事先知會我的情況下，就擅自把我一本舊作重新出版，現在該研究中心的駐伊拉克代表希望能跟我見個面，送幾本新書給我！

五月二日（星期三）

今天本館整天都沒電，沒網路，電話也不通。一如既往，我只好到附近的網咖去看我的電郵。

當大家知道負責阿爾—吉姆胡瑞亞、阿爾—法德赫爾、阿爾—蘇爾迦及阿爾—沙德瑞亞等區安全的部隊司令遭逮捕的消息時，都嚇了一大跳。據可靠消息指出，該司令已跟阿爾—法德赫爾區的武裝分子共謀合作好幾個月，這名司令不僅協助武裝分子行動，還協助他們進行汽車炸彈攻擊。難怪之前這些武裝分子可以那麼輕易的在任何時間進行攻擊行動。這位部隊司令被捕之後，巴格達的安全狀況馬上有顯著的改善，暴力事件與汽車炸彈攻擊也都大幅減少。以遜尼派居民爲主的阿爾—法德赫爾地區，終於又和以什葉派居民爲主的坎巴爾·阿里地區握手言和。巴格達市政府與其他國營單位也開始恢復這幾個地區的公共服務。本館及館內員工的氣氛，則因附近地區安全狀況的改善而跟著疏緩下來。我希望本地的遜尼派與什葉派居民間的和平現況能繼續維持下去，因爲這可讓他們彼此互盟其利。以前，這兩個教派之間的和平通常都不會超過兩、三個星期。

當我知道文化部部長寫了一封信給部長會議，並在信中要求總理支持「他」所提出的谷希拉（Qushla）計畫，重建阿爾—穆台納比大街時，我眞的是驚訝到目瞪口呆。文化部部長這個谷希拉計畫，根本就是照抄之前我所提出的阿爾—穆台納比大街文化振興計畫，這份計畫是我在兩年前提交給前文化部部長的。當時，前文化部部長批准此項計畫，並成立一個特別委員會來推動，我還是該委員會的成員之一。但是，現任的文化部部長就任後，對推動我這個谷希拉計畫興趣缺缺。現在，突然間，我們這位部長居然想用自己的名義來推動此計畫。於是我寫了一封抗議信給部長，信中並附上我原來的計畫內容。有人剽竊我的想法及計畫已不是第一次。

今天早上一群歹徒居然在光天化日之下，搶走文化部轄下音樂藝術總理事會的月薪。這件事發生在市中心，音樂藝術總理事會的會計人員才剛離開阿爾─薩都街上的銀行就遭歹徒洗劫。這是文化部一個大醜聞，因爲事件發生在熱鬧的市區，附近還有警察和檢查站。於是，總統下令文化部成立一個調查委員會徹查此事。我一位好友也被選爲該委員會的一員。

今天我與文化部的總工程師碰面，自二〇〇五年以來，本館的翻修工程就都是他負責監督。我們討論了幾個問題：修復遭毀的圍牆，換掉後門及破損的玻璃、加裝鐵絲網等。整個修復工程費要五千萬第納爾（大約四萬美金）。我們後來決定新圍牆（一百公尺長）高度爲兩百三十公分，上面再加裝一百公分的鐵絲網。只要安全狀況允許，下星期就開始這項修建工程。

國家先烈圖書室終於開始打地基了，這眞是個天大的好消息，不久檔案史料室的地基作業也要開始進行。爲了推動這兩項工程，我不斷向文化部的官僚施壓，用盡一切手段，才終於讓這些官僚加速這兩項工程案的文書作業。

巴格達西半部（如阿爾—魯沙法）的交通現在比以前順暢許多。之前，巴格達東半部（如阿爾—卡爾柯）的安全狀況非常緊張。底格里斯河是一個自然的邊界，將情勢穩定的地區跟不穩定的地區劃分開來。館裡現在有五%的員工無法到圖書館上班，因爲國民衛隊，警察與美軍封鎖了阿爾—卡爾柯區內好幾條路，包括阿爾—吉哈德、阿爾—卡迪西亞與阿爾—佳米阿在內。

我家附近發現一具年輕人的屍體，他身上中了好幾槍，我們都很怕暗殺殺手及綁架犯又重現我們這一區。去年，我們附近有很多人被綁架和殺害。

晚上，我打電話給我姊姊，看看她們一家人是否安好。最近，她家那一區——阿爾—吉哈德——也就是巴格達最危險的熱區，安全狀況一直持續惡化，因爲什葉派及遜尼派的極端分子不斷的向對方展開無情的攻擊，企圖血洗對方。那一區一天到晚都有迫擊砲轟擊，所以，我姊姊跟她兩個已婚的兒子很想搬離那一區。但是，他們卻發現要在其他安全地區租到房子非常困難，所以日常行動受到重重限制。

五月三日（星期四）

圖書館今天還是整天沒電，沒網路，電話也不通。不過，安全狀況還好。有不少檢查站已被撤掉，所以交通也順暢許多。本館三月份的讀者人數是三〇六人，雖然四月份的安全狀況比三月份糟糕，但是四月份的讀者人數卻增加到三八一人！只要安全狀況維持穩定，我預期這個月的讀者人數還會繼續往上升。

我打電話給我的警衛看看他的情況，他說他與父母暫時先搬到另一區阿爾—瑞薩拉區。新房子很小，沒電可用，所以他們想盡快搬走。

館內同仁告訴我，有一位員工的先生昨天晚上遭不知名的武裝分子綁架。這些綁架的歹徒是平民，但沒有表明自己的身分。

今天早上十點十五分舉行部室主管會議，會中討論了以下的議題：

一、巴格達的安全現況、本館所在地區的安全狀況，及其對本館員工的負面影響。

二、本館兩個主要工程計畫（國家先烈圖書室及檔案史料室）即將開始進行，本館應採取哪些安全措施。

三、圍牆的修復及後門換新的工程。

四、內部訓練課程的擴充。

下午一點我離開辦公室，到附近的網咖看我的電郵。

五月四日（星期五）

今天天氣很熱，整天幾乎都沒電可用，我就在家看書，寫寫東西。

五月五日（星期六）

今天又是褥熱的一天。早上，我到附近的網咖看電郵。整天我就在家看書，寫寫東西。

五月六日（星期日）

今天是平靜的一天，沒有爆炸事件，甚至連一聲槍響都沒有。交通很順暢，從五月初開始，阿爾—魯沙法地區的安全狀況已大爲改善，我希望這樣的情況能保持下去。但是阿爾—卡爾柯的安全狀況仍然相當嚴峻，美軍及國民衛隊把遜尼派爲主的地區孤立起來，與其他城市劃分開來。有些什葉派及遜尼派混居的地區不斷出現巷戰。館裡有些員工無法到圖書館上班。

現在連水都出現在「沒有」的清單上。圖書館現在沒有電、沒有水、沒有電話，也沒有網路，希望老天爺不要連氧氣都拿走。更慘的是，現在還有日益嚴重的燃料危機。沒電就表示車子及發電機沒有燃料可用。今天眞的很熱，但是沒電，又沒辦法開冷氣。文化部那些懶惰又貪腐的官僚，到現在還是不肯修理我們的發電機。館裡的員工個個都氣得七竅冒煙，因為大家甚至連冷水都沒得喝。

早上十點舉行第二次圖書館館員及檔案管理員的首次代表會議。第二次代表會議有二十二位成員，有四位不克出席。十八位出席的與會成員中十五位是女性，三位是男性，全部成員都很年輕。會中做出了兩項決議：第一項是定出新的代表會議的角色，第二項則是選出三位成員參加第一次部室主管會議。與會代表決定監督第一次代表會議的工作內容及活動。與會代表透過祕密投票選出三位年輕女性參加第一次部室主管會議，此外還選出三位備選成員。

中午十二點我讓館內的員工提早下班回家，因為大家都熱壞了。

今天供電時間只有一小時，所以我只好自力救濟。但是，現在連黑市也買不到燃料。我家裡現在只剩二十公升的汽油，但是這點汽油我家連三天都撐不了。現在只好採取緊急應變措施。我跟我太太、兒子晚上開始跑到屋頂睡覺，只要我兒子開始出現睡意，我們就把家裡的小發電機給打開。日正當中太陽最大的時候，我們就把大型發電機開個兩、三個小時。我也開始到黑市找燃料。

我哥哥還在蘇萊曼尼亞，晚上他又打電話過來，要我離開巴格達，到庫爾德斯坦定居。

五月七日（星期一）

今天圖書館還是沒水沒電。問過館裡員工的意見後，我決定在十一點關閉圖書館。我們也宣布，除非政府恢復供水及供電，否則圖書館將持續關閉。讀者來圖書館找資料，卻因爲沒電而無法使用圖書館及檔案閱覽室，那圖書館還有什麼好開的？而且整棟大樓熱得要命，館裡的員工根本沒辦法做事。

五月八日（星期二）

圖書館今天還是關門沒開、整天仍然沒水沒電。

五月九日（星期三）

今天終於有水有電了。館裡的員工開始進行手邊的工作，讀者跟訪客也來圖書館了。

今天我帶我太太及兒子來圖書館，因爲我太太去醫學城醫院做例行產檢之前，想過來看看以前的同事。我這些員工可不想放過這個機會報一箭之仇，他們嘴裡不斷的吐出惡毒的字眼：「謝天謝地，兒子長得不像他老爸！」「這個小朋友長得眞漂亮，脾氣好，笑瞇瞇的，跟他媽媽一樣。」

我不想去參加文化部的部內局處首長會議，我對部長的態度很不滿，因爲他一直不肯批准我所提的一切計畫。所以，除非部長改變態度，不然我決定不再參加任何部內局處首長會議。後來有人告訴我，我今天沒去開會，部長很不高興，因爲他清楚知道我從來都不會缺席，所以他一直跟所有人打聽我的情況。我還聽說，部長一開會，就開始公然威脅與會的局處首長，因爲大家都不聽他講話！

今天我與資訊室的主任及助理NA小姐開會，討論本館官網重新開張的問題。「伊圖」的官網因爲沒有續約，已經關閉了五個星期。負責管理官網的NA小姐告訴我，她已經與電信部聯絡，詢問我們的官網能否持續。過去這幾個星期最讓我們頭痛的問題就是，巴布．阿爾—穆德罕區電信辦公室的什葉派員工，因爲一直收到遜尼派極端分子（以阿爾—法德赫爾及阿爾—吉姆胡瑞亞爲主要活動地盤）的死亡威脅，所以沒人敢去上班。這個電信辦公室就在「伊圖」前面不遠處。我還知道，該電信辦公室還有另一位女性員工被遜尼派極端分子暗殺。到目前爲止，該電信辦公室已有三名員工死於宗教派系衝突。文化部的技師說，如果不能直接與本地的電信辦公室連線，他們根本沒辦法修好本館的網路或恢復我們的官網。我們一直請求電信部派一兩位技師過來支援本地的電信辦公室，這樣就可以把我們的網路及電話線給修好，但是電信部根本不甩我們。看來，要電信部派人過來支援一兩個小時，好讓我們得以恢復電話線路，修好網路，可能要等奇蹟出現了。

晚上，美軍直升機一直在我家附近低空盤旋，噪音不斷，後來才知道美軍跟國民衛隊在阿爾—薩德爾市進行軍事演習。

五月十日（星期四）

半夜兩點，一記巨大的爆炸聲把我及太太從睡夢中吵醒，我們清楚聽到爆炸聲及交戰的槍聲。衝突一直持續到清晨六點。七點半，我岳母打電話過來，她告訴我們武裝分子又回到阿爾—法德赫爾及阿爾—吉姆胡瑞亞，而且武力衝突又起。她叫我上班的時候要避開巴布．阿爾—穆德罕區，所以我就叫司機改道，避免走近該區。接近巴布．阿爾—穆德罕區時，我看到路上出現不少伊拉克武裝設施、美軍的悍馬及軍人。他們把阿爾—吉姆胡瑞亞封鎖起來，我到圖書館時，雙方的軍事衝突仍持續進行。八點半，岳母又打電話給我，看看我是否已平安抵達。這些軍事衝突離她家很近，而且狙擊手又開始出沒在她家那一帶，嚇得她不敢出門。這些狙擊手不分青紅皀白的朝路人開火，嚇得大家趕緊從阿爾—沙德瑞亞、阿爾—吉姆胡瑞亞及阿爾—奇法等街道逃逸。有一名男子遭狙擊手的子彈擊中大腿。

文化部的秘書來電，問我明天能不能去阿爾及利亞參加一場會議！這是代表伊拉克去參加一場拉丁美洲—阿拉伯的聯合圖書館計畫，該會議預計五月十二日舉行。但是外交部很晚才通知，這些外交部的官僚大多是前復興社會黨黨員，每次都故意把其他部會的官方文件扣在手上不發，一直拖到最後一刻才通知，讓別的部會措手不及，連採取必要措施的時間都沒有。我現在根本不能出國，因爲我的公務護照還卡在外交部官僚手上。後來秘書打電話給部長報告此事，部長一直要我用一般護照去安曼出席這場會議，然後再向阿爾及利亞大使館申請簽證，但是我不肯。因爲我如果用一般護照出國，約旦機場的海關一定會像對付其他伊拉克旅客一樣地刁難我，約旦現在已經不歡迎伊拉克人了。此外，安曼這個星期五是假日，與巴格達一樣，所以要在安曼拿簽證是很難的。部長說他會打電話給阿爾及利亞大使館，要他們幫我處理簽證的事情。我還說，現在要訂兩張機票（從巴格達到安曼，再從安曼到阿爾及利亞）也來不及了。因爲我壓根兒就不想去參加這場會議，所以不想再爲這件事大費周章，惹得部長老大不高興。講到最後，他問我昨天爲什麼沒去開會，我說我有事不克出席。不過他心知肚明，我這麼做就是在向他抗議。

其他國家的人都以爲「去復興黨化」已經把復興社會黨人都趕出伊拉克政府部會。但事實並非如此，復興社會黨人其實還是牢牢的掌控伊拉克政府的官僚體系，他們一直拖累改革的步伐，讓支持新伊拉克的人日子難過。文化部的情形絕非例外。

早上十點，女性社團「阿爾—菲爾多斯」的管委會及其代表舉行聯合會議，會中討論諸多議題。與會成員決議擴大該社團的規模，納入更多會員，出版一份新的月刊，籌備五月二十七日的選舉，並且與巴格達其他婦女團體多做交流聯繫。我則建議該社團應負責爲本館提供托育及餐飲的服務。

下午一點，武力衝突暫停下來，館裡員工也因此得以安全地下班。我的車子駛近武力衝突的現場阿爾—奇法大道，看到一輛伊拉克軍隊的武裝車輛停在阿爾—奇法大道及巴布．阿爾—穆德罕的交叉口上，車上的人一直在跟對方講話。

今天好熱，我姪子幫我從黑市買了一些燃料，所以我一回家就可以打開發電機，讓房子涼快了四個小時。

五月十一日（星期五）

一早我就聽到兩記巨大的爆炸聲。今天我整天都沒出門。風很大，沙塵嚴重。我哥哥從伊爾比爾打電話過來道別，他今天下午就搭機回倫敦去了。

橋樑攻擊戰爭仍持續進行，巴格達已有三座橋樑接連遭汽車炸彈摧毀或嚴重受損，這些橋樑都是連接巴格達到外省的重要樞紐。看來，恐怖分子讓巴格達部分地區如阿爾—魯沙法及阿爾—卡爾柯陷入癱瘓之後，現在打算切斷巴格達對外交通，把巴格達孤立起來。

根據「伊圖」警衛的安全報告中提到，今天本館後方曾經發生交火。

五月十二日（星期六）

一大早我就聽到一波新的爆炸巨響，但是沒看到哪裡在冒煙。今天又是一個風大沙塵嚴重的日子。

我整天都在看書，寫東西。我哥哥從倫敦打電話過來，說他已經平安抵達。中午，我到附近的網咖去看電郵。

有消息證實，肆虐阿爾—沙德瑞亞及阿爾—奇法大道的狙擊手已遭美軍及國民衛隊格殺，這個狙擊手是一個阿富汗基本教義派。民眾看到狙擊手死了都很開心。這個狙擊手的屍體後來被送到某個不知名地點。

消失了的三座圖書館

離開她辦公室前，總檢察長問我如果「公共廉政委員會」逼我回歸舊制，我會怎麼辦？我告訴她，我一定辭職……如果我放棄自己這套人事升遷制度，「伊拉克國家圖書暨檔案館」就不可能現代化。

五月十三日（星期日）

我才剛到圖書館，安全室主管就跑來告訴我公關室前主任JA先生因為急性心臟病發作，現正在加護病房急救。JA先生是本館最資深的員工之一，他這個人很會自得其樂，老是把醫生的話當耳邊風，大吃大喝。有時候，我要他照醫生的建議節制飲食，好改善他的健康，但他總是回答：「我不會改的，就算我今天就翹辮子，我還是照吃不誤。」

副館長跟幾個館員決定一起去醫學城醫院探望JA先生，他們出發之前，我要副館長告訴JA先生的家人我們會盡力協助他們。三小時後副館長他們一行人回到圖書館，他們說醫生只同意讓副館長單獨進去看JA先生。聽說JA先生一看到副館長，忍不住哽咽出聲，所以醫生就趕緊結束探訪。現在大家都不知道JA先生的情況會不會好轉，所有人都為他禱告。

早上八點半電就來了，最近我們運氣很好，因為從上星期開始，我們每天都有六小時的供電，但是巴格達其他地區不是沒電，不然就是只有一小時的供電。電力部跟石油部兩邊的官員都指責對方是造成這次電力短缺的元凶。

館裡同仁告訴我，我的私人警衛阿哈曼德因人身安全因素，有三個晚上都待在圖書館過夜。較早前我曾經特別下令：館內任何員工因人身安全因素下班後可繼續待在圖書館。

早上九點，我離開圖書館到文化部去，總檢察長下令要我過去接受審訊。總檢察長辦公室職員告訴我，有「伊圖」的員工向「公共廉政委員會」舉發，指控我違反政府命令及現行法令，擅自讓館裡的員工升等、加薪。我與總檢察長談了半小時，我仔細的解說自己的升遷制度如何讓圖書館員、檔案管理員及行政人員升等、加薪。我承認自己沒有遵照政府命令及現行法令，因為現行法令已太老舊過時，應該制訂新的法令取代之。總檢察長同意我自己的升遷制度立意正確，比現有的人事升遷制度合情合理，但是她奉上級指示一定要對我進行審訊。至今，她仍然拒絕成立特別委員會對我進行調查，因為她很清楚我的為人，不過她提出了一個不會讓我陷入劣勢的折衷方案。她的辦法是：我同意回歸舊制，那麼指控我的案子就結案或不成立。我告訴她，我絕不回歸舊制。因爲我一旦屈服，本館很多員工就會被降級，薪水也會大幅縮水。無論結果如何，我都不會讓步。總檢察長告訴我，這麼一來「公共廉政委員會」很可能會告上法院，且案子審理期間我將被停職。我告訴總檢察長我很清楚這個後果。

最後，我建請總檢察長爲我與「公共廉政委員會」的代表安排一場會議（「公共廉政委員會」的代表跟其他有權勢的人一樣，辦公室都在「綠區」），總檢察長同意我的建議。離開她辦公室前，總檢察長問我如果「公共廉政委員會」逼我回歸舊制，我會怎麼辦？我告訴她，我一定辭職。只要我擔任「伊拉克國家圖書暨檔案館」館長一天，本館絕不會有員工會被降級或減薪。如果我放棄自己這套人事升遷制度，「伊拉克國家圖書暨檔案館」就不可能現代化。

離開文化部時，我發現總檢察長辦公室的員工及總檢察長都很同情我的處境，也很了解我實施這套人事升遷制度背後的用意，這點讓我很欣慰。他們都不希望我因此受傷。

回到圖書館後，我馬上召集所有部室主管開會，把今天我與總檢察長及其職員間的對話一五一十告訴大家。

中午，一起自殺炸彈攻擊一群阿爾—沙德瑞亞的民眾，死了十三個人，受傷者更多，該攻擊事件離我岳母家很近，所以我趕快打電話給我大舅子，看看大家是否平安。幸好，大家都沒事。

下午四點五十分，JAB先生的姪子打電話給我，說他叔叔沒回家，問我知不知道他的去向。我先安撫對方，答應他我會打電話給JAB先生的同事問問他的下落。JAB先生是微縮複製室的主任，是館內非常資深的一位員工，擁有化學學士學位。他心地非常善良，他的哥哥早年參加兩伊戰爭，戰死前線，他義不容辭把他哥哥遺留下來的兩個孩子扶養長大。爲了盡心盡力照顧這一對姪兒姪女，他終生未娶，但他一點也不後悔，現在兩個孩子都已大學畢業。

我打了幾個電話，我先打給JAB先生的助理AW小姐，AW小姐告訴我，她不知道JAB先生的下落。我要AW小姐打電話給她的同事，看看大家有什麼消息。打電話時，附近一棟內政部的建築突遭迫擊砲擊中，結果，好幾台車被燒毀，從我家窗戶看出去，天空升起一大朵黑煙。我趕快打電話給我一個住在那附近的朋友，朋友告訴我他和他兒子都沒事。

不知爲何，當我知道JAB先生沒回家後，我的眼淚一直流個不停。我一直很敬愛JAB先生，我欽佩他的誠實、勇敢及奉獻的精神。他工作認眞，從不抱怨，他雖個性內向，不愛交際，但總能鼓舞身邊的人。下午五點半，他姪子打電話過來，說JAB先生安全返家了，我聽到這個消息，終於放下心裡的大石頭。為了報復JAB先生今天讓我這麼擔心受怕，我決定明天看到他時要好好處罰他一天。

五月十四日（星期一）

今天是所謂的壞日子。

一進辦公室MO先生就進來找我。他說他大兒子昨天在他家附近（危險的阿爾—阿札米亞區）被警方逮捕，他要我幫忙，讓警方把他大兒子放出來。但是，我實在幫不上什麼忙，只好打給一個朋友，我這個朋友他有一個朋友是阿爾—阿札米亞當地警察局的警察。這位警察可以幫我們查查MO先生的兒子被控告的罪名。

G先生送上一份備忘錄，他要我批准他退休。本館員工有五位基督徒，G先生是其中之一。G先生申請退休的眞正原因，是有些基本教義派一直寄死亡威脅給他。他為了躲避死亡威脅，已離開自己位於阿爾—朵拉危險區的住家。G先生跟其他基督徒一樣，都想趕快離開巴格達，逃到敘利亞或庫爾德斯坦。庫爾德斯坦已成為所有被迫離鄉背井的少數宗教教徒的安全庇護所。

今天還有更多壞消息。之前慘遭綁架，被虐，好不容易幾個星期前才被釋放的H先生又接到死亡威脅。他的房子已被燒毀，家人被迫搬到另一區。幾天前，他哥哥又因爲宗教派系衝突慘遭恐怖分子殺害。我見到他時，他說他搬到新的地方後又接到死亡威脅，他真的不知道該怎麼辦。

HA先生通知我，圖書館一名員工的太太急性心臟病發作，情況危急，我讓這個員工放一個月的有薪事假，到醫院好好照顧他太太。

JA先生還在加護病房，醫生不讓館裡的員工進去探視JA先生。

二○○三年四月「伊圖」被大火燒毀和掠奪後，一座本來放在館前的海珊雕像被破壞倒地粉碎，象徵了其家族獨裁統治的結束。(Courtesy of INLA)

早上十點半，MU先生到我辦公室找我。他是公共工程暨市政部的低階官員，主要負責視察伊拉克境內及庫爾德斯坦自治區內所有中央級及地方級圖書館。從MU先生的職級，就可以了解以前海珊政權時代以及新的伊拉克政府有多不重視圖書館在人們生活中所扮演的角色。除了庫爾德斯坦自治區以外，伊拉克境內共有一百二十二間中央級及地方級圖書館。這些圖書館幾乎有二十年無人聞問，有些圖書館已被洗劫一空。二○○三年四月至今，新的地方政府對這些中央級及地方級圖書館的修復工程一直興趣缺缺，更別提圖書館現代化了。這些地方政府首長很多都是宗教團體的成員，這些人向來堅決反對世俗文化及政教分離論，圖書館在他門眼中就代表世俗文化。有些政治宗教團體還占用某些中央級及地方級圖書館。幾乎所有中央級及地方級圖書館都沒有任何圖書館的設施、電腦、影印機等。其藏書也是少得可憐，每年買的新書數量都數得出來。這些圖書館的建築也都非常老舊，亟須翻修。清眞寺的宗教圖書館反而吸引較多男女老少的民眾前往。各省圖書館已成昨日黃花，但是中央政府及地方政府都不想拯救這些瀕臨封館的圖書館。這種現象絕非巧合，而是地方政府故意怠忽職守的緣故。

二〇〇五年，我分別去找巴格達省長及大巴格達代表會的主席，我希望這兩位基本教義派能眞正去關心一下巴格達省境內，所有中央級及地方級圖書館悲慘的現況，結果他們就跟其他政客及公務員一樣，不願見到世俗圖書館與清眞寺及其他宗教中心競爭。我對他們提了一些讓巴格達境內圖書館現代化的建議，可是他們理都不理。

二〇〇四年，我與一位派駐「聯合國教科文組織」巴黎辦公室的丹麥代表開會。這位丹麥代表表示，丹麥外交部很願意在伊拉克境內幾個省份蓋兩、三個現代圖書館：第一座圖書館計畫蓋在伊拉克南部的巴斯拉，第二座圖書館計畫蓋在巴格達，第三座則打算蓋在伊拉克北部（摩蘇爾或伊爾比爾）。之後再逐漸增加圖書館的數量，形成一個散布伊拉克全境的圖書館網絡。當時我及我的助理透過「聯合國教科文組織」寄了一份內容非常詳盡的計畫給丹麥政府。依據我們當時那份計畫，新的圖書館應該在各社區發揮社會、文化及教育的功能，這個計畫已經獲得伊拉克文化部及「聯合國教科文組織」官員批准同意。計畫已翻成英文，丹麥政府也很願意將該計畫付諸實現。文化部副部長、國家文化遺產局局長及我，選定巴斯拉市一棟歷史悠久的建築作爲第一棟圖書館所在地。但是這項計畫最後卻因爲一項沒人預期得到的政治因素（幾位粗心的丹麥漫畫家畫了幾幅褻瀆先知穆罕默德的漫畫，激起一股強烈的反丹麥情緒），以及伊拉克文化關係部部長不甚友善的態度，讓這項計畫最後胎死腹中。這位伊拉克文化關係部部長是一位什葉派基本教義分子，他當時就故意不與丹麥方面合作。

今天是我兒子的一週歲生日。昨天我太太要我去一家知名的糕餅店買個蛋糕回家慶祝。這家糕餅店位於阿爾—薩柯拉一個很有名的十字路口，這裡是恐怖分子很常攻擊的地點，已經被汽車炸彈攻擊過很多次，很多商店及餐廳都已被迫歇業。中午十二點五十分，我跟司機離開辦公室前往巴勒斯坦大道，希望能在回家前買到蛋糕。結果，就在我們快到阿爾—薩柯拉路口時，一輛汽車就這麼炸開來，好多無辜民眾不幸被炸死或受輕重傷，大多是逛街的人潮。我還看到那輛車子冒出一股黑煙。國民衛隊及警察隨即封鎖好幾條馬路，我們被迫只好改變方向，空手回家。我太太及岳母在家等我等得坐立難安，他們知道我就在那一區。爆炸地點離我家不到四百公尺。

五月十五日（星期二）

我一到辦公室，同仁就告訴我JA先生的情況已慢慢穩定的好轉，現在已經從加護病房轉到普通病房。我也見到他兒子及女兒，他們證實他爸爸已開始好轉。圖書館附近傳來零星的槍戰交火聲，歷時幾分鐘。

編目室的主任NI女士通知我，她們部門一位圖書館館員AM的住家，昨天晚上在美軍與阿爾—阿札米亞地區的武裝分子的激烈衝突中不幸燒毀。NI女士與AM兩人是鄰居。

本館決定向AM、JA、H和AL提供金錢上的援助。

早上十一點，阿爾—納哈蘭電視台的攝影小組抵達圖書館，他們希望拍一部記錄片。他們走訪了好幾個部室，也採訪了我及幾位館內員工。

今天有九位檔案管理員上完兩週的文物修復密集課程。中午十二點五十分，一名狙擊手隨意朝巴布．阿爾—穆德罕區及阿爾—吉姆胡瑞亞區的行人開槍射擊，有兩位民眾受傷。館裡的警衛提醒所有員工下班回家時，一定要避開那兩個地區。我及司機也因爲這位狙擊手而改變回家的路線。

五月十六日（星期三）

大家在傳有自殺式炸彈犯要去攻擊巴布．阿爾—穆德罕地區。對這種炸彈攻擊，館裡的警衛總是認爲可能性很高。我決定先不和員工透露此謠傳。

MO先生來我辦公室找我，他告訴我，他終於見到被關在阿爾—阿札米亞警察局的大兒子。他還拿了一封好幾個月前一個地下武裝團體寄給他的電郵，這個團體宣稱MO先生通敵，所以要殺了他。他一收到這封死亡威脅信，馬上就離開家人及自己的家。沒有任何當局，軍事當局也好，一般當局也好，可以保護民眾免受死亡威脅，民眾只能自力救濟。有錢的人不是找保鑣，不然就逃出國，有的人則是放棄自己原來的房子。經濟情況好的家庭就搬到巴格達以外別的鄰近地區去，經濟情況不好的家庭只好住到外省的難民營。這種顛沛流離的處境已從社會、經濟、教育及心理等層面嚴重影響受創災民的生活。

早上十點半，館裡兩位要到銀行領現金回「伊圖」的年輕會計跑去找財務室主任，他們說銀行外面的治安狀況很不好，有人在銀行附近被搶。於是我就派兩名保全人員陪他們一起去銀行辦事，之後，他們也平安回到圖書館。

今天有六位圖書館員工完成爲期一週的電腦訓練課程，下一期的課程也馬上就要開課。

我被文化部選爲「全國文化委員會」（National Culture Committee）的主任，該委員會的主要任務是與「聯合國教科文組織」的官員合作，保護伊拉克的文化遺產。委員會有六位委員，我打算擴大委員會的編制，再增加兩名委員。之前這個委員會的主任是文化部副部長，但是委員會成立了一年，卻連一次會都沒開過！

文化部終於正式邀請工程建設公司參與本館檔案史料室的工程招標作業，這眞是可喜可賀！文化部對於這項工程的延宕，讓我心裡七上八下，一直很擔心該工程案的經費會因此永遠被取消掉。

五月十七日（星期四）

武裝分子又回到阿爾─法德赫爾地區恐嚇無辜民眾。「伊圖」附近又發生零星槍戰。我提醒兩個警衛在臨時便道入口的檢查站執勤時，要記得把臉蒙起來。恐怖分子只要看到我們的警衛站在警察或國民衛隊附近，就會拿他們當攻擊目標。這兩個警衛答應我他們會把臉蒙好，並且記住不要接近阿爾—法德赫爾及阿爾—吉姆胡瑞亞區。

部長派三個人來我辦公室，這三個人送來部長的命令，要我任用他們爲本館員工。但是部長這麼做完全違反我的意願，因爲我一直想讓館內一批臨時雇員（於二〇〇五年年初到本館任職）成爲正式員工。我拒絕與這三人見面、談話，並命令他們回部長辦公室。我也馬上寄一份備忘錄給部長，並在信中聲明，在部長正式批准我的人事案之前，我是不會接受這三個人到本館工作的。我知道我這麼做一定會惹火我們的部長，之前已有幾次他對我固執的態度大表光火。他知道我不會改變我的人事任用制度，而這套制度是自我於二〇〇三年擔任「伊圖」館長以來便沿用至今。我覺得他一定會想盡辦法把我給開除，不然就把我調到一個不重要的職位。但不管他想怎麼做，都得先取得部長會議及總理的同意。

圖書館員工AM先生的房子上星期二被燒毀，他今天到辦公室找我，一臉哀傷、憤怒。他拿房子的照片給我看，整個房子燒得很嚴重，門及窗戶燒個精光，屋頂及牆也毀損得很厲害，所有家具、衣服及家電更是燒成灰燼。他拿照片給我看時，忍不住痛哭失聲。但是圖書館的急難救濟金已不夠，所以我決定寫一封備忘錄給文化部部長，希望文化部能給ＡＭ先生提供財務支援。但是依照過去的經驗，我不太確定部長會否願意對災民慷慨伸出援手。

早上十點，我去參加館員代表大會第二次定期會議。會中討論了幾項未決的議題，包括新進員工的任用及館員上下班交通運輸的問題。我告訴大家第一個問題至今未能解決，要怪我們的部長，第二個問題則要怪官僚。

五月中旬的巴格達居然下起大雨，眞是奇蹟，雨一下，暑氣馬上消了一大半。今天的天氣跟昨天比起來舒爽許多。現在大家幾乎都沒電可用，房裡熱得要命，所以下雨及溫和的天氣，可說是大受歡迎。

五月十八日（星期五）

今天早上我一直在看書，寫東西。中午時分，去見一位調查委員會的成員。我是該調查委員會的主席，這個調查委員會是由文化部部長成立，負責調查國家劇院擴建工程爲何至今仍未動工。現已發現有兩位局處首長要爲此工程的延宕負責。後來，我去了附近的網咖。

本館的每日安全報告指出，本館後方的阿爾─吉姆胡瑞亞大街晚上發生衝突，該起衝突事件持續了快兩個鐘頭（晚上七點五十到九點五十分）。

五月十九日（星期六）

今天我整天都在家看書，寫東西。下午，到了附近的美容院剪頭髮，美容院裡，大家在談起伊拉克的安全部隊及美軍在我們這一區逮捕了很多平民百姓。

攝氏四十二度

我們與所有巴格達市民一樣也跑到屋頂想吸點新鮮空氣，但是哪有什麼新鮮空氣？

五月二十日（星期日）

今天我帶我太太及兒子一起到圖書館，因爲她今天要到附近的醫學城醫院做產檢。之後，司機把我太太及兒子送到岳母家。

等了好幾個月，文化部部長終於同意讓本館主劇場的舊地毯換新，這筆費用將由本館的重建基金支付。美軍的阿帕契直升機在我們這一區製造很大的噪音。這些直升機就停在對面大樓的院子裡（國民衛隊第一步兵旅總部）。

我決定不接「全國文化委員會」主任這個職務，我向部長寫了一份備忘錄，請部長提名別人擔任此職。部長看到我這份備忘錄，一定很不高興。

一位《法新社》的記者來電，表示想爲「伊拉克國家圖書暨檔案館」的破壞及重建過程拍一部記錄片。

今天我與檔案室的主任開會，主要討論如何加速該部室日常業務，如資料登記、分類、翻譯、編目、拍攝微縮影片以及自動編排目錄等。

今天與資訊室討論用新的衛星網路系統，取代現有的電話網路系統的問題。現有的系統因爲我們這一區安全狀況惡化，再加上貪污問題，已處於停擺狀態。衛星網路系統比較安全可靠，但是費用比較高，速度也比較慢。最後，大家同意終止本館與「電信部」的合約，與新的網路服務業者——「電子通訊總理事會」（隸屬工業部）議訂新的合約。三年前義大利曾致贈本館一套完整的衛星網路系統（包括衛星天牒及接收器），這讓我們在架設這套新的衛星網路系統時，可省下一大筆經費。

館裡員工下班回家時，路上碰到一個詭雷爆炸。這些員工因爲司機拒絕載他們進入他們住的地區，害他們得頂著大太陽走好幾個小時的路才回得了家。

我們指派AA先生與「電子通訊總理事會」議訂新的衛星網路系統的合約內容。我打電話給電信部，告訴他們我們要終止現有的電話網路合約。電信部後來同意付我們一點補償金，因爲是他們未能依約提供網路服務。

資訊室（Courtesy of INLA）。

下午兩點五十五分，兩記巨大的爆炸聲震得我家公寓一陣搖晃，好像是發生迫擊砲攻擊事件。有一名狙擊手在我家這一帶射傷一名警察。狙擊手的攻擊是伊拉克政府與民眾所面臨另一個嚴重的治安大患。

下午一個朋友來電告訴我說，我被文化部提名爲伊拉克派駐「聯合國教科文組織」巴黎辦公室的四位候選人之一。聽到這個消息，我眞的很意外。看來我們部長背著我做了這項提名，他是不是想用比較文明的手段拔掉我這個眼中釘？

停電問題愈來愈嚴重。有些住宅區現在一天只有供電一小時，有些地區則是完全沒電。過去這兩個星期，我家這邊一天只供電六小時。

五月二十一日（星期一）

今天所有本館員工都收到這個月的薪水（現金），一切順利。

檔案室及書籍儲藏室的員工對圖書館遲遲不裝新冷氣，實在是非常光火。現在天氣眞的很熱，到六月初天氣會更熱。我跟他們解釋，我們申請新冷氣的公文部長一直還沒批，這份公文等部長簽名已經等好幾個星期了。

櫃檯的一位員工請了兩天假，她哥哥在一場炸彈攻擊事件中受了重傷。

在我的鼓勵之下，本館的臨時雇員送了一份簽名請願書給文化部部長，請部長同意讓他們轉爲正職。我希望用這個方法逼部長就範，我們的部長一直大談正義平等，現在，我就要看他怎麼做！

五月二十二日（星期二）

今天圖書館一直到早上十點半才恢復供電，一恢復供電，很多部室馬上就動了起來，員工也開始忙手邊的工作。

部長現在讓部內局處首長的財務權限從十萬第納爾增加到二十萬第納爾，我馬上幫館內一些圖書館及檔案室員工加薪五〇%。

DHL巴格達辦公室來電，通知我大英圖書館及幾所英國大學捐給「伊圖」的書已經抵達巴格達，我答應DHL明天會派人過去他們設在巴勒斯坦—美爾登飯店（Palestine-Meridian Hotel）的辦公室取這批贈書。

AA先生跟「電子通訊總理事會」議訂新的衛星網路系統合約內容。「電子通訊總理事會」表示他們願意降低年費，並免費爲本館安裝新的衛星網路系統。「電子通訊總理事會」詳細的列出所有網路服務及年費，AA先生也詢問「電子通訊總理事會」的技術人員有關經營本館官網的費用。

部署在阿爾—法德赫爾的狙擊手今天又開始在阿爾—沙德瑞亞及阿爾—奇法殺害無辜民眾，有兩人受重傷，其中一位傷患還傷到眼睛。

五月二十三日（星期三）

早上六點半，眾人還在睡夢中，一聲巨大的爆炸聲響徹我們這一帶。我在七點五十五分抵達辦公室。早上八點三十五分恢復供電，我聽到遠處傳來幾聲爆炸聲。

早上九點四十分左右，我派司機及三名員工到DHL設在巴勒斯坦—美爾登飯店的辦公室取書。其實我有點擔心他們的安危，因爲飯店及周圍的大樓一直是恐怖分子攻擊的目標。一小時後，大家帶回來十三箱贈書，這些贈書可塡補本館社會科學藏書的不足。

今天資訊室主任、AA先生及我一起選定符合本館日常需要的網路服務。財務室主任說我們有足夠的經費，可支付新網路系統的年費（二〇〇七年年中到二〇〇八年年中）。

有人在圖書館附近街上發現三名摔角選手的屍體，這三位摔角選手是遜尼派教徒，昨天被綁架，他們都住在以遜尼派教徒爲主的阿爾—阿札米亞區。很可能是某個極端什葉派團體綁架了這三名摔角選手，之後把他們給殺了。數十位伊拉克運動員，包括伊拉克奧委會主席阿哈曼德．阿爾．哈吉亞（Ahmed al Hijiya）

伊拉克奧委會主席阿哈曼德．阿爾．哈吉亞（Ahmed al Hijiya）還有其他三十名運動官員於二〇〇六年被綁架，後來部分人質獲釋但阿爾．哈吉亞和三位委員會成員至今仍下落不明。伊拉克政府和體育協會一直處於緊張狀態，伊拉克政府質疑奧委會的合法性，於今年（二〇〇八年）五月宣布決定解散本是自主獨立的伊拉克奧委會及其所屬的體育協會，並成立一個臨時委員會來接管奧委會的工作。

在內，都因遜尼派與什葉派這種社區暴力衝突而被殺或失蹤。被害者中包括很有名的教練、武術專家、拳擊手、足球隊員及俱樂部行政人員。

晚上，美軍及國民衛隊與遜尼派極端分子又在阿爾—法德赫爾展開作戰。

五月二十四日（星期四）

今天天氣炎熱，路上交通很塞，我及司機改了兩次路線好避開軍事檢查站。國民衛隊在本館附近區域重兵部署，到處都看得到他們的武裝車輛及巡邏車。不過依據過去經驗，這些安全措施無法改善巴布．阿爾—穆德罕地區的安全，遜尼派極端分子還是可以在任何時間進行恐怖攻擊。

今天舉行部室主管定期會議，我告訴與會主管，去年文化部是所有部會其總經費花在文化活動低於一%的兩個部會之一。我告訴大家，我很擔心今年本館會失去兩個重要工程案，共七十五億第納爾的預算：國家先烈圖書室及檔案史料室的工程預算。我在會中指出，文化部貪污風氣很盛，這些貪官污吏一直想阻止或最少拖延受損的文化機構的重建進度，他們想逼大家回到過去的伊拉克。至於懸而未決的交通運輸問題，我們最後投票決定，如果現在的運輸標案流標，我們將採購十一輛迷你巴士。雖然危險，但還是有很多員工志願擔任迷你巴士的司機。

因爲本館預算有限，所以我們今年最多只能買十一輛迷你巴士。也就是說，本館今年將有一半的預算要花在這十一輛迷你巴士上。如果這個做法成功（我希望可以成功），明年我們將再多買幾輛迷你巴士。這樣我們終於可以一勞永逸的解決交通運輸的問題。不過壞消息是在採購這十一輛迷你巴士之前，我們得先經過部長的批准。

有一位圖書館館員在部室主管定期會議舉行之前跑來找我，說希望我能批准她一個月有薪假。我問她原因，她告訴我她有心臟病，需要出國動心臟手術。大部分心臟專科醫生因爲害怕被綁架或被殺，都離開了伊拉克。也就是說，我們不只要面對政治、治安、缺電、缺水及經濟等危機，還要面對嚴重的醫療危機。伊拉克沒有足夠的醫藥及醫院，也沒有經驗豐富的醫生。有錢人才有辦法出國接受好的醫療服務。自從一九八〇年代「兩伊戰爭」爆發以來，窮人就得付出比其他人更高的醫療費用才有辦法看病。

晚上跟白天一樣熱，天空很快就布滿烏雲，天氣變得更糟，溫度超過攝氏四十二度。這兩天是有電可用，但是因爲缺水，我們沒辦法常常淋浴。我的那台發電機一天不能開超過四小時，因爲燃料有限，我得省著點用才行。黑市的燃料價格不斷飆漲，而我們「敬愛」的石油部長至今仍無法解決伊拉克的燃油危機。我們與所有巴格達市民一樣也跑到屋頂想吸點新鮮空氣，但是哪有什麼新鮮空氣？氣溫那麼高，天氣又濕熱，我兒子及太太根本睡不著，一直到清晨四點天氣稍微涼爽一點，他們才終於睡著。

本館每日安全報告指出，本館後方的阿爾─法德赫爾及阿爾─吉姆胡瑞亞大街發生零星槍戰。

五月二十五日（星期五）

今天清晨四點四十五分供電一小時。

早上，因爲一夜沒睡好，大家都累得要命，我連看書及寫東西的精神都沒有，今天天氣跟昨天一樣，又熱又濕。

晚上七點到八點，電來了一小時，電來的時候，大家都開心慶祝，簡直像在過聖誕節一樣！我家兩台冷氣要靠全國性供電才有辦法運轉，冷氣一開，整棟公寓涼爽了一個半小時。我趕快把筆記型電腦的電池充飽，一邊翻看我上星期完成的一篇二十頁的文章草稿。今天我只接到兩通電話，運氣不錯，平常每天我總是電話接個不停。

五月二十六日（星期六）

今天早上我大多在看書寫東西。下午與幾個朋友碰面，接著幫我太太向醫生預約門診。我得趕緊爲下星期到蘇萊曼尼亞出差（出發的時間已經有點延誤了）做準備，我打算與蘇萊曼尼亞的ZHEN研究機構負責人簽署一份文化合約，該合約的主要目的是協助本館及該機構交換出版品，共同舉辦文化活動。

本館每日安全報告指出，巴布．阿爾—穆德罕地區又爆發零星衝突及爆炸事件。

五月二十七日（星期日）

今天路上很塞，巴布．阿爾—穆德罕地區以及阿爾—法德赫爾大道及其他附近地區的治安狀況不太妙。到辦公室時，國民衛隊與遜尼派極端分子已經開戰，雙方不斷暴發零星武力衝突，之後愈演愈烈。

文化部秘書早上九點來電，通知我及其他局處首長下星期二早上到「綠區」去與副總統開會。我問秘書知不知道副總統要我們過去開會的原因，秘書說他不知道。我覺得副總統是想在即將來臨的內閣重組中，鞏固文化部部長的位子。我們的文化部部長不只是回教黨的成員，還是副總統的姪子！我決定不去開會，好避開這種宗教派系與政黨間的惡鬥。

早上十點，我們的女性社團「阿爾—菲爾多斯」開始選出新的管委會，選舉歷時兩小時，最後與會成員透過祕密投票選出十一位管委會成員，另有三人備取。子彈嗖嗖聲及爆炸聲也阻擋不了社團成員完成選舉的決心，選舉結果大家都很滿意，只有男員工們不大高興，他們很嫉妒女同事們有這樣的權利，有幾個男同事說他們也要組一個男性社團。

選舉一結束，就發生了遜尼派極端分子挾持一輛開往阿爾—法德赫爾區、擠滿乘客的小巴士，車上的司機及乘客都是什葉派教徒，後來遜尼派極端分子一個一個處決車上的乘客。國民衛隊曾試圖阻止這場屠殺行動，但卻不幸失敗。國民衛隊與遜尼派極端分子之間的武力衝突擴大到巴布．阿爾—穆德罕區，路人趕緊找地方躲起來。館內員工一直等到這場衝突結束才離開圖書館。有一名狙擊手在巴布．阿爾—穆德罕區狙殺民眾，有一名男子受了重傷。

下午同一個地區又爆發衝突，國民衛隊要求本館員工待在館內不要出去。這場衝突一直持續到晚上十一點才結束。

半夜十二點，沙塵暴侵襲巴格達，氣溫瞬時飆到最高。我及我太太、兒子跟大家一樣都熱到睡不著，一直到早上我都還醒著。

五月二十八日（星期一）

今天巴布．阿爾—穆德罕區及附近地區，尤其是阿爾—法德赫爾大道及阿爾—吉姆胡瑞亞大街的情勢非常緊張。清晨四點，遜尼派極端分子攻擊巴布．阿爾—穆德罕的警察局。

我一到辦公室，國民衛隊與遜尼派極端分子間衝突又起，而且愈演愈烈。大家在謠傳恐怖分子要攻擊所有通往巴布．阿爾—穆德罕區的道路。我打從心裡覺得大事不妙；於是我馬上下令所有館內員工盡快撤離圖書館，十分鐘後，大家都離開了，我確認所有人都平安回家之後才離開圖書館大樓。

我們眞的很幸運。當我們撤離圖書館約二十分鐘後，一枚自殺式炸彈在巴布．阿爾—穆德罕區內一家人聲鼎沸的餐廳爆開來，幾秒鐘後，同一家餐廳又有一枚炸彈爆炸。這起炸彈攻擊事件離我們的臨時便道很近，離本館也只有五十公尺。據報離本館北面只有三百公尺的一個清眞寺，也發生了一起炸彈攻擊事件。不消說，這幾起炸彈攻擊事件造成好幾十人死亡受傷。據本地消息人士指出，這兩起炸彈攻擊事件的起因，是由於昨天在國民衛隊與遜尼派極端分子間的武力衝突中，一位阿爾—法德赫爾區的蓋達組織總司令被殺，所引起的報復行動。

今天又是腥風血雨的一天。一枚威力強大的汽車炸彈炸得阿爾—奇法大街上下晃動，其攻擊目標是供奉遜尼教派聖者吉蘭尼的聖壇。此攻擊事件是由蓋達組織執行的，造成了一百二十多人死亡及輕重傷。

兩起炸彈攻擊事件發生之後，巴布·阿爾—穆德罕區、阿爾—法德赫爾大道及阿爾—吉姆胡瑞亞大街衝突再起，一直持續到下午三點。

五月二十九日（星期二）

早上七點修復室的ＭＳ小姐就打電話給我，她說她小弟昨天下午在阿爾—佳美樂區的汽車炸彈攻擊事件中受了重傷，她請我放她幾天假好照顧弟弟。早上八點十分，我到圖書館後就把ＭＳ小姐請假的事通知她的同事。

巴布·阿爾—穆德罕區的情勢還是很緊張。阿爾—法德赫爾大道及阿爾—吉姆胡瑞亞大街仍然不時傳來零星槍戰聲，大家都在傳遜尼派極端分子會繼續用炸彈攻擊巴布·阿爾—穆德罕區的什葉派教徒，好報復蓋達組織的總司令被殺之仇。

我決定與我的姪子一起前往蘇萊曼尼亞去處理一些事情。

五月三十日（星期三）

早上六點十分，我與姪子一起離開巴格達前往蘇萊曼尼亞，我要他開快一點好避開主幹道上大排長龍的車陣。今天天氣很好，氣溫也還算溫和（攝氏四十一度）——當然這是依我們的標準而言。

在路上我一直與辦公室的同事保持聯繫，館員告訴我今天情勢很平靜。

我們在下午一點半抵達蘇萊曼尼亞。晚上我姊姊從巴格達打電話給我們，說她家附近遭三枚迫擊砲轟擊，附近三棟房子被炸得慘兮兮，幸好沒人受傷，眞是奇蹟。

五月三十一日（星期四）

今天去見了一個朋友，還去拜訪ZHEN文化機構。該機構的館長之前有提說要幫我出版新書，我也同意了，所以這次我就把新書的草稿帶過來給館長。此外，我們還決定重新出版一份舊期刊，這份期刊最早是一次大戰被英國當局占領時期以庫爾德語出版的，「伊圖」是全伊拉克境內唯一找得到該期刊原始版本的機構，珍藏中我們只缺兩期。

雙方亦同意後天再碰一次面，好討論「伊圖」與ZHEN文化機構之間的合作案。中午我打電話回圖書館看看情況如何，館員告訴我今天情況還可以。

暴力衝突對「伊拉克國家圖書暨檔案館」員工所造成的傷亡統計 2007年5月	
類別	人數
員工因收到死亡威脅而被迫撤離家園（暫時或永久性）	2
員工個人財產嚴重受損（一棟房子全毀）	3
親人遭到殺害身亡（兄弟）	1
親人失蹤（兄弟）	1
親人被關（兒子、兄弟）	1

一個靈魂的誕生

我建議她找個好律師來追蹤先生的行蹤，否則她先生會平空消失不見。但是要僱一位有關係的律師，可要花不少錢。

六月一日（星期五）

今天我還在蘇萊曼尼亞，開始在這裡幫家人找房子，以便做緊急避難之處。

本館的每日安全報告指出，昨天半夜遜尼派極端分子用砲轟擊附近地區，公共工程暨市政部也遭波及。轟炸完後，國民衛隊與遜尼派極端分子又發生嚴重軍事衝突。一大早，什葉派激進分子則用迫擊砲轟炸阿爾—法德赫爾區。

六月二日（星期六）

太太打電話給我，說醫生囑咐她只要一覺得下腹疼痛，就要趕快到薩頓一家私人診所就診，她最晚一定得在下星期五之前進行剖腹手術。她說會等我回巴格達再去動手術。

今天有一群恐怖分子炸掉巴格達通往基爾庫克省一座重要橋樑，因爲這是巴格達到基爾庫克省唯一一座聯外橋樑，所以我只得被迫在蘇萊曼尼亞再待上兩天，我只希望伊拉克軍隊能趕快把這座橋給修好，不然也得趕快找到一條替代道路。

我通知辦公室因為橋被炸毀，所以要晚兩天才回去。辦公室同事告訴我今天情勢很平靜。

六月三日（星期日）

我一聽到巴布．阿爾—穆德罕區、阿爾—法德赫爾及阿爾—吉姆胡瑞亞大街發生嚴重武力衝突的消息，就馬上打電話給我的秘書烏姆．海森。她告訴我今天圖書館附近的安全狀況很糟，阿爾—法德赫爾大道被火箭砲及迫擊砲轟炸，許多民眾因此被殺或受傷，還有好幾棟老房子被炸毀。秘書平常是個很鎮定的人，但是她今天電話裡的聲音已經掩不住害怕的情緒。我要秘書通知副館長，只要有必要，就馬上讓館內員工撤離圖書館。

員工後來通知我圖書館附近安全狀況有比較穩定下來。

六月四日（星期一）

我一直跟辦公室通電話以掌握最新狀況。

我也打了好幾次電話給我太太，看看她及肚裡的孩子是否平安。

本館的每日安全報告指出，早上十一點，巴布．阿爾—穆德罕區有恐怖分子發動一起自殺式炸彈攻擊事件，這名恐怖分子是開一輛救護車執行這起自殺式攻擊行動的。幸好無人死亡或受傷，只有三輛車子嚴重受損，下午三點四十五分，同一個地點又發生另一起炸彈攻擊事件。

遜尼派極端分子從巴布．阿爾—穆德罕區劫持一輛迷你巴士，他們把這台迷你巴士劫持到他們在阿爾—法德赫爾大道的大本營，這群極端分子處決了七名乘客，後來國民衛隊攻進阿爾—法德赫爾大道，成功地救出其他乘客。

六月五日（星期二）

早上六點，我乘車離開平靜的蘇萊曼尼亞市。我們的車子在回巴格達的主幹道上被好幾十個軍警檢查站搜過了一次又一次。我看到了那座被炸毀的橋。橋的附近停了好幾百輛各式車輛，情況眞是一片混亂。一輛貨車翻覆擋在路上。大家都想走一條舊地下通道回巴格達。這條舊地下通道是英國人很久以前興建的，後來被軍方發現有這條路存在。我們在大太陽底下等了一個小時軍方才放行，讓我們走這條地下通道。

我們在早上十一點抵達巴格達，這趟路走得我筋疲力竭，累得我沒力氣回辦公室上班。一接近巴格達，就會感受到一股令人無法忍受的熱浪，巴格達的氣溫實在比蘇萊曼尼亞熱上好多度。

館裡員工告訴我，早上十一點零五分，一群正在執行巡邏任務的美國士兵進入圖書館大樓，副館長ＡＳＨ先生出面接待這群美軍。他們很客氣的問說他們能不能在「伊圖」設一兩個檢查站。副館長告訴這群美軍，如果他們想保護這一區的安全，可以在圖書館大樓外面設置軍事檢查站。之後這批美軍馬上就離開圖書館。晚上，巴布．阿爾─穆德罕區又傳出零星槍戰聲及火箭砲的爆炸聲。

今天伊拉克情治單位在搜索奧馬爾酋長工業區（離本館一公里）時，發現一家大型炸彈工廠，他們在這家大型炸彈工廠裡起出好幾百顆炸彈、火箭砲及火箭砲發射器。這家工廠裡的炸彈跟火箭砲可能會擊中我們圖書館。我相信奧馬爾酋長工業區內，應該還藏有其他炸彈工廠。

六月六日（星期二）

我一進辦公室就開始研究本館要與工業部簽訂的網路合約。這套新的網路系統一年年費大約是八千美金。新的網路系統很穩定。

我打電話給我姊姊，請她到我家陪我太太去診所。姊姊說她家附近被狙擊手團團包圍，誰要是出門就會死在狙擊手槍下，她們家附近好多鄰居都已成了狙擊手的槍下亡魂。

六月七日（星期四）

今天眞的是一波未平一波又起。昨晚我太太因爲下腹疼痛，整晚沒睡，連我兒子也沒睡好，我自己也是幾乎沒睡。這時我和太太都還不知道她的情況有多嚴重。

我姊姊過來了，她家那一帶最近的狙擊手非常猖獗，她爲了過來我家得先避開大馬路，走過好長一段空地，才能躲避狙擊手的攻擊。不久之後，姊姊跟我岳母還有我姪子夫婦便一起帶著我太太直接趕去阿爾—薩頓的診所，這家診所位於阿爾—薩頓街上的巴勒斯坦—美爾登飯店附近，從我家開車過去要二十五分鐘。

警衛開車送我去圖書館上班，一到辦公室就又碰到另一個棘手難題。持續的高溫已經開始嚴重影響我們微縮膠卷攝影器材及其他設備的功能。微縮複製室的主管要求我讓他們把器材搬到別處，不然他們部室的拍攝小組根本沒法做事。在問過其他員工的意見後，我決定挪動幾個部室及單位的辦公位置。微縮膠卷攝影器材先挪到檔案分類及編目室去，因爲那裡有空調。英文史料室則搬到人事室去，然後人事室再搬到二樓去，先暫時待在資訊室；而會議室則暫時拿來做資訊室的訓練教室。如果還想繼續把檔案文件拍成微縮膠卷，就一定得這麼調動。雖然我費了好大的功夫向大家解釋，但還是有些員工不大高興。

今天工程公司開始修建本館受損的圍牆，爲了安全起見，修建後的圍牆會比原來的圍牆高出一公尺。這家工程公司會一併把本館所有破損的窗戶也修好，整個修建作業預計要進行一個月。

館裡一位技術最好、做事認眞的技師帶著他兩個兒子來找我，他說當地的什葉派軍閥命令他及他兩個兒子加入「馬赫迪軍」，否則他們就得滾出他們現在的房子。這位技師是遜尼派教徒，他問我能不能讓他兩個兒子今晚待在圖書館。我說沒問題，他兩個兒子可以待在警衛室，想待多久都可以。

中午十二點我姪子打電話過來，說我太太還在排隊等著做手術，他們從早上八點半一直等到現在。

一名警衛到辦公室來找我，他說本館所有警衛都收到遜尼派極端分子的死亡

微縮複製室，館員正把資料拍攝成微縮膠卷（Courtesy of INLA）。

威脅，這些遜尼派極端分子在阿爾—法德赫爾大道很是猖獗。他們指控本館警衛都是「馬赫迪軍」，但這根本就是無的放矢。本館警衛有遜尼派教徒、什葉派教徒、阿拉伯人及庫爾德族人，他們從來沒有涉入任何衝突事件，我一直提醒館裡警衛不管是進來或離開圖書館，一定要記得避開阿爾—法德赫爾大道及阿爾—吉姆胡瑞亞大街。

我打給我姪子問及太太的情況，他說我太太還在等著動手術。

中午十二點半，忙完手邊所有公文之後，我決定到醫院一趟。今天天氣酷熱，我這輛大宇汽車的冷氣已經熱到失靈，坐在車裡，眞的是揮汗如雨。我大概在一點十五分抵達醫院，這時我太太還在等著動手術，但手術前我不能過去看她。五分鐘後，醫院通知我太太送進手術室了。一點三十五分，我第二個孩子出生了，是個小女孩。下午兩點我太太送回病房，當時我與姊姊、岳母都焦急的在病房等候。半小時後，醫生過來病房，她說之前我太太及我女兒的情況眞的很危急，因爲我太太第一次剖腹手術的縫線綻開了，還好兩人最後平安無事。我太太也是太過大意，沒有認眞地遵照醫生的指示，差點釀成大禍。我女兒出生時體重四公斤，身體健康，我給她取名哈娜絲（Hanas），這是庫爾德語「靈魂」的意思。

「馬赫迪軍」（Mehdi Army）是忠於激進什葉派教士薩德爾的民兵組織成員，他們主要是為了保衛伊拉克的聖城納賈夫（Najaf），以及其他什葉派聚居地區。馬赫迪軍的成員人數從二〇〇三年成立時的數千名，到二〇〇六年已經增加至六萬多名，成員以生活貧苦的青年為主。

親戚朋友都跑來醫院探望我太太及哈娜絲。

明天要實施戒嚴，所以我得在上午十一點前到醫院辦好出院手續，讓我太太出院。明天戒嚴的時間是從上午十一點到下午三點，共四小時。

舊的發電機已經壞掉了，我要我姪子去幫忙買一台新的發電機，這樣我太太和女兒回家時才有電可用。下午四點四十分我從醫院回家，我太太、兒子、小女兒及我姊姊、岳母則待在醫院過夜，但是沒人睡得著。我太太是傷口痛到睡不著，我兒子則是沒有爸爸媽媽抱抱睡不著。

我一回到家，親戚朋友就開始電話不斷，大家都是打電話來恭賀我喜獲麟兒。

半夜我快上床睡覺前，居然看到客廳的門映照出火苗，原來是冷氣機起火燃燒，我趕緊把火撲滅，但整個房子已經布滿濃煙。我趕緊打開所有門窗，讓這股難聞的燒焦味散去。還好我是在上床睡覺前看到火苗，不然的話，整棟公寓就要燒掉了，幸好損失不大。最後我是筋疲力竭的睡著了。

本館的每日安全報告指出，晚上巴布．阿爾—穆德罕區有零星駁火衝突。

六月八日（星期五）

早上九點，我和我姪子一起開車過去醫院接我太太及兩個孩子出院。我們在十一點回到家裡，之後我一直待在家。

六月九日（星期六）

早上十點，我跟姪子一起開車去醫院辦哈娜絲的出生證明。

早上十一點五十分，我到附近的網咖看電郵。才剛要過大馬路，一記巨大爆炸聲撼動我們這一區，原來是我家這條路被人施放一枚炸彈（離我家只有兩百公尺）。我馬上接到太太的電話，她很擔心我的安全，我告訴她我沒事，炸彈是炸在馬路另一頭。

好多親戚朋友過來家裡，恭喜我和太太有了第二個孩子。

六月十日（星期日）

今天路上很塞，花了一點時間才到圖書館。

我與公關室的員工開了一個小時的會，會中我們討論如何提升館內員工的文化活動，我答應爲該部室添一台全新的電腦、一台影印機、一台電視機還有衛星系統。本館企劃室的統計資料顯示，不斷惡化的治安環境已迫使本館十一位員工提早退休，我相信新的年金法正式施行之後，會有更多人跟進。

六月十一日（星期一）

今天上班時間都沒電，天氣這麼熱，大家眞的是揮汗工作。伊拉克人大多脾氣暴躁，實在是天氣燥熱再加上長期政治不穩定，社會又暴力橫行所致。

今天我與工程公司的經理碰面，他帶了十四台各種不同尺寸的冷氣機過來，之前我有先給他們一份清單，上面列出哪些部室要裝冷氣機。這個經理說他們公司已經標到本館「國家先烈圖書室」的工程案，只要所有文書作業一完成，他們就開始動工。這眞的是大消息，拖了七年，我們的「國家先烈圖書室」工程案終於要動工了。

看過推薦函後，我決定解散特別委員會，這個特別委員會主要的功能，是訂定復職員工的職級與薪資，這些員工之前都是因爲政治因素而被解僱或被迫離職。我們將成立一個新的委員會，該委員會成員將在明天第一次開會。

早上十點半，我在辦公室接見一位非常有名的伊拉克學者，他三年前就失明了，他的文化見解是屬於傳統派的觀點。這位學者希望在美術總理事會爲自己的作品舉辦一場特別書展，他希望從我們的館藏借出他的作品，我說當然沒問題，他也可以在本館舉行另一場個人書展。他接受我的建議，還說希望與部長見個面，請文化部資助他出版他下一本書。我有試著幫他安排這場會面，但沒有成功。

本館的每日安全報告指出，一群武裝分子在附近大樓綁架了一位民眾，駐伊聯軍在事件發生後已在此區部署軍隊。

六月十二日（星期二）

美軍的阿帕契直升機一直在我家這一帶低空盤旋，吵得我們一夜難眠，這些直升機不只製造噪音，還製造空氣污染。昨晚實在是又濕又熱。

早上八點十五分我抵達辦公室。八點半左右恢復供電，電力部的技師終於把毀損的電路修好了。我後來得知，有兩名巴布·阿爾—穆德罕區電力輸送站的技師在本館附近一起炸彈攻擊中不幸喪生。本館技師與這兩位過世的技師工作往來相當密切。

我和MO先生談到他兒子被關的事，MO先生說他現在只知道他兒子被關在內政部的地下室。

下午一點，我去監督特別委員會開會的情形，最後我們花了一個半小時的時間訂出復職員工的職級與薪資。

離開圖書館前，財務室的ＳＵ小姐跑過來找我。她說她先生被內政部的特別安全小組逮捕，她不知如何是好。我建議她找個好律師來追蹤先生的行蹤，否則她先生會平空消失不見。但是要僱一位有關係的律師，可要花不少錢。

「伊拉克國家圖書暨檔案館」的訪客人數統計

月份	人數
三月	296
四月	381
五月	354

宣禮塔被炸

伊拉克政府決定延長戒嚴的時間，大家都很失望。現在食物價格飆漲，大部分商店及市場隨即都被迫關門，一實施戒嚴，有錢人會更有錢，窮人則變得愈窮。

六月十三日（星期三）

美軍的阿帕契直升機又在我家這一帶低空盤旋，吵得我們一夜難眠。

到圖書館後，我決定到附近的清眞寺走一趟。我懷疑附近清眞寺的伊瑪目私接我們圖書館的電話線，我找圖書館的電話技師跟一名警衛陪我一起過去。伊瑪目不在清眞寺，我告訴一位跟家人住在清眞寺裡的年輕人我們的來意：我們需要檢查我們的電話線爲什麼不通。結果眞的如我所料，我們圖書館的電話線給拉到清眞寺屋頂，我還發現伊瑪目把一支話機接到我們的線路上。看來敬畏上帝的伊瑪目已經靠圖書館的電話線路打了好幾個月的免費電話！最後，我請這名年輕人幫我留話給伊瑪目……

我趁機好好的欣賞這座美麗的清眞寺，這座清眞寺還沒完全翻修好，美麗的

伊瑪目為伊斯蘭教宗教領袖或學者的尊稱。

清眞寺已被人們完全遺棄。以前，遜尼派教徒每天都會到清眞寺祈禱。現在巴布．阿爾—穆德罕地區及其附近地區因爲宗教派系的暴力衝突，使得遜尼派教徒及什葉派教徒的清眞寺成爲極端分子的主要攻擊目標。離開清眞寺後，我去視察「伊圖」圍牆的修建進度。館裡的警衛很擔心圍牆不趕快修好，會影響本館的安全。我碰到工程公司的經理，我要他加快修建工程的進度，我向他解釋：武裝分子可以輕易地越過傾倒的圍牆闖進圖書館。這位經理答應我會盡快趕工。

之後，我與文化部負責空調工程的工程師碰面。我們一邊巡視「伊圖」，一邊討論冷氣裝設的問題。後來我們決定修改原來的空調規劃，以符合現有需求。

十一點四十分，我與公關室主任正談事情時，行政室主任突然衝進我辦公室，他小聲地告訴我：有一群恐怖分子炸掉薩馬拉區內的聖阿爾．阿斯卡里清眞寺的兩個宣禮塔，這座清眞寺是兩位傑出什葉派伊瑪目的安息之處，去年也曾遭到攻擊。這座清眞寺去年第一次遭攻擊之後，引發非常嚴重的暴力衝突。好幾百位無辜的遜尼派教徒及什葉派教徒慘遭殺害，數十座清眞寺不幸被攻擊、燒毀，好幾千個家庭被趕出家門，流離失所。依過去的經驗，我決定馬上關閉「伊圖」，並要求館內所有員工盡快撤離。十二點左右，本館完全淨空。我提醒遜尼派員工回家時記得避開什葉派教徒的社區。我會等到情況確實恢復「正常」後，再重新開放本館。未經證實的消息指出，阿爾—薩德爾市的什葉派居民已上街抗議這波對清眞寺的攻擊行動，美軍及坦克車也已進入阿爾—薩德爾市執行軍事行動。短短不到一天的時間，巴格達的情勢一觸即發。

不久，伊拉克政府決定從今晚六點開始實施無限期戒嚴。這是正確的決定，我眞的希望不要再發生任何流血衝突。

下午我去看一位朋友，他就住我家前面不遠處。出門時街上空無一人，巴格達似乎已變成一座被人遺棄與遺忘的城市——至少沒有聽到汽車炸彈或迫擊砲爆炸的聲音。

本館的每日安全報告指出，國民衛隊及安全警察已部署在巴布·阿爾—穆德罕區，並傳來零星的槍戰聲。晚上七點半，什葉派極端分子以迫擊砲轟擊阿爾—法德赫爾大道。

六月十四日（星期四）

今天仍然繼續戒嚴，街上空蕩無人，大家都待在家裡。我原想趁機在家看看書，寫寫東西，不過自從小女兒哈娜絲出生後，我就沒辦法這麼做了。我及我太太開始適應照顧兩個小孩的生活，但眞的很辛苦，因爲我們這個漫長的夏季天氣這麼熱，又缺水、缺電、缺燃料，還好有我姊姊跟岳母在一旁協助，減輕不少負擔。

下午兩點，我們這一帶發射迫擊砲攻擊，不知道是哪個團體發動這波攻擊，也不知是哪一區遭殃。

到了晚上，美軍的阿帕契直升機又在我家這一帶低空盤旋。

本館的每日安全報告指出，巴布．阿爾—穆德罕一帶情勢吃緊，不過並未發生暴力衝突或轟炸。

六月十五日（星期五）

伊拉克政府決定延長戒嚴的時間，大家都很失望。現在食物價格飆漲，大部分商店及市場隨即都被迫關門，一實施戒嚴，有錢人會更有錢，窮人則變得愈窮。中午十二點我出門去買一點麵包，還好麵包店有開，不過網咖沒開門營業。

晚上美軍的阿帕契直升機又在我家這一帶低空盤旋（他們到底想幹嘛？只有天知道）。除了直升機的噪音外，還有幾響爆炸聲擾亂了夜晚的寧靜。

已有消息證實，那兩個宣禮塔被破壞後，有不少遜尼派教徒的清眞寺遭什葉派極端分子攻擊，幸好，無人傷亡。

六月十六日（星期六）

今天還是戒嚴，原本以爲不管發生什麼事，我們都不會覺得意外了，結果還是發生了意想不到的事情。半夜兩點，有歹徒放火燒掉一台大型發電機及好幾桶汽油。沒多久，整條人行道及馬路上的柏油便噼嚦啪啦地燒起熊熊烈燄，火苗竄升到空中，濃煙布滿附近的房子。這台發電機及汽油桶就放在我家公寓正對面（離我們睡覺的地方只有二十公尺遠）。這場大火危及我們一家人及附近鄰居的生命。我趕快抱著我兒子，我太太則是抱著女兒，一路衝下樓梯。我把所有門窗都關緊，因爲屋外熱氣逼人。幸好這場火災燒了半小時後，消防隊員趕過來滅火，五分鐘後火勢終於撲滅，這場火災災情相當嚴重。

六月十七日（星期日）

今天情勢平靜，連一聲槍聲都沒有，但是天氣很熱。早上八點到十點，本館沒電可用，據說電力部的技師已在附近的配電站進行搶修作業。今天有好幾個部室主管沒辦法過來上班，所以我宣布館員代表大會延期舉行。

駐伊拉克聯軍的發言人表示，伊拉克部隊直接掌控的地區只占巴格達的四〇%，我認爲他講的一點都不誇張。遜尼派極端分子及復興社會黨掌控了好幾個重要區域，如阿爾—阿米瑞亞、阿爾—佳瑪以及阿爾—卡德拉，而什葉派軍閥則控制了阿爾—巴亞阿、夏阿布及阿爾—阿曼爾等區。

六月十八日（星期一）

今天又是平靜的一天。我已經連續兩天沒在巴布．阿爾—穆德罕聽到一聲槍響，眞令人難以相信自己的耳朵。上空沒有美軍直升機在盤旋飛舞，附近高樓也沒有狙擊手對無辜路人瘋狂掃射，這眞的是奇蹟。又是酷熱的一天。

早上八點十分，我去視察圍牆修建的進度。一切順利，我要求工程公司在新的後門旁邊蓋一個小「出／入口」，以備緊急情況時使用。

大家一直抱怨缺電缺油缺得太厲害了，現在連黑市也買不到汽油了，這眞是我們的石油部部長另一個讓人引以爲傲的成就！

我與期刊室主任以及兩名技師討論到期刊室添購家具的問題，我建議他們不要買現成的桌子和櫃子，應該去找本地的家具公司，請他們依照我們提供的規格幫我們訂製家具。大家也覺得這個意見不錯，於是便委由一位技師與本地家具公司聯絡，請他們提供相關報價。

我收到警衛室主任的一份備忘錄，警衛室主任在備忘錄中提到本館十一名警衛在戒嚴期間四天內都在本館留守，我馬上決定發獎金給這十一名警衛。

早上十一點舉行部室主管會議，會中討論許多議題，我們同意減少官僚作業，提高生產力，加強部室間的合作，增加圖書館學、檔案管理及資訊方面的訓練課程。我告訴與會的主管，我們今年及明年的計畫能否實現，端賴總理如何進行這一次的內閣改組，如果總理願意選幾位能幹的技匠官僚擔任部長，那「伊圖」就會跟著受惠。

六月十九日（星期二）

今天交通很順暢，我們花了七分鐘就抵達圖書館，嚴重的汽油危機逼得很多人放棄開車，改搭大眾運輸工具。黑市還是買不到汽油，有朋友給我二十公升的汽油——這實在是一份很好的禮物，我得省著點用，家裡開發電機時才用。

我們今天開創了歷史新頁，新的伊拉克網站（www.linksnut.com）取得第一個合法帳號。我們計畫要求所有伊拉克網站自願加入我們的行列，一起呼籲修改舊法，這樣「伊圖」就可以核發序號給伊拉克境內的網站。對於這個做法，法定送存部的主管還是有所遲疑，他覺得我的做法太躁進，但是我認爲我們應該帶頭做給大家看，而不是坐等無能的官僚爲我們做決定。

今天我與檔案檢查室的員工一起開會，討論如何強迫所有伊拉克部會及其他國營單位與機構與我們的檢查人員合作，提供相關文件及記錄。檔案檢查室主任提到他自己與檢查小組去檢查伊拉克各部會，以及其他國營單位與機構的檔案資料所遇到的種種困難。其中財政部、內政部、石油部、健康部、水資源部、中央銀行、金檢局、高等法院等態度都相當配合；但是國防部、教育部、規劃部、青年暨運動部、農業部、人權部（！）、商業部及文化部（！）等，都拒絕和我們的檢查人員合作。我們還在等婦女事務部、社工部、電信部、電力部、環境部以及工業部等成立自己的檔案委員會，並邀請本館的代表參加他們的會議。其他的部會，如高等教育部、交通部、觀光暨古物古蹟部、科學暨科技部、入出境及移民部等，則還需要進一步加強與本館檢查人員間的配合。我打算寫一封詳細的備忘錄透過文化部轉交給總理辦公室，讓他了解各部會及其他國營單位與機構有否依照伊拉克檔案法規與本館合作，提供相關文件及記錄。如果總理不採取行動，我就會訴諸媒體。

理論上人權部應該會把保護文件及記錄視爲其基本要務，但該部會卻拒絕回覆我們的信函與備忘錄。我曾在二〇〇五年拜會過人權部，仔細的向他們說明保護國家史料與記錄的重要性，而且「伊圖」也願意和他們簽署雙邊的合作協定，以保護海珊政權時代的檔案。但是人權部部長根本就把我的話當耳邊風。不幸的是，我們的政府之前還派這群無能又不負責的官員到德國考察德國聯邦政府在東西德統一之後，如何處理東德祕密檔案的問題。但是他們從德國回巴格達這兩年來，啥事也沒做。新的人權部部長比前任部長更惡劣。我真的搞不懂，怎麼會有人去接受自己根本無法勝任的職務？最糟糕的是這些高官們離職後，還是繼續享有特權及高薪。我們的政治領導人最喜歡拿部長職位來酬庸自己死忠的支持者。

最後，我指示這些檢查人員直接聯絡聯邦高等法院、全國情報部、公共廉政委員會、上訴法院、巴格達市政府、伊拉克中研院，基督教暨其他宗教部，以及智慧館（bait al-Hikmah）。我們需要發起一項全國性的運動，讓所有高階及低階公務人員了解這些代表著伊拉克歷史記憶的文件與記錄所具有的多重意義。

一群館裡的員工寫了一封備忘錄給我，我看了之後又氣又失望。他們說某人自稱認識工業銀行的人，他告訴館裡二十一位圖書館館員跟檔案管理員，要每個人先付給他十萬第納爾，否則沒辦法向工業銀行貸款。這個人說他會跟工銀的經理分這筆錢，經理拿八〇%，他分二〇%。拿到這筆錢之後，現在這個人失蹤了。我馬上把這二十一個員工找來訓話，我罵他們怎麼這麼天真，而且他們的行爲已經觸犯法令及回教戒律。我問他們爲什麼願意付錢給一個自己不認識的人，他們說他們眞的很需要這筆貸款去應急（醫療費、修理遭破壞的房子、買家電及衣物等）。知道所有細節後，我決定到工銀拜訪這位經理，我叫一名會計與這位經理約好今天下午一點以後過去拜訪他。財務室主任一聽我要過去工銀，馬上臉色一沉，他說工銀位於危險的阿爾—辛納克區（阿爾—科蘭尼繞道附近），這幾個月這一區來一直飽受汽車炸彈及自殺式攻擊。最後我聽從員工的建議，取消這個約會。後來我一回到家，國家電視台新聞就報導阿爾—科蘭尼附近發生一起威力巨大的汽車爆炸事件，有超過兩百五十位民眾死亡受傷。一部分的阿爾—科蘭尼清眞寺也受到毀損。這座清眞寺離阿爾—奇拉尼清眞寺只有兩百公尺，後者上個月才被汽車炸彈攻擊過。阿爾—科蘭尼是供奉一位什葉派聖者的聖壇，奇拉尼則是供奉一位遜尼派聖者的聖壇，這兩起攻擊事件都是遜尼派極端分子所爲，後者與蓋達組織關係相當密切。他們在第一次攻擊事件中用了一噸炸藥，第二次則用了半噸炸藥。

本館的每日安全報告指出，半夜阿爾—法德赫爾區遭迫擊砲轟擊，受損狀況不明。

部長失蹤了

部長到底藏身何處，現在眾說紛紜，有消息說部長現在躲在副總統在「綠區」的官邸，又有消息指出美國人把他偷偷送去土耳其。

六月二十日（星期三）

早上八點二十分，巴布．阿爾—穆德罕繞道一枚炸彈爆炸，平靜的蜜月期終於嘎然而止。這起爆炸事件造成許多無辜民眾不幸身亡受傷。不久，一股黑煙遮蔽了天空，但館內大部分員工頭連抬都不抬，照常忙著手邊的工作。以前大家一談起炸彈爆炸等都會口沫橫飛說個不停，而且還外帶免費最佳政治分析。現在，大家頂多聊個兩三句，有些人則是絕口不談。我發現我們伊拉克人，可能是地球人類中唯一在碰到炸彈爆炸時不會低下頭或用手摀住耳朵的，就連直升機低空飛過，大多數人也不會抬頭張望。

大爆炸發生時，我正在辦公室批閱公文。雖然大部分要進來本館的車子都會行經巴布．阿爾—穆德罕繞道，幸好在這次爆炸事件中館內員工無人受傷。

早上九點半，CNN的採訪小組抵達「伊圖」，這個採訪小組有兩名攝影師，一名記者再加一位助理。攝影師們拍攝了檔案室及圖書館，還有史料室及主閱覽室。他們訪問不少館內員工，也問了我不少問題：「伊圖」及館內同仁每天所面對的挑戰，我們的努力讓大學生及學者有圖書館可用，以及我們對未來的期許。CNN的採訪小組在下午一點離開。

六月二十二日（星期四）

一大早，迫擊砲擊中巴布．阿爾—穆德罕地區。沒人知道這次爆炸事件造成多少人員傷亡及財務損失。

「伊圖」今天的供電時間只有兩小時，整個圖書館裡又濕又熱。早上八點半，財務部開始發薪水給館內員工。我與工業部簽了一份新的合約，希望工業部能透過衛星系統提供本館二十四小時的網路服務。合約期限爲十個月，如果網路品質不錯，我們再續約。

早上九點十分，司機載著我及一名警衛到CNN的辦公室。CNN的巴格達辦公室離外交部及「綠區」很近，所以一路上交通很塞，國民衛隊在巴布．阿爾—穆德罕大橋兩端設有檢查站，造成了不少的混亂，我們花了四十分鐘才抵達目的地。

格拉妮（Hala Gorani）女士向我進行了一個二十五分鐘的訪問，我在十一點十分離開CNN，回到「伊圖」。我回來時，圖書館沒電。館內所有員工都已領到薪水。

我回到家一小時後，兩枚炸彈爆炸，震得我家公寓一陣搖晃，可見爆炸地點離我家不遠。

六月二十二日（星期五）

整個早上我都在家，一邊幫太太的忙，一邊看看書、寫寫東西。

經過幾個月的搜尋，我終於幫家人找到一所合適的住處。這棟房子有一個客廳，三個房間，兩套浴室及一個小花園。房子得大肆整修一番，包括水電、裝潢及打掃等都完成後，才有辦法住人。伊拉克的房東是不負責整修房子的，房客租了房子後，得靠自己去整修才成。

六月二十三日（星期六）

我僱了三個工人幫我整修房子，整天我都跟著這群工人一起整理房子。

六月二十四日（星期日）

今天一早上班就諸事不順。「伊圖」供電時間只有一個半小時。

文化部派了一位技師過來幫我們修理發電機，這位技師只想修理，不願意換新的零件（比如換馬達），這個做法我是不贊成的。他還說我們得先取得部長批准，然後再請當地工程公司報價，之後我們才可以修發電機。雖然這整個過程得花好幾個星期的時間，不過我們還是決定更換新的零件。若按照技師的建議，我們得浪費三萬九千第納爾來修發電機。

安全室主任告訴我，他的助理SL女士的車子遭狙擊手開槍攻擊，當時她正坐著家裡的車子行經阿爾—阿札米亞區。結果車子的擋風玻璃被射破，她身上有幾個地方受傷，後來她被送到附近醫院治療傷口。

英文史料室的MH小姐也打電話通知她的同事，說她因爲她弟弟被子彈射傷，今天得請假一天。SL女士及MH小姐都住在阿爾—阿札米亞區。

過世的阿里的姊姊今天到辦公室找我。她說文化部的官員拒絕發給她烈士撫恤金（大約爲三百萬第納爾）。雖然政府有爲所有部會設一個特別基金來援助因公殉難人員的遺族，但是我們的文化部部長卻下令所有局處首長得從各單位的預算去支付這筆烈士撫恤金。大家在傳，部長把文化部所有烈士撫恤金都花在「永無止境」的出國考察上！部長這種不負責任的態度，會讓本館三位因公殉職同仁的家人領不到這筆烈士撫恤金。他們已經等這筆錢等了好幾個月了。我向這些遺眷保證，如果部長堅持不肯從特別基金撥撫恤金下來，我會採取所有手段（合法或非法），在今年年底之前，從我們的預算裡撥出這筆撫恤金。十分遺憾的，眼前我所能做的也只有如此了。

中午十二點四十五分，我要所有員工撤離「伊圖」。離開時，我們看到內政部的特種部隊居然在巴布．阿爾—穆德罕地區開火，原因是他們想盡快通過本區。但路上人車很多，所以他們就開槍示警，路上行人嚇得快跑，以爲是遜尼派極端分子與國民衛隊及美軍之間又爆發嚴重衝突。還好，沒人受傷。

在巴格達經常可看到一個景象：高官或高階將領的前導車隊爲了開道，居然開槍驅散路人及車輛。我們每天都會碰到由於這種不負責任的行爲，製造出的許多混亂場面。

今天我通知文化部，本館將不派人參加下週三在阿爾及利亞舉行的伊拉克文化週。對於部長自作主張選了一些資格不符、漫不經心的低階官僚代表文化部出席這場活動，我向文化部表達嚴重抗議。文化部領軍參加這場活動的官員居然是學觀光出身的，對文化什麼都不懂。部長已經把所有民主機制拋到一邊，他個人獨攬大權，從不詢問其他局處首長的意見，弄了一堆貪腐短視的顧問圍在他身邊，這些人根本就對文化一竅不通。

文化部副部長在接受一份什葉派報紙（*al-A'alam*）專訪中指出，他的權力已完全被部長架空。雖然總理認爲文化部部長剝奪副部長權力的做法是違法，但是屬於遜尼派政客的文化部部長拒絕執行總理的決定，導致文化部副部長至今完全被架空。副部長還批評部長種種惡劣行徑，並指責部長要爲文化部眾多計畫亂無章法，執行失敗，負起最大責任。老實說，我認爲「伊圖」是文化部轄下單位中唯一還在正常運作的機構。

六月二十五日（星期一）

今天情勢還算平靜。

一記巨大的爆炸聲震動整棟圖書館，大家都不知道爆炸地點。後來才知道是恐怖分子在有名的曼蘇爾．米莉亞飯店（離「伊圖」兩公里）進行自殺式炸彈攻擊，這次的炸彈攻擊造成許多民眾死亡，其中包括幾名記者、席克族人及官員在內。

文化部的技師告訴我說因爲經費不足，沒辦法幫我們換新的發電機零件，在唯一的選擇下，我只好同意只修不換新的。

文化部的官員來電，要我提名本館一位同仁加入伊拉克代表團去參加下週三在阿爾及利亞舉行的伊拉克文化週。我再次拒絕這項要求。

本館的館員代表大會今早十一點開會，與會代表沒有特別邀我出席。他們想先自行討論並做出決議後，再告訴我結果。對此，我個人深表欣慰，因爲這代表民主已開始在本館紮根。與會代表討論如何提升員工福利，研究是否要設一個合作社讓館內同仁可以直接與批發商採購產品或服務。會中也討論如何增加各類訓練課程等。會後，大會送來一份備忘錄列出與會成員想進一步討論的幾個議題。

本館的每日安全報告指出，下午四點有不明人士在巴布．阿爾—穆德罕地區朝民眾開槍掃射。國民衛隊及警察巡邏隊馬上反擊。下午五點，美軍的巡邏隊在本館附近地區挨家挨戶的搜查。

六月二十六日（星期二）

今天又是炎熱的一天，一早到圖書館時電還沒來。八點三十五分電來了，不久，大家便從走廊消失直接回自己辦公室。九點，所有人都已忙著手邊的工作。

文化部又有一個官員打電話給我，要我重新考慮是否派員加入伊拉克代表團去參加阿爾及利亞舉行的伊拉克文化週。我告訴對方基於原則理由，我已經決定不派員參加，我絕不會讓「伊圖」的同仁去參加一個會在海外傷害伊拉克國家形象的活動。我的秘書烏姆．海森對我堅持不參加的這個決定，深感不解。

九點三十分，我獲邀出席館員代表大會，這個會開了四十分鐘，我在會中答覆所有問題，也跟大家一起討論議題。以下是會中做出的幾項決議：一、館員代表大會與「阿爾—菲爾多斯」女性社團應加強合作，建立一個合作平台；二、增加並提升館內的訓練課程；三、本館將繼續改善員工福利，尤其要加強對急難者的救助。最後，我感謝與會代表的邀請，以及上次開會的時候並不需要我的出席，我希望部室主管會議也能效法。

一開完會，SL女士就跑來告訴我她昨天被狙擊手攻擊的既驚險、又幸運的過程。我發現她臉上有幾道小傷口，她的右眼受了傷，痛到幾乎看不見。她說事發當時她先生在開車，她坐在司機旁邊的前座座位，狙擊手的子彈射破他先生車子的擋風玻璃，玻璃碎片跑到她眼睛裡，孩子就坐在後座。

今天我們的文化部部長出包了。一份什葉派報紙（*al-Baiynah*）在報紙頭版刊出一份部長公文函，該公文指部長派自己八名私人保鑣出席在庫爾德斯坦首府伊爾比爾舉行的阿爾—瑪達文化週活動，但文化部的局處首長只有兩人出席此活動！報紙還漏掉一個消息：其實這幾名保鑣根本沒去參加文化週的會議！沒人知道這些保鑣的下落，但是部長卻用部裡少得可憐的預算支付這些保鑣的旅費。

幾家伊拉克電視頻道的新聞指出，文化部四名保鑣現在被關在法院，法院並已開出傳票逮捕我們的部長，其被指控主謀殺害國會議員兼烏瑪黨（al-Ummah）黨魁沙比特．阿爾—阿洛希先生（Thabit al-Alosi）的兩個兒子。阿爾—阿洛希先生是個自由派政客，向來大力反對復興社會黨及基本教義派團體的作爲。

部長到底藏身何處，現在眾說紛紜，有消息說部長現在躲在副總統在「綠區」的官邸，又有消息指出美國人把他偷偷送去土耳其。但美軍馬上發表聲明，表示美國絕不會介入此事，因爲這是干涉伊拉克的內政。晚上八點，有幾家伊拉克電視頻道宣稱伊拉克警方已逮捕文化部部長。好多朋友及員工都打電話告訴我這件事，大家都說這對文化部及整個伊拉克來說是個好消息！

法院發出傳票逮捕文化部部長絕對是個大醜聞，這將對伊拉克現有的政治局勢及文化部內部產生深遠影響。我希望這是文化部剷除內部貪腐一個新開始。部長知道部裡一位貪腐的局處首長在二○○三年四月前就已坐過牢，這位首長因盜用公款被判刑。三個星期前，公共廉政委員會發了一份正式備忘錄給部長，要求部長採取必要手段開除這位貪污的首長，但部長理都不理，他還打算讓這位首長領全額退休金。

六月二十七日（星期三）

館裡同仁告訴我有兩位員工的兄弟在同一天分別遭到綁架。

館裡所有員工都在討論部長被逮捕這件大事。

現在各種說法紛紜，有的人認為這都是政治操弄，有些人則支持法院的決定。此事已引發一場政治危機。遜尼派政客及代表要求伊拉克政府撤回這張傳票，在庭外和解此事，但是對手可不想這麼輕易放過部長，希望讓他繩之以法。

我們終於解決本館的網路問題，新的衛星系統開始運作，現在速度很慢，但比以前那套網路系統穩定許多。

早上十一點，一美軍巡邏隊開始在「伊圖」四周地區進行檢查作業，巡邏隊隊長問本館警衛本館全名為何，誰負責保護本館安全等等。他後來要警衛秀出身分證，之後巡邏隊便離開此區。

六月二十八日（星期四）

本館的每日安全報告指出，清晨四點到五點迫擊砲轟炸阿爾—法德赫爾及阿爾—邁旦區，之後雙方爆發激烈槍戰。看來什葉派極端分子想逼遜尼派極端分子重啓戰火，雙方在幾個星期前宣布停火。

館內員工告訴我 AD 被綁架的哥哥被放出來了，幸好毫髮無傷。

櫃檯的SU先生打電話給他同事，說他兒子昨天被綁架。

今天有個好消息，我意外發現本館的網站重新開張了，看來我們的義大利朋友繳年費了，我馬上通知資訊部本館網站重新開張的好消息，大家都很興奮。

行政室主任今天遲到了，他說阿爾—巴亞阿巴士站發生自殺式的汽車炸彈攻擊，好幾條主要交通要道都被封鎖，該攻擊事件造成幾十名無辜民眾傷亡，還有好幾十台迷你巴士整個被燒毀。

早上十點零五分，迫擊砲轟炸附近的阿爾—蘇爾迦區，好多民眾傷亡。

下班前，我通知館內所有員工，「伊圖」下星期要封館，進行圖書館及檔案室的除蟲消毒作業。我們已成立幾個小組負責監督，小組成員還會協助除蟲消毒專家進行相關作業，這些專家預計將於星期日來。

本館的每日安全報告指出，下午四點，一群武裝分子開著民用車輛大肆在巴布．阿爾—穆德罕地區四處對路人開火。警察曾試圖攔截這兩部車子，之後雙方開戰，所有輕型武器及半重型武器都派上用場，交戰持續近一小時。

六月二十九日（星期五）

本館的每日安全報告指出，中午十二點，阿爾—法德赫爾區遭迫擊砲轟擊，是極端的什葉派團體在背後策動此次攻擊。

六月三十日（星期六）

我今天幾乎一整天都待在家裡，修理一下家裡的東西、幫我太太擺設家具，讓所有東西定位。

暴力衝突對「伊拉克國家圖書暨檔案館」員工所造成的傷亡統計

2007年6月

類別	人數
員工因收到死亡威脅而被迫搬家	6
員工的兄弟受傷	1
親人被綁架（兄弟及兒子）	3
親人失蹤（兄弟）	1

超越所有分裂的一球

很多伊拉克人堅信伊拉克國家足球隊是海珊政權垮台後，唯一一個可以讓伊拉克人團結在一起的力量……所以當伊拉克最後以三比一打敗澳洲隊時，一堆人跑到街上慶祝這場勝利。

七月一至五日

（圖書館所有部室除了法務室外，全部關閉。星期日早上所有書籍及檔案史料開始進行除蟲消毒，噴灑殺蟲劑的作業。我們已成立特別小組負責監督除蟲消毒整個作業的執行。）

本館的每日安全報告指出，七月三日（星期二）上午十一點，武裝分子在本館後門附近處決了兩位民眾。五個小時後，這群武裝分子又在同一處殺害另一位民眾。

星期三我到「綠區」參加一場典禮，整個儀式大約進行了三小時，典禮結束後，什葉派極端分子以迫擊砲轟炸「綠區」。當時，所有出入口都被封鎖，大家都無法離開「綠區」，我們等了四十分鐘之後才放行。

本館的每日安全報告指出，七月四日凌晨一點到四點，圖書館四周區域遭數枚迫擊砲轟擊。下午兩點四十五分到四點，遜尼派極端分子與伊拉克安全部隊在「伊圖」附近的阿爾—法德赫爾大道及阿爾—邁旦爆發激戰。雙方使用許多輕型武器與半重型武器。一直到晚上還有聽到好幾起爆炸聲。

七月六日（星期五）

今天整天沒出門，剛好趁這個機會仔細看看企劃室統計的「伊拉克國家圖書暨檔案館」人力資料。與二〇〇三、二〇〇四、二〇〇五、二〇〇六年相比，可發現到幾個相當好的現象：（請見下列三個統計表）

「伊拉克國家圖書暨檔案館」員工人數統計				
	2003	2004	2005	2006
員工總人數	95	127	272	383
女性員工		75	146	208
男性員工		52	126	175
註：以上統計數字並不包括警衛				

圖書館學與檔案管理學學士學歷及大學文憑統計			
2003	2004	2005	2006
19	22	34	46

學士學歷及大學文憑統計			
2003	2004	2005	2006
?	66	78	149

本館的每日安全報告指出，半夜十一點到隔天早上七點，遜尼派極端分子與伊拉克安全部隊又在阿爾—法德赫爾大道爆發激烈衝突。

七月七日（星期六）

我決定到圖書館檢查一下大樓及警衛們的狀況，所有警衛今天都有上班，清潔人員還在進行清潔作業。

今天我與負責修建本館大樓的工程公司經理碰面。這位經理告訴我，以阿爾—法德赫爾地區爲大本營的遜尼派極端分子，寄了死亡恐嚇信給他及負責修建工程的工頭。這個經理及工頭兩人都是什葉派教徒。這名經理被迫每天更改交通路線，不從本館後門進出。工頭則要經理放他幾天假。我們還討論到文化部部長失蹤後所產生的問題。現在所有案子都停了下來，我們圖書館的兩個大案子——國家先烈圖書室及檔案史料室當然也無法倖免於難。如果總理不出面介入，我們這兩個案子的工程經費眼看就要泡湯，因爲財政部已經向我們施壓過好幾次，這些財政部官僚處心積慮的想把我們這筆預算抽走，我們現在眞的是一個頭兩個大。

七月八日（星期日）

一大早，巴格達就颳起強烈沙塵暴，結果，氣溫馬上升高，熱到幾乎沒辦法呼吸。我和太太帶著兩個孩子到樓下避難，我們把所有門窗關緊，以免沙塵吹進房子。我把發電機打開，讓孩子睡覺的房間溫度降下來。

今天一早開始情勢便相當緊張。昨天總理對穆格塔達．阿爾—薩德爾行動及阿爾—馬赫迪軍隊的批評，已讓社會最無知的一群民眾群情激憤，薩德爾的支持者，包括他底下那群軍閥——阿爾—馬赫迪軍隊，準備展現其政治及軍事實力，把巴格達搞到無政府狀態。他們開始封鎖道路，包圍不同地區，阻礙一般民眾的日常作息，透過種種暴力行爲表達他們的抗議。

許多什葉派教徒居住的地區，如阿爾—巴亞阿、巴德—希爾和夏拉等地區，都可見到武裝分子及幫派在滋事。圖書館很多員工今天都沒辦法來上班。基本上，巴格達東半部已陷入癱瘓。穆格塔達．阿爾—薩德爾的支持者四處散布謠言，說政府要戒嚴了。我們在圖書館也聽到這個謠言。

一顆子彈射穿採購室的小窗戶，害得採購室主任得先把她桌上及椅子上的碎玻璃清掉，才有辦法開始上班。

今天我在辦公室接見了「什葉派捐贈基金」部門三位官員，他們是由本館檢查室主任陪同來訪。我們討論了幾個議題，包括設立聯合委員會以重新整理「什葉派捐贈基金」部門的檔案史料、文件交換及記錄、訓練及整合等。在海珊政權下台之前，什葉派及遜尼派捐贈基金部門皆屬文化部轄下的單位（捐贈基金暨宗教事務部），但是這兩個部門向來彼此關係不佳。只要是涉及遜尼派所持有的捐贈基金舊文件，他們都拒絕與對方合作。爲了讓這兩個部門能在捐贈基金議題上克服歧見，達成共識，我建議兩邊都派代表參加本館舉行的一場特別會議，什葉派代表接受我這個提議。

開完會後，我委託友人幫我聯絡「遜尼派捐贈基金」部門來參加這場特別會議，但是我心裡很清楚，要雙方妥協或找出雙方滿意的方法絕非易事。原本很簡單的議題，只要有政客及軍閥介入，馬上就變得複雜棘手。所以介入敏感的宗教議題，如什葉派及遜尼派捐贈基金部門間的糾紛，在伊拉克是相當危險的事情。

中午十二點半，安全狀況不斷惡化，什葉派軍閥及阿爾—薩德爾的支持者眞的決定給大家一點顏色瞧瞧。於是我下令所有館員立刻下班回家，而且事不宜遲，我是最後一個離開圖書館的。我走的時候，路上空無一人，一副山雨欲來風滿樓的氣氛瀰漫著巴格達。

下午一點半，遜尼派極端分子及安全部隊在本館附近的阿爾—法德赫爾大道爆發新一輪衝突，雙方動用了輕型及半重型武器，這場武力衝突持續了一個半小時。

七月九日（星期一）

據本館每日安全報告指出，凌晨一點半，阿爾—法德赫爾大道遭一枚迫擊砲擊中，無傷亡傳出。

早上八點，我才剛進辦公室，我們這區又遭迫擊砲轟擊。

早上九點，我跟阿爾—拉菲丹電視頻道（al-Rafidain）的代表碰面，討論雙方將共同合辦的文化活動。本館代表已與阿爾—拉菲丹電視頻道的代表初步討論過一系列探討二十世紀巴格達文化及歷史節目的內容。這些節目將以本館將舉辦的「巴格達記憶」計畫爲藍本。雙方原則上同意由本館提供場地及所需資料、史實及記錄，而阿爾—拉菲丹電視頻道則將負責所有技術及財務支援。第一集將探討巴格達傳統的音樂阿爾—木卡姆（al-Maqam），節目將在我的辦公室拍攝。本館製作這一系列節目的主要目標，是想加強巴格達民眾的意識，讓大家更深入了解保護自己城市各種文化遺產的重要性。我衷心希望這個計畫眞能付諸實現。唯一讓我比較擔心的是安全問題。

七月十日（星期二）

這幾天我們新的網路系統一直有點問題，連線很慢，常常斷訊，不過今天網路專家已把所有問題都一併解決。

早上十點四十分，聽到遠處傳來連續三起炸彈爆炸聲。

早上十一點三十五分，我們這一區發生零星的駁火。

我與公關室主任討論本館和阿爾—拉菲丹電視頻道合作拍攝節目的計畫，我要他爲該計畫寫一份詳細的報告。

據本館每日安全報告指出，下午四點，被炸毀的阿爾—沙拉菲亞大橋（鐵橋）附近爆發衝突，激烈的武力交戰一直持續到晚上八點。

七月十一日（星期三）

今天路上非常塞，但是我得到綠區辦事，我們足足花了半小時才走過阿爾—辛納克大橋。今天還算平靜，我們這一區沒傳出暴力衝突。我在外面一直與辦公室保持聯繫。

一份全國性報紙報導，文化部部長發出一份備忘錄批准其私人保鑣領取津貼。諷刺的是，這份備忘錄是在部長失蹤十天之後才簽的。

七月十二日（星期四）

大家一直謠傳落跑的部長今天會進他的辦公室。

我今天與微縮複製室的員工開會，我建議該部門主管增加人手以提高生產力。幾天前微縮複製室主任交給我一份報告，詳細列出該部門員工從今年（二〇〇七）一月一日到六月三十日的工作成果：（請見下表）

很多不利因素阻礙微縮複製室員工的工作進度，停電及安全狀況惡化是最主要原因。停電讓微縮複製室的員工浪費了許多心血，在五月期間，安全狀況曾惡化到本館被迫閉館好幾天。

如果我們能買到一台大發電機，再增添幾台照相機，我們的工作效率馬上就可大幅度提升。

月份	文件拍攝數量	影片數量	拷貝數量
一月	3,563	5部（35.5米）	4
二月	8,567	7部	8
三月	8,980	6部	6
四月	12,452	9部	4
五月	11,236	8部	—
六月	15,860	10部	2
總計	**60,658**	**45部**	**24**

七月十三日（星期五）

今天我整天在家寫東西，看書。我有收看伊拉克國家足球隊與澳洲隊的亞洲盃資格賽。所有伊拉克人，不分種族及宗教背景，都全力支持伊拉克國家足球隊。很多伊拉克人堅信，伊拉克國家足球隊是二〇〇三年四月海珊政權垮台後，唯一一個可以讓伊拉克人團結在一起的力量。如果伊拉克國家足球隊贏球，所有伊拉克人都會欣喜若狂，所以當伊拉克最後以三比一打敗澳洲隊時，一堆人跑到街上慶祝這場勝利。

七月十四日（星期六）

今天我在家寫東西，看看書。

本館每日安全報告指出，海法大道半夜十二點發生炸彈爆炸事件，後來阿爾—法德赫爾大道遭迫擊砲轟擊。

七月十五日（星期日）

早上七點四十分，館裡通知我說國民衛隊把臨時通道給封起來了，所以我得從後門進圖書館。我到巴布．阿爾—穆德罕區時，場面一片混亂。國民衛隊和警察封鎖好幾條道路及巴布．阿爾—穆德罕橋，這是國民衛隊採取的預防措施，因爲他們把這裡的基地（原本是國防司令部）改成臨時募兵中心，好徵募年輕的伊拉克人從軍。對那些剛從學校畢業的年輕人及失業的男性來說，從軍是他們唯一的選擇。

我要館裡的警衛隨時提高警覺，因爲這個設在對街的新兵招募中心很可能會引來恐怖分子的攻擊。在巴格達市內及市外的數十個新兵招募中心，都曾遭到汽車炸彈及自殺式炸彈的攻擊。還好，今天一切平安，只有在上午十一點左右傳來零星的交火聲。

我姪子告訴我，今天一大早他太太和我姊姊一起出門時，迫擊砲在他們眼前炸開。狙擊手（大多是遜尼派極端分子）又開始向無辜民眾下手。我姊姊暫時避到她女兒家去。

今天我跟阿爾─拉菲丹電視台的導播開了個會，這位導播將於七月十九日在我辦公室拍攝第一集文化專題節目。他還與公關室主任討論了一些細節。

七月十六日（星期一）

本館每日安全報告指出，凌晨一點一記巨大爆炸震得圖書館一陣晃動。

我今天接受阿爾─法提哈電視頻道的訪問，他們想把「伊拉克國家圖書暨檔案館」遭戰火破壞及復建的過程拍成記錄片。該電視頻道立場較傾向自由派。

今天網路系統有點怪怪的，所以我們就找了負責的國營單位來修網路。

我們原本計畫要開放新的閱覽室，但現在計畫落空了，因爲空調系統還沒裝好。據工程公司的經理表示，這套空調系統很快就會從安曼進口，但是他也沒把握。

下午一點，一群遜尼派極端分子攻擊了阿爾—吉姆胡瑞亞大街上的國民衛隊及民眾，三十分鐘後又攻擊了附近的公共工程暨市政部與國民衛隊的巡邏隊。他們用迫擊砲及輕型武器進行這次攻擊行動，有些迫擊砲就落在本館後側空地上。遜尼派極端分子就部署在本館周圍地區的某棟大樓上，朝著巴布．阿爾—穆德罕當地警察局與附近的駐伊拉克多國部隊基地開火。不久，美國的阿帕契直升機也加入戰鬥行列，雙方衝突一直持續到下午三點半。

諷刺的是，專爲遜尼派喉舌的主流報紙扭曲了該攻擊事件，對外宣稱是公共工程暨市政部的警衛及國民衛隊攻擊阿爾—法德赫爾的居民，殺害好多無辜民眾。這份報紙完全不提復興社會黨人與蓋達組織的武裝分子這幾個月來攻擊無辜民眾的暴行。而這份報紙的行政委員，居然是伊拉克共和國的副總統。

國民惡霸

他們居然拿槍對著我，甚至開始近距離開槍。他們想嚇我，不讓我救那兩名慘遭失控的國民衛隊毒打的員工。後來我那兩名員工戴上手銬，被帶到附近一棟大樓毒打一頓。

七月十七日（星期二）

自從二〇〇四年後，七月十七日這一天對我來說是一個非常慘痛的日子，我的表哥在這一天因汽車炸彈攻擊身亡，身後留下了太太及四個孩子。

今天我覺得身體不太舒服，我想是太太把感冒傳染給我，不過一如既往，她不承認。

網路又有點不正常。

今天又是新兵招募中心招募新兵的日子，所以國民衛隊一早就把附近馬路及巴布·阿爾—穆德罕橋封鎖起來，我們只好被迫改道狙擊手肆虐的阿爾—吉姆胡瑞亞大街。通常只要國民衛隊一出現，路上就會陷入混亂，因爲他們會干涉一切，當然路上交通他們也不會放過。他們最擅長的，就是拿槍亂射一通。他們總是很緊張，對民眾也是態度惡劣。

館裡有一位員工要動手術，手術前她需要輸血，她的血型是O^+型。幸好館裡的接線生也是同樣血型，便同意陪她一起到醫院捐血給她。

大家一直在謠傳部長今天將回辦公室。

離開圖書館前，一位圖書館員工跑來找我，她說她的家人收到什葉派軍閥寄來的死亡恐嚇信，爲了安全起見，她想到敘利亞待一個月；如果她住的地區（即阿爾—朵拉）情況未見改善，她想請假到隔年，希望我能准她一個月事假。我同意給她兩個星期的有給假，再加兩個星期的無給假。她在褥熱的走廊上告訴我這件事時，整個人一直哭個不停。

七月十八日（星期三）

今天一切平靜，大多數的炸彈爆炸都離本館很遠，不過早上還是有聽到零星的交火聲。

今天網路已經連續第三天不太正常。

我的身體狀況開始惡化，喉嚨、左耳、眼睛及頭都很痛。

七月十九日（星期四）

今天八〇%的員工已領到薪水，剩下的人要等到星期日才領得到，之所以如此，是因為治安狀況惡化，館裡的會計今天沒辦法到銀行領錢。有些員工今天領不到薪水心裡不大高興。

我們與阿爾－拉菲丹電視頻道合作的文化專題節目，今天在本館拍攝第一集，主要介紹傳統的巴格達音樂阿爾－木卡姆。

到了中午時間我人覺得很虛脫，我沒告訴任何人身體不舒服的事，連我太太也不知道。秘書要我回家休息，所以今天我早一點離開了辦公室。

據我所知，巴布．阿爾－穆德罕地區要設一個相當大的軍事單位，伊拉克部隊和美軍巡邏隊將駐紮該區。沒多久，美軍的阿帕契直升機就在巴布．阿爾－穆德罕及周圍地區低空盤旋。重兵部署一直到下午三點半才告一段落。

七月二十日（星期五）

今天我哥從倫敦打電話過來，想知道我及家人是否一切平安，我在英國的朋友也請他向我問好，我也請他代我向對方問候。我告訴他姊姊因為她家那區暴力衝突不斷升高，所以全家暫時先離開阿爾－吉哈德區。

今天我整天在家休息，身體狀況與昨天一樣沒有起色，太太發現我咳嗽咳得很厲害，要我去看醫生，我說我還好，只是感冒了。我通常感冒四天就好了，但是這次的感冒比較厲害。

七月二十一日（星期六）

今天身體還是不舒服。

大部分伊拉克人今天都在家看伊拉克國家足球隊與越南隊的比賽，伊拉克贏了這場比賽，進入準決賽。不分男女老少都跑到外面慶祝國家隊的勝利。

七月二十二日（星期日）

我覺得今天比昨天還要不舒服，只好被迫在家休息。這是我自二〇〇三年擔任「伊圖」館長以來，第一次因爲生病沒辦法到辦公室上班，好多員工都打電話來問候我的情況。

下午五點五分，五枚迫擊砲轟炸我家這區，整個房子天搖地動，我要太太趕快避到樓下比較安全。

本館每日安全報告指出，下午三點半，巴布・阿爾—穆德罕附近有一枚炸彈爆炸，晚上附近地區還發生空襲。

七月二十三日（星期一）

本館每日安全報告指出，清晨三點半，伊拉克軍隊及一群武裝分子在海法大道發生軍事衝突，但這場衝突並未持續太久。

我快到巴布·阿爾—穆德罕區時一枚炸彈發生爆炸，場面頓時一片混亂。國民衛隊非常緊張不安，我的車即將要轉進臨時通道時，司機與路上一名警察吵了起來。當時我想讓場面冷靜下來，結果國民衛隊居然開始拿槍亂開火，還攻擊我兩名員工。我一直向國民衛隊解釋，雙方只不過有點小誤會，根本沒必要拿槍或開火，結果他們居然拿槍對著我，甚至開始近距離開槍。他們想嚇我，不讓我救那兩名慘遭失控的國民衛隊毒打的員工。後來我那兩名員工戴上手銬，被帶到附近一棟大樓毒打一頓。我馬上叫館內主管開會，討論這次遇襲事件。最後，我們同意發表一份聲明，譴責國民衛隊的暴行，並要求國防部部長成立一個調查委員會，並為此事件親自道歉。雖然大家都警告我們，公開批評國民衛隊是非常危險的，但我們還是決定將這份聲明送交所有伊拉克的報紙，同時也聯絡文化部，要發言人為我們發表這份聲明。

七月二十四日（星期二）

今天我還是很不舒服，但還是得到辦公室批閱公文。今天是我第一次主持部長會議，會議的主要目的是調查文化部實施網路計畫的過程，這場會議開了三個小時，開完會時我已累得筋疲力竭。

我被告知說大部分報紙的編輯都不敢提起星期一的攻擊事件，因爲他們不想惹惱軍方。蠻橫無理的國民衛隊已成爲一方之霸，他們可以在任何時間，任何地點，隨意毆打及虐待任何人。

七月二十五日（星期三）

我發現《阿爾─札滿日報》（*al-Zamman*）是唯一有刊出星期一那場攻擊事件的報紙，並且引述我們的聲明。阿爾─法提哈電視頻道也有在新聞快報中報導該事件。我沒有放棄，所以我邀兩家電視台到我辦公室，並發表另一份聲明，譴責國民衛隊的暴力，並要求國防部部長爲星期一這起事件負責。

訪問結束沒多久，我就直接回家，我身體還是很不舒服。

下午，我和所有國民一樣在家觀看伊拉克對南韓的足球賽。伊拉克隊贏得比賽，進入決賽。這是伊拉克隊有史以來第一次打入決賽，街上到處是慶祝的民眾。

但今天還是有不幸事件發生了，兩起汽車炸彈攻擊事件造成一百五十位民眾死亡或受傷，受難者大多是孩子及年輕人，他們是在慶祝伊拉克足球隊贏球時在街上發生意外。恐怖的黑暗力量正想扼殺我們的笑聲及笑容。

七月二十六日（星期四）

今天實在是熱得要命。

《阿爾—薩巴赫日報》刊登了我的一篇文章，在該文中我呼籲總理應協助「伊圖」找回海珊政權時期的檔案資料。我也呼籲應成立一個全國委員會，從歷史及人權的角度來處理這個問題。如果政府不重視這篇文章，我會再發表另一篇專文，點名批判所有違反伊拉克檔案法的政黨、組織、部會及政客。

七月二十七日（星期五）

今天我整天在家休息，什麼事也沒做，但身體狀況還是沒好轉。

本館每日安全報告指出，下午四點本館附近落了好幾枚迫擊砲。幸好，無人傷亡。晚上十一點，安全部隊與武裝分子發生衝突，零星的交火一直持續到隔天清晨四點。

七月二十八日（星期六）

我還是覺得很不舒服，連吃喝都有問題。我找一個好友陪我到附近診所看病。醫生診斷了我的病情，然後開一大堆藥叫我回去按時服用。

七月二十九日（星期日）

今天一大早巴布．阿爾—穆德罕附近就發生好幾次大爆炸。

今天天氣還是很熱，大家都在討論伊拉克國家足球隊與沙烏地阿拉伯隊的世紀對決——今天是總決賽，所有伊拉克人不分男女老少都希望伊拉克隊贏得冠軍。我相信伊拉克隊會贏得冠軍，這點我很樂觀。贏得亞洲盃冠軍可大大的鼓舞我們的民心士氣。每次只要我們的足球隊又贏了一場比賽，所有伊拉克人不分種族、宗教及年齡都是喜極而泣。我深深相信大家的夢想會成眞。

我的身體還沒完全復原，但又得到「綠區」接受專訪，所以一名好友陪我一起去。秘書打電話給我，問我怎麼沒進辦公室，我跟她說文件一批好，我就會回辦公室。但是，後來我們花了很久時間才離開「綠區」，當時我已累得沒力氣回辦公室了。今天圖書館沒水也沒電，所以館裡員工在取得我的批准後，中午十二點就下班回家。離開「綠區」時，司機一直在等我，我眞的覺得很不舒服，朋友於是決定等自己的車回去。路上幾乎都沒車，因爲大家都直接回家看這場畢生一次的大賽。爲避免恐怖分子在伊拉克隊贏得亞洲盃冠軍時趁機攻擊無辜民眾，政府決定對所有車輛實施部分戒嚴。回到家時我已累到筋疲力盡。

在海珊統治的年代，伊拉克的足球史進入了黑暗時期。海珊的兒子烏岱（Uday Hussein）曾任伊拉克奧委會主席，也控制著國家足球隊。表現不好的運動員，要接受烏岱用各種酷刑虐待，包括威脅把球員的腿切斷、缺席練習者會被關進監獄，輸了球賽則要接受電纜鞭打，拔腳趾甲，或者赤足走在高溫之下的柏油路面，甚至是人間蒸發生死未明。這種恐怖的「訓練方式」適得其反，導致伊拉克運動在國際比賽中成績大大倒退。

下午四點，我打開電視收看這場決賽，比賽在下午四點半開始，路上完全沒人，所有人都在家看這場伊拉克隊對戰世仇沙烏地阿拉伯隊。從一開始，伊拉克隊就主導整場比賽，球賽結束二十分鐘前，伊拉克隊得了整場唯一一分。比賽結束後，所有人群集在街上歡慶這場勝利，大家才不管戒不戒嚴，只想快樂的唱呀跳呀，擺脫一切枷鎖，擺脫炸彈的陰影。整個伊拉克都在慶祝，不管是庫爾德族人還是阿拉伯人，遜尼派或什葉派，回教徒或基督徒，大家都團結起來。足球把大家團結起來，這是無能的政客所做不到的。

七月三十日（星期一）

今天還是很熱，我的身體還是不舒服。

圖書館沒水沒電沒網路可用，但是大家都面帶微笑，因爲我們的國家足球隊昨天贏得亞洲盃冠軍。還有員工忙著發糖果及點心與同事分享。我們還做了一份八米長的旗子，上書『伊拉克國家圖書暨檔案館』感謝伊拉克國家足球隊」。但是，今天對每個人不全都是開心的一天。任職英國檔案藏庫的ＥＭ小姐打電話告訴她的同事，她小弟昨天晚上就在她眼前過世（原本是好端端沒有生病的），她媽媽還躺在醫院病床上，一身病痛。壞消息還不止如此，一位無情的狙擊手射傷了館內一名出色的木匠，ＡＫ先生的女兒。她被射中背部一處很重要的部位，因此醫生不敢貿然把子彈挖出來。現在館裡的員工在幫 AK 先生籌這筆手術費。

我向本館安全室主任致哀，他姪子上星期三不幸過世，他姪子當時跟朋友一起慶祝伊拉克足球隊的勝利，在一場汽車炸彈攻擊中不幸身亡。

有員工告訴我一位圖書館館員因爲接到了死亡恐嚇信，只好被迫離開她在阿爾—塞伊迪亞的房子。

謠傳財政部打算凍結文化部及總理事會的年度預算，原因不明，我告訴館裡員工，要是財政部眞的凍結我們的預算，我們就無限期罷工抗議。

天氣實在是熱到受不了，我叫員工回家休息。這麼熱的天氣，沒人有辦法做事。

七月三十一日（星期二）

今天又是炎熱的一天，還好八點半電來了。巴格達大部分地區都沒電，我家那區也一樣。

本館櫃檯的接待人員幾個月前痛失愛子，他今天到辦公室找我，說他又接到死亡恐嚇信，只好另找住處，他需要請幾天假。員工還告訴我另一位現年五十九歲的接待人員已因病過世。

行政室的 EH 女士告訴我，一名什葉派軍閥到她家，命令她一個兒子加入他們的軍隊。EH女士及她先生都是遜尼派的，她要我幫她解決這個難題。我要她帶兒子一起來「伊圖」上班，她兒子可以幫裝訂部門員工的忙。她接受我的建議。

我到微縮複製室看看大家的進度，意外得知該部門員工在沒電又閉館的情況下，仍已拍完一萬七千份文件，這是二〇〇七年年初以來的最高紀錄。

暴力衝突對「伊拉克國家圖書暨檔案館」員工所造成的傷亡統計
2007年7月

類別	人數
員工因收到死亡威脅而被迫搬家	6
財產受損（一棟房子燒毀，兩輛車子被劫）	3
遭國民衛隊非法逮捕及虐待	2
親人死於非法殺害	1

「伊拉克國家圖書暨檔案館」的訪客人數統計

月份	人數
六月	447
七月	503

後記

我不再寫日記了，眞正的理由是我有很深的罪惡感。

我覺得我寫這些日記，好像利用發生在我員工身上的悲劇及犧牲，尤其是那些喪失了生命的，而且這讓我扛著沉重的道德重擔，彷彿我在勒索讀者一樣，我眞的認爲我無權如此。所以在此我向所有人表達我內心的歉意。

但我還是要感謝許多支持我的朋友，我及我的員工都誠心感謝大家的關懷。

大英圖書館、英國檔案協會以及《西班牙國家報》在其網站上刊載我的日記，對此我也表達內心的感謝之意。

附文二

過去、現在與未來

「伊拉克國家圖書暨檔案館」珍貴記錄與檔案的復原之路

本文將討論「伊拉克國家圖書暨檔案館」在海珊政權時期的狀況，討論重點將擺在第三次波灣戰爭（二〇〇三年三至四月）爆發之前，「伊拉克國家圖書暨檔案館」對館藏之記錄與檔案史料所採取的保護措施。從本文的說明大家將了解一個事實：如果之前「伊拉克國家圖書暨檔案館」的管理階層能做好應戰的萬全準備，那麼館內的記錄與檔案或可免掉一場大浩劫，不然起碼可將損害降到最低。是故我們應記取這次慘痛的教訓，避免重蹈覆轍。

「伊拉克國家圖書暨檔案館」遭竊文件與記錄的回收計畫、微縮複製室的重建計畫、水損文件與記錄的修復計畫以及檔案室文件的重建計畫等，本文也將一一說明之。此外，本文也將提到「伊拉克國家圖書暨檔案館」如何在艱難的政治及財務條件下奮力迎向重重挑戰。

背景說明

伊拉克在海珊政權統治時期（一九七九～二〇〇三年）曾打過三場戰爭（一九八〇～一九八八、一九九一以及二〇〇三年）。一場又一場的戰爭讓伊拉克境內的大小城鎮不斷陷入暴動、武力衝突與混亂的窘境。但是伊拉克政府三個主要的中央部會（即教育部、高等教育部以及文化部）卻從未認眞思考如何保護伊拉克的文化遺產（包括檔案室、圖書館及美術館）。

過去的海珊政權高舉極權價值的大纛，個人的進取心、批判性思考與創造力皆遭到公開打壓，故破除極權思想是伊拉克現今一非常急迫的課題。「伊拉克國家圖書暨檔案館」（編注：簡稱「伊圖」）的經驗清楚的告訴我們，當初「伊圖」之所以無法擬出合理周全的計畫來保護館內文化遺產，肇因於管理階層受制於老舊過時的價值觀。當時館內的檔案管理員及圖書館館員從未思考，或更精確的說法應是，他們從未准許去思考災害發生的可能。所以，第三次波灣戰爭爆發之前，「伊圖」居然未執行任何災後復原計畫，也就不足爲奇了。更有甚者，許多伊拉克政府高官不僅未保護伊拉克的文化遺產，還與人共謀直接把古物、珍稀書籍與手稿走私出境。也就是說，早在海珊政權統治時期，伊拉克文化遺產就已開始遭受有心人士的破壞。

「伊拉克國家圖書暨檔案館」過去的管理

一國家級的檔案室處理災變的能力，有相當大程度取決於以下兩個因素：一、檔案管理人員是否受過災後復原計畫的訓練，二、是否擬訂有效的災害應變計畫。海珊政權統治時期，「伊圖」從未向文物保護人員及文物修復人員提供訓練課程，當然也沒有災害應變計畫。此外，海珊政府還拆除館內的空調系統，在灰塵與高溫的肆虐下，使得儲藏室內儲放的檔案及圖書史料快速崩壞。從此我們可以得知，「伊圖」的管理不善與館內員工未能做好防範工作，讓館內所有文件、記錄、書籍、期刊、地圖與照片面臨全面毀滅的命運。

一、舊有的文件複製政策

「伊拉克國家圖書暨檔案館」自一九八〇年代後期開始進行文件複製計畫，館內人員把成千上萬的歷史文件與老舊期刊複製到微縮影片及微縮膠卷上。但當時的工作人員並未在完善的環境下進行複製作業，而且微縮影片及微縮膠卷也未妥善存放。此外，「伊圖」也未擬訂文物保護與收藏政策來保護館內文物。圖書館內沒有化學實驗室（濕潤型）可修復受損的紙類文物，連裝訂部門也因館方的疏失與漠不關心而在十一年前遭到關閉。濕潤型和乾燥型實驗室的設立，對於文物保護與收藏政策的執行至關重要。

正確的文件複製政策，是指讀者必須使用原始文件的複本（即微縮影片及微縮膠卷）。保護原始文件藏品是「伊圖」檔案管理員的主要任務，奇怪的是，之前館方只製作一份複本，顯見之前的館長及其助理實在是過於短視，如果他們有考慮到災後復原的問題，就應該製作第二份，甚至第三份備份。這些備份微縮影片及微縮膠卷可存放在「伊圖」以外的安全處所。換言之，如果「伊圖」之前的管理階層有善盡職責，那麼二〇〇三年四月的文化浩劫將不致如此嚴重。

二、舊有的緊急應變計畫

每年，伊拉克文化部都會指示「伊拉克國家圖書暨檔案館」的資深館員，擬訂一套基本的緊急應變計畫，以期在戰時保護館內史料文物與設備。在第三次波灣戰爭爆發前夕，所有部會都有收到海珊當局的指示，要求他們另尋其他地點，如此戰爭一旦爆發，各部會才能繼續運作辦公。於是「伊圖」前館長就在文化部部長的指示下，成立一特別委員會，該委員會是由館內數個部室主管組成。該委員會的主要目標是成立「自衛小組」，自衛小組後來分成七個小組，每個小組有四至五位成員，各有所職：第一組負責指令與安全任務，第二組負責救援任務，第三組負責救火，第四組負責急救，第五組負責停電處理措施，第六組負責後勤物流，第七組負責設置避難所。

當時文化部有提供槍枝與燃料給「伊圖」，部長本人還親自下令指示所有國營文化機構，每個星期都得演練緊急應變計畫。就「伊圖」而言，只有救援小組與救火小組曾參加緊急應變計畫，另外還有一些員工晚上會留守本館大樓。之後，前館長還設立一執行室，但未明確標明其任務或目標。

這份緊急應變計畫，並未認眞徵詢館內資深員工的意見，而且內容是急就章拼湊出來的，所以問題不少。首先，緊急應變計畫的任務未明確釐訂，有些員工同時還身兼不同小組的任務。此外，緊急應變計畫的預算不到二五〇美元，實在是非常微薄。前館長有購置一些基本配備，如裝水容器及急救物資等。館內資深員工在執行緊急應變計畫時，之所以會有如此輕忽與毫無準備的態度，實在應歸咎於伊拉克無處不在的極權文化。整個應變計畫最弱的一環，則是它既未考慮外在威脅（最主要是空襲），又忽視內部遭受威脅、破壞的可能性。

三、重新安置館內史料

最早是文化部提出要把「伊圖」大部分的史料收藏（主要是歷史文件與珍稀古書）搬遷到別處，微縮膠卷及微縮影片也一樣。之所以要把館內大部分史料重新安置，主因是「伊圖」與國防部近在咫尺，一旦戰爭爆發，國防部一定會變成軍事攻擊目標。但是要爲館內史料另尋地點卻問題重重。「薩達姆手稿中心」（現更名爲「國家手稿中心」）的前任館長拒絕與本館合作，他不肯讓本館把史料放到一祕密避難處，因爲他已經把他們的手稿擺到該處。這位館長的態度說明一個事實：過去，所有國營文化機構彼此之間都沒有什麼協調合作可言。政府不鼓勵部會間的橫向聯繫及建設性互動，而是一味的強調官僚制度，與不合時宜的自給自足的價值觀與做法。後來，文化部片面決定把「伊圖」的史料收藏遷移到觀光局的地下室。當時觀光局是海珊的祕密情報組織「穆卡巴拉」（Mukhabarat）的大本營。最後大約有十七名圖書館館員及檔案管理員參與史料搬遷工作。

當時搬遷的史料計有：

珍貴奧圖曼帝國時期的法律記錄（一千多冊）

好幾千份英國占領時期的歷史檔案

好幾千份君王政體時期的歷史檔案

好幾百份君王政體時期及共和國時期的伊拉克政客與政治人物的個人記錄

君王政體時期及共和國時期伊拉克國會的記錄

內閣會議的會議記錄

大批微縮膠卷及微縮影片

復興社會黨審判政敵的法院訴訟記錄

省府戒嚴會議的訴訟記錄

一九六一～一九六三年間的國家安全檔案

所有的珍稀書籍

四、錯選搬遷地點

「伊拉克國家圖書暨檔案館」前館長缺少果斷與靈活的領導特質，他完全忽視自己對下屬的法律與道德責任，也完全不在乎館內史料的安危，他不僅沒有參與史料搬遷的討論，也未監督搬遷作業的進行。

把「伊拉克國家圖書暨檔案館」的史料搬到觀光局地下室是一個錯誤決定，原因如下：

新的放置地點並不隱密，觀光局人員都知道他們的地下室放了這批史料，也很清楚這批史料的價值。

地下室裡面有水管。

地下室又濕又暗，不適合儲放紙製品。

地下室沒有滅火器。

館內未派員工或警衛看管地下室。

這些史料成堆疊放，沒有放在合適的容器內妥爲保存。

理想的放置地點應該是本館大樓附近的清眞寺：

以安全角度而言，清眞寺可說是伊拉克境內最安全的地方，不會有外國人或本地人隨意闖進去破壞其神聖莊嚴。

在危機時刻，崇拜所的守衛向來心胸寬大，樂於助人。

「伊拉克國家圖書暨檔案館」的主大樓離這幾座清眞寺都很近，把館內史料搬過去，簡單又省錢。

館內人員把史料遷至附近清眞寺一點都不麻煩，而且看守起來也很方便。

二〇〇三年四月十至十二日的那場火災

二〇〇三年三月，第三次波灣戰爭剛爆發，就有一群伊拉克共和國衛隊占領「伊拉克國家圖書暨檔案館」的院子，伊拉克共和國衛隊這個動作馬上讓本館變成一軍事目標。他們還癱瘓了本館員工的活動，使得安全狀況益形惡化。

一、人為災難

海珊政權垮台不久，就有縱火犯在「伊圖」四處放火，大樓的建築結構遭受到相當嚴重的破壞。此外館內所有設備不是被毀，就是被偷。最重要的是，檔案史料嚴重毀損。這些縱火犯能這麼輕易在「伊圖」裡燒火擄掠，是因為美軍貿然從本館撤守，本館遂毫無防護。在短短三天之內，「伊圖」失去大批檔案史料，尤其是共和國時期的檔案（一九五八～一九七九年）完全付之一炬。

還有其他重要的文化損失，「伊圖」被燒毀後幾個星期，有幾個搶劫犯在觀光局地下室搜括了一大批本館的史料，並且打破水管，讓水淹得到處都是。如果館內資深員工有先通知「聯軍臨時管理局」代表這批史料的下落，這批史料或可免於被搶匪掠奪的命運。所以，在資深檔案管理員判斷錯誤，又極端不信任外國人的情況下，使「伊圖」再度損失了一批史料。總而言之，這場浩劫讓「伊拉克國家圖書暨檔案館」損失了六〇%左右的檔案記錄，還有二五%的藏書，其中包括珍稀書籍、地圖及照片。剩下的史料狀況不佳，不僅暴露在高溫下，還積了厚厚的灰塵。

如果仔細研究被偷的歷史文件及稀有書籍，我們可以清楚看出掠奪這批史料的人受過相當高的教育。他們知道要拿走哪些史料，也知道史料在何處。毫無疑問，伊拉克的鄰國透過各種手段取得本館圖書館及檔案室眾多史料，這些手段包括走私在內。失蹤的史料中，有相當大比例是與一些敏感的議題有密切關係，如伊拉克與伊朗、敘利亞、約旦及沙烏地阿拉伯之間的邊界問題及關係。

二、水損文件

對於水損文件與記錄的處理，原本美國國會圖書館建議「伊拉克國家圖書暨檔案館」先把這些受損資料放到一大冰庫，待檔案管理員取得必須的修復技術，再來進行修復工作。但這麼做難度很高，因爲當時「伊圖」一年的預算非常有限，再加上巴格達一直處於缺電狀態，所以這個方法並不可行。

在「聯軍臨時管理局」文化處的直接監督之下，一群美軍接手把所有水損檔案及記錄轉送到一臨時存放地點。這個臨時存放地點是一棟私人公寓，由文化處支付租金。這棟公寓沒有通風設備，又小又濕，因爲公寓實在太小，所以有好幾千份檔案及記錄就堆在公寓外面，可以想見，雨水及濕氣對這批史料又造成相當的傷害。

二〇〇三年十二月，剩下的檔案及記錄被送到高級軍官俱樂部（「伊圖」原訂搬遷的新址）的冰庫存放。當時「伊拉克國家圖書暨檔案館」原本是希望可以在外力協助下，盡量進行水損檔案及記錄的修復工作，但是沒想到「聯軍臨時管理局」領導人保羅．布雷默先生突然決定拿下高級軍官俱樂部，把它改爲新成立的高等司法會議的新址。布雷默恣意的決定，對這批水損文件及記錄產生可怕的影響。幾個月後，某美軍單位原本想協助「伊圖」把這批水損史料從高級軍官俱樂部轉送到原址，好存放到大冰庫中，但後來因爲管理不善、缺乏專業諮詢，最後亦是無疾而終。

三、第二次搬遷行動

「伊拉克國家圖書暨檔案館」被燒毀沒多久，就有一群年輕男子在一什葉派神職人員率領下，決定把剩下的史料搬走以便保護這批史料。但是進行第二次搬遷行動之前，沒有人先和館裡的檔案人員商量過，整個行動只能用鹵莽及粗糙來形容。館裡的檔案人員不能監督搬遷作業，也沒有列出清單，而且還是用麻袋來裝史料，最後這批史料被存放到 al-Thawra 市的清眞寺。館裡的檔案人員應該定期到清眞寺去監看這批史料，但他們也沒有這麼做。

因爲處理不當，存放條件不佳，再加上偷竊等因素，使得第二次搬遷行動對「伊圖」的史料造成更進一步的傷害。簡言之，第二次搬遷行動與第一次一樣，根本就是多此一舉，錯誤連連。剩下的史料其實應該留置原處，只要加派警衛保護即可。在此要特別提到一點，「聯軍臨時管理局」的資深文化顧問有增僱配備槍枝及彈藥的警衛來保護「伊拉克國家圖書暨檔案館」的史料。

新的行政團隊與新計畫

就重建中的民主伊拉克而言，國家級的檔案室與圖書館至關重要，以便讓民眾得以取得伊拉克的文化及歷史遺產，幫助人們建立眞正的國家認同感，凝聚共同的歷史記憶。所以，重新定義「伊拉克國家圖書暨檔案館」的角色，改善其組織與服務，完善的保護及存放藏品，是一刻不容緩的要務。

戰爭結束後，「伊拉克國家圖書暨檔案館」面臨巨大挑戰，當時，「伊圖」是伊拉克受損最嚴重的文化機構，大樓建築結構受到相當程度的破壞，所有設備不是被毀，就是被偷。在有限的預算下，館裡的檔案管理員及圖書館館員得同時進行很多工作。例如，二〇〇四年的預算不到七萬美金，這麼低的預算實在連基本需求——如家具都顧不了。此外，「伊圖」也與其他國家的國家級圖書館及檔案室完全斷了聯繫，這也解釋了爲何本館無法在史料保存及災後復原計畫上取得國外的專業支援。

「伊拉克國家圖書暨檔案館」未來必須進行的計畫有：

1. 訓練檔案管理員爲修復人員，培育自己的人力資源。
2. 積極發展與重要國際組織的關係，特別是「國際檔案理事會」和「國際圖書館聯盟」，以及其他國家的國家級檔案室與圖書館的聯繫，以取得所需的專業知識。
3. 取得必要的設備。
4. 組織現代化，重新定義本館的功能。
5. 尋找新址，或起碼在現址增建別館。
6. 擬訂災後重建計畫。
7. 擬訂新的檔案法。

重建檔案館藏品

如上文所提到的，「伊拉克國家圖書暨檔案館」努力的重心，主要擺在如何找到遺失的文件、記錄與珍稀書籍。本館一直努力找尋這批失蹤史料的下落，也一直想知道：這批史料還在伊拉克嗎？還是已被偷渡出境？本館應採取什麼樣的措施來找回這批史料？我們是否應該積極催生新的檔案法？我們是否該提供賞金以便找回這些失竊的文件與珍稀書籍？

由於種種不利的政治與安全因素，對於找回失蹤的史料，到目前爲止，我們仍然原地踏步，而這也直接影響到本館的角色與活動。現在我們也了解，如果無法取得政府的立法、行政及司法等三大部門的全力支持，我們是不可能有任何成果的。還有我們也寄望新的大選（二〇〇五年十二月十五日）能爲我們帶來有利的條件，以便讓我們早日達成目標。

在找回失蹤史料的同時，本館也努力強化史料的內容。「伊圖」已與好幾個重要國外國家級圖書館及檔案室取得聯繫，主要的目標就是把與伊拉克近代史有關的文件及稀有書籍，複製到微縮膠卷及微縮影片上。

在這方面已經取得部分進展，我們收到了大英圖書館東方及印度部門送來的檔案藏品的微縮膠卷及微縮影片。這批資料的相關年代，是伊拉克現代史上一個很重要的時期——英國占領時期（一九一四～一九二一年）。英國政府還資助了一個名爲「現代伊拉克的誕生」（The Creation of Modern Iraq）的計畫。「伊圖」也與英國國家檔案館（TNA）簽署一份協議，由英國國家檔案館出資四九％的經費，把伊拉克現代史另一個時期——英國委任統治時期（一九二一～一九三二年）

的文件與記錄，複製一份給本館。我們希望近期之內能和其他與本國有悠久歷史關係的鄰國，尤其是土耳其及伊朗，簽訂類似協議。當然，我們不會天眞到以爲翻印其他國家的史料，就能彌補失去的文件與記錄。這些史料都是獨一無二的，因此「伊拉克國家圖書暨檔案館」的文化損失，絕對是無法取代的。

關於海珊政權的檔案及伊拉克回顧基金會

在伊拉克，沒人願意提起有關海珊極權統治的檔案的命運，這些檔案包含內容非常敏感的文件及記錄，足以影響數以萬計人民的生命。從學術的角度而言，這批史料是非常珍貴的資料來源，可讓學者們深入了解海珊政權的本質。

海珊政權剛垮台，在一片混亂之際，有好幾個政黨、剛成立的NGO及一般民眾便從海珊政府的檔案室取得好幾千萬份祕密文件。每個人的動機不同，有些政黨是基於政治及宣傳的理由，比方取得對手的醜聞或想謀殺背後主謀。但很多伊拉克人則是想知道自己親人的命運，其他的則是想把原始的檔案和記錄賣掉，以便發一筆橫財。

必須要強調的是，英、美聯合部隊手上也握有海珊政權時期相當數量的文件與記錄，這些史料很可能已被送至國外。一私人檔案計畫「伊拉克回顧基金會」（Iraq Foundation Memory）也握有好幾百萬份的海珊政權時期的文件與記錄。他們是以非法方式取得這些資料，完全違反了伊拉克的法律與準則。「伊拉克回顧基金會」所持有的大批資料，原本是庫爾德族反抗軍在一九九一年暴動時所取得的，基於安全理由，庫爾德族領袖決定把這批資料移送國外，存放在科羅拉多大學，直至海珊政權垮台後才落到「伊拉克回顧基金會」手裡。

「伊拉克國家圖書暨檔案館」曾經極力要求第一任及第二任（二〇〇三年七月～二〇〇五年十二月）伊拉克政府採取一些做法，強迫所有關係人等把手中握有的文件與記錄交還本館，但是並未成功。中央政府之所以不願意這麼做，是因爲很多官員也參與其中的掠奪，似乎所有政黨都同意彼此可以繼續握有手上的文件與記錄。

興建修復室

戰爭一開始，「伊拉克國家圖書暨檔案館」就無法爲館內史料與書籍找到適當的儲藏地點。長期停電再加上經費有限，使得本館更是無法調控史料的存放溫度與濕度。這也解釋了爲何本館無法採取積極的做法，搶救受損的文件及記錄，以便將損害降到最低。

對「伊拉克國家圖書暨檔案館」而言，眼前第一要務就是做好史料保存的引導工作，因爲館內檔案管理人員及圖書館館員缺乏實務及理論兩方面的訓練。有鑑於此，修復室的興建實是一刻不容緩的要務。「伊圖」非常感謝捷克文化部資助本館四位檔案人員接受爲期兩個月的修復訓練計畫，該計畫是透過一家名叫 Gemma 的私人公司進行。現在捷克外交部已確定資助另一個計畫，提供相關設備給本館修復室。托斯卡尼地方政府也透過一個義大利非政府組織 Un Ponte Per，贊助本館在佛羅倫斯國家圖書館舉行一爲期兩個月的高級修復訓練課程。

重建微縮複製室

經過二〇〇三年四月中旬的戰火侵襲後，本館的微縮複製室完全被毀。我們認知到微縮複製室的重建，是本館未來災後重建計畫中的另一要務。捷克文化部再次出面相挺，資助本館購買微縮複製室的設備，包括35mm的攝影機、四台閱讀機、一台閱讀複印機，以及一台影片處理機。美國基因協會也承諾要送本館四台攝影機（兩台35mm、兩台16mm）。攝影機及空調設備一裝好，技術人員就馬上拍攝本館史料、珍稀書籍及期刊。我們的重點是多做幾份備份，然後存放在不同的隱密之處。

興建五層樓的儲藏館與圖書館大樓翻修

本館自去年年底開始進行圖書館主建築的翻修工程，預計今年（二〇〇五）底完工。本館將會安裝新的空調及通風設備。多年來本館一直苦於儲藏空間不足的問題，伊拉克文化部決定撥下一筆經費，預計於二〇〇六～二〇〇七年間爲檔案館興建一棟五層樓的儲藏館，這座新儲藏館的所有設施及設備將一應俱全。

興建電子資料庫

電子資料庫的興建是「伊拉克國家圖書暨檔案館」現代化的核心工程。在義大利倫巴底地方政府的資助下，「伊圖」有史以來第一次爲圖書館及檔案室建立一套電子資料庫。本館在收到日本政府部分經費後，已加速推動本計畫。資料庫的建立與史料的複製，已成爲本館災後重建計畫重要的一環。

結語

從「伊拉克國家圖書暨檔案館」二〇〇三年四月十日至十二日猝不及防的遭到戰火侵襲，我們可以學到一個教訓：在一極權體制下，要擬好一完善的災後復建計畫，實在是一非常困難的事情。因爲獨裁者把自己的生存及政權的延續擺在一切之上，「伊圖」的災難是人爲造成的，世人必須把它視爲海珊政權傷害伊拉克文化遺產一最嚴重的暴行。

現在「伊拉克國家圖書暨檔案館」正面對無數危險及問題，包括恐怖主義、肆意的破壞、環境威脅、缺電等。所有這些負面因素，都影響到本館檔案人員和圖書館館員的工作及生命。位居內城區高危險地帶的「伊圖」，其實非常脆弱。國民衛隊的主要基地就在本館主大樓的正對面，使本館成爲主要的襲擊對象。如果從風險評估的角度來看，其實「伊圖」所面對的最可能威脅，是恐怖攻擊和具政治動機所造成的破壞。本館受制於有限的經費，只能採取一些安全措施（增加警衛，裝設監視設備）來保護館員及館藏，但是不管採取何種災難應變措施或計畫，恐怖攻擊（如汽車炸彈和迫擊砲）都是很難應付的。

「伊拉克國家圖書暨檔案館」希望未來的一年在藏品的儲藏及重建，水損文件及記錄的修復，檔案人員、圖書館館員及技師的重新篩選，新設備的添置與現代化系統的應用等方面，都能有長足的進步。

本文是薩德・伊斯康德於二〇〇五年十一月，參加在阿布達比舉行的「國際檔案館內部會議」所發表的演講稿內容。

附文三

伊拉克國家圖書暨檔案館的近況報告（二〇〇八年三月十日）

圖書館主閱覽室

讀者現可免費使用網路服務。

舊的空調系統已換新。

檔案館主閱覽室

新的微縮膠卷閱讀機與影印機已安裝完成。

參考書誌部

今年目錄室已出版以下期刊：

1.《全國參考書目》
2.《博碩士論文目錄》
3.《巴格達圖書目錄》
4.《女性文化成就圖書目錄》

資訊室

添置了眾多新的投影機、筆記型電腦以及影印機。

於「伊拉克國家圖書暨檔案館」官網上刊載一名爲 *al-Mawrooth*（「遺產」的意思）的電子文化期刊。

定期爲本館圖書館館員及檔案管理員安排資訊訓練課程。

本館資訊室許多員工已在伊拉克國內完成進階的資訊課程。

本館的希伯來文史料室已完成自動化作業。

定期出版——每月書評 *Rawafid Thaqafiyah*。

檔案檢查室

除了國防部與外交部外，檔案檢查室已與所有部會及國營機構攜手合作，確實執行一九八三年通過的檔案法中的「官方文件處理規定」。本館遂定期收到數十份過期不被使用的官方文件。

採購暨捐贈室

透過大英圖書館的安排，英國數所大學圖書館捐贈了三百本書給予本館。

採購了二四八八本新書。

法定送存顧問小組

本館已收到六九九本書、六八份期刊以及一二二九份博碩士論文。

修復部

修復部員工繼續進行遭水損的奧圖曼帝國時期之紀錄與文件的修復作業。

微縮複製室

微縮複製室員工繼續將數千份歷史文件拷貝成微縮膠卷及微縮影片。

財務部

資訊室為財務部設計了一套特別的電腦程式，財務部現已完全電腦化。

整體現況

本館讀者從每月二四〇人增加到七五〇〇人。

本館已與美國國會圖書館簽訂「世界數位圖書館合作協定」。

本館已為好幾家國營機構，如美術總理事會、智慧館及國家烈士委員會等單位舉行過好幾場特別的訓練課程。

美國大使館出資贊助本館購置一台新的 400 K.V. 發電機。

本館與一義大利的非政府組織 Un Ponte Per 簽訂合作協定，將資助本館推動各項計畫。

本館正推動一文宣計畫，希望能說服美國政府把所有美國國防部及中情局所占有的伊拉克文件遣返伊拉克。

悲情記事

本館有九十五扇窗戶因汽車炸彈攻擊事件遭破損。

一位櫃檯接待人員的兒子因宗教派系衝突慘遭綁架，後來被殺身亡。

一名檔案管理員的兒子已失蹤五個月。

一圖書館工作人員的先生已失蹤六個月。

開心記事

本館有好幾位年輕員工結婚，也有員工生下孩子。

本館的「國家先烈圖書室」工程案將於今年（二〇〇八年）動工。

本館的「阿爾─菲爾多斯」女性社團在婦女節舉行盛大的慶祝大會，會中多位資深女性員工，以及勤奮付出的圖書館館員與檔案管理員受到表揚。

Passion 18

烽火守書人──伊拉克國家圖書館館長日記

Guardian in Flames of War: The Diary of Saad Eskander

作者：Saad Eskander 薩德・伊斯康德
譯者：李靜瑤、張桂越（26 頁至 41 頁）
責任編輯：冼懿穎
校對：詹宜蓁
封面設計：張士勇工作室
法律顧問：全理法律事務所董安丹律師
出版者：英屬蓋曼群島商網路與書股份有限公司台灣分公司
台北市 10550 南京東路四段 25 號 11 樓
TEL：886-2-25467799　FAX：886-2-25452951
email：help@netandbooks.com
http://www.netandbooks.com

發行：大塊文化出版股份有限公司
台北市 10550 南京東路四段 25 號 11 樓
TEL：886-2-87123898　FAX：886-2-87123897
讀者服務專線：0800-006689
email：locus@locuspublishing.com
http://www.locuspublishing.com
郵撥帳號：18955675
戶名：大塊文化出版股份有限公司

總經銷：大和書報圖書股份有限公司
地址：台北縣新莊市五工五路 2 號
TEL：886-2-89902588
FAX：886-2-22901658

排版：帛格有限公司
製版：瑞豐實業股份有限公司

初版一刷：2008 年 7 月
定價：新台幣 320 元
ISBN：978-986-6841-26-2

國家圖書館出版品預行編目資料

烽火守書人—伊拉克國家圖書館館長日記 / Saad Eskander 著；李靜瑤，張桂越譯．—初版．—臺北市：網路與書出版：大塊文化發行，2008.07
面；　公分．—（Passion；18）

譯自：Guardian in flames of war: the diary of Saad Eskander
ISBN：978-986-6841-26-2（平裝）

864.56　　97011021